如此安静

王宗坤 ◎ 著

中国文史出版社

图书在版编目（CIP）数据

如此安静 / 王宗坤著. -- 北京 ： 中国文史出版社，
2022.11
（锐势力·名家小说集）
ISBN 978-7-5205-3788-9

Ⅰ．①如… Ⅱ．①王… Ⅲ．①中篇小说－小说集－中
国－当代 Ⅳ．①I247.5

中国版本图书馆 CIP 数据核字 (2022) 第 183314 号

责任编辑：胡福星　全秋生

出版发行：中国文史出版社
地　　址：北京市海淀区西八里庄路 69 号　　　邮编：100142
电　　话：010－81136602　81136603　81136606 （发行部）
传　　真：010－81136655
印　　装：北京温林源印刷有限公司
经　　销：全国新华书店
开　　本：787 毫米×1092 毫米　　1/16
印　　张：15　　字数：238 千字
版　　次：2023 年 3 月北京第 1 版
印　　次：2023 年 3 月第 1 次印刷
定　　价：58.00 元

目录

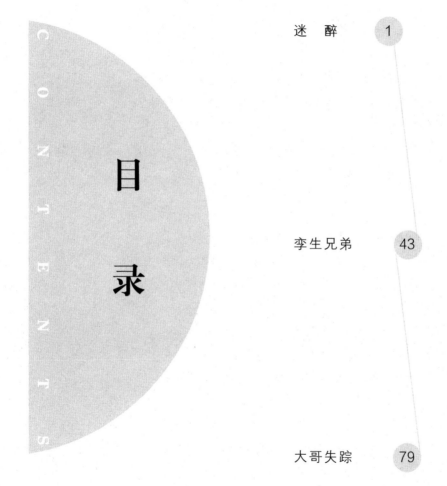

迷　醉

一

出会议室的时候，唐小龙朝郁文看了一眼，郁文虽然没有抬头，但她却明显感到那目光就像一把犀利的长剑寒光凛凛。郁文知道那里面包含的内容，有失望，有自负，更多的是一种冷漠。这让郁文一下就想到独自大战风车的堂吉诃德。她心中一阵翻腾，一种不屈的情绪从心底泛起，她勇敢地抬起头，想卸去那压在心头的寒气，唐小龙却只甩给了她一个孤傲的背影。

除了院长周志民任何人都没有想到事情会到这一步。

本来，都认为这次教授职称初评会议是为高文茂专门设立的。学院空出了一个正高职称指标，全院一百多号教职工只有高文茂还在职称的赛程上领跑，已经连续申报了五年，所有与他条件比肩的副教授们都完成了职称评定大业。从这次申报到学院的情况看，高文茂已经远远地把其他的赛手甩在了后面。人们之所以这么看好高文茂还不仅是因为他是位资深的副教授，更重要的是他已经年过五旬，再不迈上这一步就没有机会了。

会议一开始，院长周志民在完成简单的开场白之后，就请各位评委发表意见。年长的吴教授最先浮出水面，笑着说，我们能有什么意见！老高都等这么多年了。紧接着就有几个评委跟进，说是啊、是啊，轮也该轮到老高了。

周志民一直微笑着，等评委们把意见发表得差不多了，这才慢悠悠地说，这个正高的指标一空出来，我和大家一样首先想到的也是高文茂同志，以高文茂同志的业务水平和敬业精神晋升这个教授是绰绰有余的。为此，我还专门让郁主任找出有关的文件看了一下，这一看就发现了问题。

周志民的话就像一枚火药力十足的子弹在评委们心中炸开了锅，他们原本只是想说说好话走走过场，却突然有了点意思，很多人都坐直了身子，想进一步看清院长周志民的方向。郁文注意到唐小龙的表情似乎更夸张一些，眼睛睁得大大的，身体前倾，原本挺拔的后背凸起了一个弧形的山包。

周志民的目光慢慢地扫视了一遍会场接着说，根据学校二〇〇八年发布的《关于高级职称评定的若干规定》，晋升教授职称的必须有三项省级学术成果，而且是在职称评定前六年内。我认真对照了一下，高文茂同志的学术成果不少，但只有两项是在这个时间之内的，明显不符合文件的规定。既然有了规定，我们就不能不执行，而且教授不仅仅是一个职称，更重要的是它是一个很高的社会标尺，是社会的精英，是时代的引领者。如果我们从源头上降低这个标准，无疑自砸招牌，自毁门面。因此我的意见是宁缺毋滥，忍痛割爱。

那大字标号的红头文件此时就摊在周志民的面前。文件是前几天他让郁文给找出来的，当时郁文没有怎么多想，现在看来，周志民是有备而来。

会议室里出现了难得的寂静，很多人内心的想法都潜行在水下，都觉得高文茂太冤了！他五年前评教授的条件够了，但那一次只给了系（那时候系还没有改成学院）里两个指标，本来论硬件高文茂应该排在周志民的前面，但是那时周志民已经成了系里的副主任，按照学校文件规定，主任副主任有职务之分。结果周志民成了教授，高文茂继续顶着个"副"字。随后的几年，不是课时不够就是发论文的杂志不是核心期刊；再就是学术成果不是第一主研人，但在这样那样的条件下总有人顺利过关。不说整个大学，就是他们学院每年也有晋升教授的。看来，那些所谓的规定也是有执行空间的，有些东西就是政府文件的"原则上"，但这些"原则上"到了高文茂这里偏偏就死机了。

又是吴教授，他先用劲清了一下嗓子，把眼前沉闷的空间撕裂开来，见人们的视线都被牵引过来，才把声音徐徐地送出，反正现在是我们学院的初评，最终的决定权还在学校的评审委员会，不如我们把老高报上去，这样我们对老高也有个交代。

周志民解释说，吴教授讲的也有一定的道理，但我是这么想的，对照这个规定，老高晋升的可能性不大。咱们不能明知不可为而为之，这样既是对老高不负责任，也说明我们这个初评委员会很不严肃，没有把好关审查好，会严重影响学院的形象，在职称问题上，学校每年都三令五申地要求各院系要认真严谨，我们不能顶风而上。

吴教授听了，沉吟了一下说，话虽然可以这样说，但总觉得把指标浪费了怪可惜的。

就是嘛！浪费了多可惜。

多评上一个教授，也是我们学院的成就。

……

附和的声音像外出觅食的蚂蚁从浅浅的土层里拱出来。

周志民的眼神儿在说话人脸上滚落，耐心等大家说完，说，这个问题我早就想过了，不能浪费了这个正高职称的指标。如果这次没有合适的人选，我准备和学校人事处打个招呼，让他先把这个指标给调剂到其他的学院，等到我们的人成熟了，院里再做做工作把指标要回来，这等于把指标存进了银行，我们随时可以支取。

那些附和的声音似乎被周志民这细致的规划折服了，都沉静了。

郁文的目光散乱地在会议室里走动，最终定格在自己丈夫那紧闭的嘴巴上，见唐小龙那两片厚厚的嘴唇在使劲往里抿，郁文的内心一下子慌乱起来。她知道唐小龙这张嘴是一个爆发力十足的弹力球，一往下按立刻就如井喷般奔涌上来。

果然，郁文最担心的事情发生了，唐小龙在周志民准备收尾的时候猛然站了出来，剧烈的动作险些把身后的椅子带倒，接着郁文的耳朵里就灌满了自己丈夫那连珠炮般的声音。

唐小龙说，如果以正常的标准，高文茂够不够教授资格，我想在座的各位评委心里都非常明确。我想说的是，我们学院作为学校下面的院系有没有资格组织这个初评委员会是令人置疑的。我们学校是一所集教学和科研于一体的综合性大学，其下属院系应该是其业务的实践者和执行者，而不是一级行政或者学术的机构，我们有必要增加这道程序设置这样的障碍吗？其次，据我所知这次初评委的人员组成是由院长办公会，也就是院长定的。职称评定是一个纯学术的问题，职称方面的规则为什么不由学术委员会来制定？我们的学术还叫学术吗？还有，具体到高老师这个事件，我感到我们对学校政策的执行没有一个统一的标准，在座的各位大多不是第一年当评委了，应该清楚，我们的执行空间时大时小，完全取决于领导人的意志，我感到我们的学术完全被奴役了，还谈什么把好关、严肃等冠冕堂皇的字眼，这完全是滑天下之大稽嘛！

唐小龙这咄咄逼人的发言让会议室里的气氛一下子紧张起来，很多人的目光都在他和周志民身上摇摆。郁文注意到周志民脸上的微笑僵硬了，他的身体在微微抖动，为了掩饰自己还不时伸出尖细的手指抓眼前的红蓝铅笔，铅笔好像有意跟他作对，几次都轻易滑脱了，手指只好像快速爬行的蜘蛛一样在桌面上机械地搜寻。

见大家的目光都指向了他，周志民放开声音说，咱们这是职称评审会不是教育体制改革的研讨会，唐教授对学校体制的质疑应该找部里和厅里的领导探讨。至于说到咱们这个初评委的设立，我想，学校更多的是考虑到本院系的同志对当事人情况比较了解，能准确地提供他们的信息，以便于为学校的评审提供过硬的依据，而不是设立了什么障碍。至于初评委人员的组成，我认为由院长办公会定没有什么不合理的地方，学院是学校的下属管理机构，院长们就是学院的管理者，他们有权力来决定学院的事务。在我们对学校政策执行上，我认为我们是严肃严谨的。说到这次评审，我个人认为高文茂同志早就应该晋升为教授了，但是个人观点不能取代制度建设，感情不能代替规则，学校的规定也不能不执行。长久以来，不讲法制不讲规则给我们这个社会造成的危害太大了，相信我们在座的同志都感同身受。现在从中央到地方都在加强法制建设，都在讲游戏规则。就在前几天，我从电视上看到央行行长和商务部部长联合搞记者招待会，其中一境外记者在提问之前说分别问行长和部长一个问题，没想到他一下就问了行长三个问题，等他再向部长提问，部长拒绝回答，并说商务部是讲规则的地方……

郁文不得不再次叹服周志民的太极功底，避重就轻借力打力，轻松地逃脱了指向自己的锋芒，容易冲动的唐小龙显然不是他的对手。趁周志民说话的当口她拼命朝着唐小龙使眼色，但唐小龙脸色潮红，脑袋几乎就越过了桌面，一副随时准备出击的样子，眼珠根本就没有往她这边倾斜。

后来发生的事情就有些富有戏剧性了。周志民根本就没有给唐小龙再次发言的机会，他自己讲完了就开始讲民主，先就同意高文茂同志申报教授进行举手表决，唐小龙在环视了一圈之后毫不犹豫地举起了手，但没有一个人跟进，唐小龙的目光在会议室里转了几轮之后逐渐收缩，一开始是聚合到吴教授身上，见老吴教授正在全心全意地挖鼻孔，就直接奔郁文而来了，郁文有些不忍用眼睛迎合了一下，看到唐小龙那纯净的眼睛里满是渴望，有些犹豫了，偷眼看了一下周志民，周志民正用那一成不变的微笑看着她，她突然有些心慌，觉得自己的脸像被人猛地搧了一巴掌，有种火烧火燎的感觉，为了掩饰自己她赶紧把头深深地埋下。

二

整个下午郁文心里像被猫抓了一样不着调，内心期盼着院长不要有什么活动，这样她就可以早一点回家。尽管在内心深处她有些不愿面对此时的唐小龙，但是自己的家毕竟是要回的。经验告诉她，夫妻间的矛盾就像堤坝的蚁穴如果不及时处理就会越来越大，最终说不定能使整个堤坝崩溃。

但事情偏偏就没有遂愿，快下班的时候，周志民打来了电话说市政府的领导来了，让她抓紧安排接待。郁文本想向周志民请假，但拿起电话她又放下了，回家安抚丈夫的理由实在是说不出口，既然没有了理由那就认真履行办公室主任的职责吧。开始让人布置会议室，准备水果、茶水、烟，安排就餐。

直到在餐厅就坐，郁文才知道这位派头十足的所谓要员只是市政府采购中心的一位科长，姓姚。被一身名牌包着的姚科长显然把市政府的帽子举过了头顶，张嘴闭嘴就是书记市长，以此来显示自己和市领导的零距离，竭力让自己生活在别人的错觉里。院长周志民当然知道这位科长的分量，但是表面上还是极力迎合着。

吃饭的时候，姚科长一直拿郁文不喝酒说事，后来见她频频地看手机就问是不是还有约会。郁文实在有些讨厌他那副嘴脸，但是见院长对他还算恭敬，知道这个人应该有点用处，就胡乱应付着。谁知这个姚科长有些不识时务非要打破砂锅问到底，郁文认真看了他一眼，忽然就有了恶作剧的念头，说自己在等迟忠澜的电话。姚科长似乎没有听清，紧接着问谁？周志民接上说，就是迟市长，他们是同学。周院长的这句话就像摁了遥控器上的暂停键，姚科长立即噤声了，但是他很快就把自己重新启动了起来，不再是原来那个频道，这次变成了对迟忠澜市长的颂扬，并一再强调迟市长对他的关照，把迟市长说成了自己的再生父母。郁文看着姚科长的表演心中有些好笑。

饭也吃了，酒也喝了，大话也吹了，但是姚科长似乎还是有些意犹未尽，刚才收敛起来的情绪似乎被酒精再次点燃了，一直问周院长还有没有其他活动。郁文是抱定了逃脱的想法，有些男人间的活动她是不应该参加，也不应该知道的。何况她还记挂着唐小龙，唐小龙一直没有电话打进来，这更增加了她的不安。

周志民似乎很有兴致，坚持把这位姚科长迎合到底，而且紧紧抓着郁文，根本就没有给她逃脱的机会，郁文只好跟着他们一大帮子人呼呼啦啦来到歌厅。

姚科长邀请郁文跳舞，郁文想和周志民跳，但周志民已经叫了舞伴，郁文只好和姚科长下场。搂着郁文，姚科长的自我感觉又回来了，一边唾沫星子飞溅，一边往郁文胸前蹭，有几次就触到了郁文凸起的部位，郁文心中有些恼，但还是忍了，脸扭向了一边。但姚科长并没有罢手，反而把放在郁文后背的手抽回来按在她左边的乳房上，郁文一下就急了，伸出双手猛地把姚科长推开了。

郁文想借机逃脱，见周志民他们玩得正酣，犹豫了一下还是回到了座位上。这时舞厅里的音乐换成了伦巴，人们的节奏像上足了发条的电动玩具一样骤然加快了，姚科长没有再寻找舞伴自己跳起了独舞。在半明半暗的霓虹灯下，姚科长的动作夸张而滑稽，活脱脱就是一只遭雷击的猴子。

这样一折腾，郁文回到家已经接近十二点了。悄悄地打开门，房间里一片死寂。在一般的情况下，这个时间唐小龙应该还在书房，但是里边一点光亮也没有，郁文以为唐小龙睡了，心中暗暗松了一口气。摸索着打开灯，待眼睛适应了室内的光线之后，郁文猛地就吓了一跳，唐小龙正直挺挺地坐在沙发上。

回过神儿来，郁文边在门口换鞋边说，吓死我了，你怎么坐在这里？

唐小龙的眼球朝郁文转了一下，不紧不慢地说，是心虚吧！

郁文知道唐小龙正气不顺，不想把话题引申，说，回自己家我心虚什么？

喊，唐小龙先从齿缝间吐出这个字来，才说，在外面做了亏心事，回来面对这个家面对我能不心虚？！

郁文有些累了，想尽快地睡一觉，她明显闻到了唐小龙身上的酒气，地板上还有玻璃杯的碎片。就做出妥协的样子说，咱今天什么都不要说了，我累了，一切等明天再说，反正我问心无愧。

没想到这反而把唐小龙激怒了，他忽地站起来说，你问心无愧？你能说你问心无愧？在高文茂老师身上你问心无愧？作为我的老婆你却和别人穿一条裤子你问心无愧？

郁文生气了，她第一次感到唐小龙是一个这么不可理喻的人，说，我和谁穿一条裤子了？是你的老婆也没有卖给你，我为什么就没有自己的生活？自己的主张？

你当然有！唐小龙冷笑了，你还有和别人上床的权力，但前提是咱们离婚之后。

这个楼上住的都是他们学院的教职工，就像串在一起的糖葫芦，都透着一个可以插竹签的空隙，所以郁文不想吵架，她忍住心中的愤怒，看了唐小龙一眼再次说，我累了。

唐小龙继续冷笑着，累了，是陪周志民陪累了吧？真难为你了，这号人也值得你这么付出？

郁文有些忍不住了，咽口唾沫刻薄地说，这号人怎么了？人家大小是学校领导，有车坐，有钱花，比你个穷酸教授整天抱着块破麦子地强多了。

那你就跟他过吧，你这个臭婊子！唐小龙爆发了。

这样的话也骂出了口，郁文也火了，她一时想不到合适的语言反击，迈动了一下步子，说，你不想过咱就不过。

终于把实话说出来了，不想和我过了。唐小龙更加狂躁起来，我他妈的也不想和你过了，说着把手里正拿着的手机使劲摔在地上。

郁文气得说不出话来，瞪了唐小龙一眼，然后一扭头摔门出来了。

来到街上，郁文才发现自己无处可去。她出生在另一座城市，如果不是唐小龙也许现在的她正在那座城市工作。婚前有数的几个同学朋友，大多已经不大走动了，再说即使来往密切，郁文也不会去投奔她们，婚后的女人都想证明自己的选择是对的，别人都像中彩一样地无限夸大自己的幸福，自己却攥着一大把空白彩票哀怨时运不济不是自投罗网吗？

郁文不明白唐小龙这是怎么了？高文茂不就是他读本科时的老师吗！为了他，不但和院长翻脸了，而且还这样对待自己的媳妇，值得吗？嫌我没有和你一起和院长作对，你也不想想，我是干什么的？我是办公室主任，是院长政令的执行者，在那种场合我能帮你吗？再说我即使帮了你又有什么用？高文茂能评上教授吗？郁文满脑子里充满了对唐小龙的怨恨。

直到在校园找个角落坐下来，郁文脑子里才有了点头绪，她开始想自己的婚姻，觉得它现在确实有了些问题。在这之前，她从来就没有想过这个问题，对她而言婚姻就是鸟儿的巢穴，虽然在风雨下，却稳稳地安放在结实的树杈上，何况唐小龙的家庭背景使他们的婚姻本身就有了华罗伞盖。

唐小龙的父亲是这座城市军分区的前司令员，但唐小龙却没有任何官宦子弟的习气，他从小就是个刻苦努力的孩子。郁文大学三年级的时候，有一次在机房正在处理老师在课堂上讲的一个程序，却怎么也进不去了，正急得浑身出汗，这时旁边有人指点了几下，问题就解决了。郁文松了一口气，回头看了一下，见身旁站着一个非常干净的大男孩，尤其是他那双眸子，真的可以用"纯净如水"来形容。就问他是哪个系的，男孩没有回答只是笑了笑，郁文当时还感到奇怪。但第二天，郁文就在课堂上看到了那双纯净的眸子，不过他不是她的同学，而是她的专业课老师。他就是唐小龙，硕士毕业后留校当了教师。

他们的结合是才子佳人和郎才女貌的翻版，长久以来吸引着人们的眼球。后来，唐小龙读了博士，成了学校最年轻的教授，郁文也由学校附属中学调入了学院团委，至此他们的幸福生活在外人眼里进入了人生的顶峰。但是很快，他们身上的优势就像盐田里的海水，在烈日的照射下开始逐渐收缩。感受到的变化首先是来自学校内部，原先和唐小龙一起留校的同学大多脱离了业务，变成了这处长那主任，成了学校部门的头头脑脑，随着学校的合并扩张，他们手中权力的含金量与日俱增。分到地方上的同学也有很大一部分有了大大小小的官帽，出门司机秘书的很有排场。只有唐小龙看似有些进步，实际上还是在原地踏步。

过去，郁文总是受到唐小龙那些同学的热情邀请，和唐小龙一起参加他们的同学聚会。渐渐地，热情减退了，聚会中，郁文发现自己的角色也变得非常尴尬，唐小龙不再是重点，她自然也就得不到原来的重视。每年一度的同学聚会变成了金钱和权力的展览，唐小龙教授的学问和成果显然是拿不到展台上去的。

周志民让她当办公室主任的时候，她本来是想拒绝的。回家和唐小龙商量，唐小龙说不管。又说，一个院系还设什么办公室主任？望着唐小龙的背影，郁文忽然明白了，这个家要想有什么改变，依靠唐小龙是根本不可能的了。唐小龙的父亲已经退居二线，就是在位依唐小龙的性格也不会向自己的父亲提这样的要求，那剩下的只有靠自己了，或许这也是一个机会。郁文的前任办公室主任也是个女同志，学校对院系领导班子的要求也和地方上一样，班子成员里要有女同志，所以她的前任干办公室主任时间不长，就被调整到经济管理学院任副院长了。既然有了这样的前车之鉴，于是第二天她主动来到了周志民的办公室。

干了办公室主任郁文才知道，不但是唐小龙把这个位置想简单了，连自己也没有想到这个工作还有这么高的技巧性，如果不是过去团委和办公室在一块办公，她耳濡目染了不少，一时还真的难以适应。办公室主任就是一把手的工作延伸，说白了就是院长周志民的手和脚，他指到哪里就打到那里，自己根本就没有话语权。但是这个位置也同时带给了她很多的东西，比如这次职称评定，要在以前她根本就进不了评委。

郁文看了看手机，已经凌晨一点多了，她感到有些冷，不由得站了起来。白天热闹的校园已经睡熟了，只零星晃动着几盏昏黄的路灯。现在摆在她面前的只有两条路，一条就是回家，再一条就是在办公室里凑合一夜。回家就意味着向唐小龙妥协，本来在这之前，郁文认为夫妻间是用不着这样较真的，但是现在她的想法忽然改变了，她觉得不能让唐小龙这样一意孤行下去，周围变化这么快，唐小龙再继续不食人间烟火，最后只能被淘汰，所以她要对唐小龙进行改造。有了这样的想法她反而不慌了，让思路在这条路上信马由缰地奔驰，逐渐地她完全被自己种种设想所打动，到了兴奋处，她甚至学着小孩子的样子伸出两根手指做了个胜利的姿势。做完了，她才为自己的行为有些难为情，习惯性地朝两边看了一下，见周围只是夜的黑暗和寂寞，她骤然松了一口气，竟然像没有被抓住的贼一样偷偷地笑了。

三

艰难地睁开眼睛，唐小龙才发现自己一直睡在沙发上。他定了一下神儿，昨天的记忆开始复活。

他清楚地记得，自己先是极度愤怒地离开了学院会议室，回到家生了一阵闷气，强烈地想找人聊聊，电话抓在手上，想了一圈儿也没有找到合适的人选。然后就从家里走出来想到学校门口的小酒馆碰碰运气，但好像所有见到的人都很熟悉又都很陌生，最后干脆找了个角落开始自己和自己喝酒。往下的记忆就有些模糊了，只记得自己回到家想很透彻地睡个天昏地暗，但却怎么也睡不着，后来就看电视，当地电视台正在宣传一种叫神矛男性用药，说这种神矛能促进海绵体的生长，有效地激活沉睡的性腺，它的诞生是男性患者，特别是学者、司机和下岗职工的福音。他听了非常生气，恨不得把电视机砸了，抓起电话要给电视台打电话，要质问他们为什么就认定学者和下岗职工就特别需要，他甚至还想恶毒地告诉他们，他一直很厉害，一点也不需要神矛，不信让你们的漂亮女主持人来试试。结果，他试了几个电话都说打错了，找不到对手发泄的愤怒使他把手里喝水的杯子摔碎了。就在他的耐心接近极限的时候郁文回来了。随后的两个细节他记忆深刻，一个是自己摔了手机，另一个是郁文摔门而去。

此时唐小龙的心像被掏空了一样慵懒地躺在沙发上，感到浑身没有一点力气。郁文居然一晚上没有回来，这个可恶的女人！自从干了那个小角色之后越来越大胆了。他的心中充满了愤懑，他很想砸点什么东西，但是周围什么也没有看到，只伸手抓到了自己的皮鞋，他解恨般地把它甩到了对面的墙上，皮鞋就像一只失聪的蝙蝠一下就撞了上去，然后就沉闷地掉在了地上，在白色的墙面上留下了黑色的污迹。看着那明显的污迹，唐小龙忽然很讨厌自己，他不明白自己怎么会成了这个样子，他伸出手掌摸了一下自己的脸，上面的起伏让他有种踏空的感觉，他不禁恐慌起来，赤裸着双脚走进了卫生间。

唐小龙从镜子里看到了自己——身材颀长，面孔苍白，头发蓬乱。他重点看了一下自己的眼睛，虽然眼白依然纯净，但那爬上去的几根血丝却像章鱼的触角一样格外地明显。唐小龙沮丧地低下头，忽然想到了昨天电视上的春药广告，他不自觉地使劲挺了挺，下身居然没有一点动静。他心有不甘，伸出手开始抚弄自己，但是感觉那好像是别人的身体，过了好一会儿，那个地方还像晕死的蚯蚓一样软塌塌的。他竭力回忆着上次房事的时间，半月，也许更长一点儿，感到很多的东西正从自己脑海中抹去。终于，他放弃了努力，把脑袋深深地埋在打开的水龙头下。

从卫生间出来，唐小龙清醒了不少。他有些明白了，自己昨天在职称初评会上的表现，与其说是为高文茂鸣不平，不如说是为自己讨公道。尽管他看不起他那些当官的同学，但是看他们每天车接车送、出入豪华酒店威风八面的样子，自己心里很不是滋味的。他一直认为自己认认真真教书老老实实做学问，付出的东西比他们多，理应得到的就要超过他们，但事实却是他正在逐渐淡出人们的视线，而那些摇头晃脑的人却炙手可热。别说得到重视，就是自己搞个正常的学术研究都要像乞丐一样到处求人。尤其让他受刺激的是，和自己睡在一起的老婆也变成了这些人的附庸，竟然像个太监一样地跑前跑后乐此不疲。所以他现在时常觉得憋闷，他要发泄，他的那个发言就是在心中积蓄了很久的一些看法，高文茂只是根导火索，原想怎么也得有几个支持者，因为高文茂确实够亏了，没想到最后竟然连自己的老婆都眼看着自己单打独斗，这才让他真正感到心痛。这个世界真他妈有些乱套了！

他收敛了一下思绪，习惯性地看了一下墙上的钟，过去这个时间他应该是在实验室里了。想到这么多年来，自己像一只敬业的公鸡一样每天准时地启动，没日没夜地钻研学问，却遭到现在这样的冷遇，到如今连老婆也开始看不起自己。他真的有些搞不明白了，现在的人们都怎么了？现在的大学都怎么了？难道自己兢兢业业地搞学问错了吗？

唐小龙在沙发上窝了一阵，但他实在不知道自己不去实验室还能干什么，看来自己这一辈子就是这个命了。意识到这一点，他又独自伤了一会儿心，就默默地出了门。

今天应该继续做小麦的数据采集，他应该先去自己的试验田，也就是郁文所说的"破麦子地"。说是他的试验田，实际上他根本就没有任何的主权，只是为了研究临时借用的，就是这种借用的权力也是来之不易的。

当初确立农作物病虫害测报与预防中的信息处理这个课题时，唐小龙没有想到会这么难。先是学院拖了好长时间给报上去，然后就是学校科研处审核，审核的结果没有被列入学校的科研规划，理由是课题专业界定模糊，前景效益不明显，这就意味着没有资金扶持。看到这个结论唐小龙就不明白了，他们是学校下属的信息学院，搞农作物的信息处理，为农民做点事情怎么就模糊了？而那些校领导和院领导偶尔搞的研究课题什么时候都没有模糊的时候，不但不模糊而且还要大力地扶持，要人有人，要钱有钱，要设备有设备，遗憾的是他们有这么好的条件却没有人肯坐下来认真搞研究，看来当官和搞学问之间的差距，何止是千里啊！

唐小龙想据理力争一下，但想到那些所谓学术官员的嘴脸，最终他还是放弃了。课题他却决心自己搞下去，因为这是他多年前的一个梦想，这个梦想早已在他心中扎根，不让它破土而出唐小龙寝食难安。

大学毕业的那一年，唐小龙跟着父亲回了一次老家，这是鲁西南的一个偏僻小村。汽车一停在村口，立刻就围拢来一大帮看西洋景的人，他们中的一大部分人是未成年的孩子。唐小龙发现这些孩子基本上都没有穿衣服，有几个稍高的男孩，下面都有了毛茸茸的印记。当时唐小龙吓了一跳，以为来到了传说中的裸体王国，后来他很快就明白了，这些孩子根本就没有裤子可穿。他们在父亲的一个叔伯兄弟家住了一天，这一天让唐小龙终生难忘。这让他真正见识了什么叫贫穷，什么叫农民。老叔跑了大半个村借来了一瓢白面，给他们包了一顿饺子。用缺边少棱的碗端着热腾腾的饺子，父亲没吃他也没吃。后来在老叔的带领下，他们来到原本肥沃的田野，见田野里到处是枯败的庄稼棵，它们横七竖八地陈列着，几乎和黄土一个颜色了。老叔老泪纵横地告诉他们，这是被蝗虫洗劫过的田野。老叔说，这些孽畜连个招呼不打就铺天盖地来了，来了就没有留手，来了就要我们的命！这么多年来，老叔的话一直响在唐小龙的耳边，每想到它，他的心中就一阵战栗，这让他那个心中的梦想渐渐生成。

但是自己单独搞课题研究谈何容易！光这个试验田就把唐小龙的腿跑细了。最后在学校的北墙外面找到了这块城市里的麦田，一打听这块地是东关村村民的，好不容易找到这个村民，村民又说地本来是他的，但已被他们学校征了，他只是看到闲着可惜就种上了麦子，想能收就收一点。至此唐小龙实在是不愿意跑了，他想，反正他需要的就是麦子，至于地是谁的与他的研究没有关系，于是经过这个村民同意他就用这块麦地搞起了研究。

从学校到试验田步行只需要十分钟左右，但今天唐小龙却感觉自己走了好长时间，好不容易看到了那片被钢筋混凝土包围着的田畴，眼前的景象却让他着实吃了一惊。

紧挨着麦田的道路上并排着几辆高高的大铲车，在他们前面是人工拉起的红丝绸，上面两根电线杆之间挂着一块宽大的条幅，条幅上赫然写着"天骄大厦启动仪式"，在横幅下面站着几个西装革履的学校领导，唐小龙大多认识，里面有学校的张副书记，还有纪委副书记基建处长什么的，两边是排列整齐的乐队，大铲车上悬挂着长长的鞭炮。周围是一圈儿看热闹的人群。

唐小龙担心的事情发生了,他早就听说学校准备建一座三十层的教学楼,位置就在他现在的试验田上。为此,学校还专门召开了教职工代表大会。据说在会上争论得很厉害,支持者认为,要建设现代化的大学,必须有良好的形象有硬件的投入,大厦的建设无疑是无声的广告,它意味着整个大学已经发展到了一个很高的水平。而反对者却认为,学校这几年由于肆意扩张已经负债累累了,既然资金这么紧张,有限的钱应该用在刀刃上,树立学校的形象应该放在狠抓教育成果、培养人才提高教师素质上,不应该搞些假大空的所谓政绩,大厦建得再好,作为大学出不来人才也是空中楼阁。有几个持反对意见的老教授还专门给学校领导上了一封恳请书,上面列举了美国匹兹堡大学曾经花了十一年时间在一九三七年建成了一幢四十二层的大楼,后来证明是失败的。澳大利亚也有一所学校建了一幢高楼,同样证明是一个错误的决策。为什么错误?道理很简单,学生上下课,员工上下班,挤电梯方便吗?在超高层大楼里做实验安全吗?另外,超高层建筑有利于老师们互相沟通、讨论的氛围吗?这样的恳请书可谓其理昭昭其意切切,当时唐小龙也毫不犹豫地在上面签了名,原想学校当局会重视这份恳请书,谁知到头来该怎么建还是怎么建。

看来那些大铲车是在蓄势待发,单等领导一声令下它们就如猛虎下山般冲向麦田。唐小龙知道自己根本无力阻止学校建大厦,但是他也有一点小小的幻想,就是能不能让他们晚一天铲麦苗,他的课题研究已经到了最后阶段,再出来这组数据就大功告成了。

基建处长于洋是他同级不同班的同学,读到本科就留校做了辅导员,后来就成了校长的秘书,再后来就成了基建处长,很快就有了自己的车。过去见了唐小龙总是很热情地叫唐老师,现在基本上是开车呼的一声就从唐小龙身边飞过,连喇叭都懒得鸣一下。不管怎么说,他和于洋还是熟悉些的,他把这个要求和于洋说了,于洋听了,用像看外星人一样的目光看着他反问道,你说这可能吗?唐小龙被他看得有些摸不着头脑,说,这有什么不可能的?你们现在反正只是把土地清理出来,又不是正式施工。于洋不经意地笑了,说,这是不可能的,学校为这个活动都准备好几天了,你看记者都请来了。

说着用手往右边指了指，唐小龙这才注意到，在铲车的右边站着几个拿照相机和提摄像机的年轻人。唐小龙对于洋那不经意的笑容有些反感，生硬地问，你说谁说了有可能？于洋知道唐小龙有些性格，觉得不能和这个人继续纠缠，只吐出来两个字，校长。

找校长就找校长，校长也不能只考虑建大楼不考虑学术研究，你一个破基建处长别以为就你的事情校长重视，唐小龙恨恨地想着就飞快地来到学校办公楼。

学校办公室里一个长相很端庄的女孩子接待了他，先问明白他是哪个单位的，然后问他找校长有什么事情？唐小龙老实地报了自己的姓名和院系，然后就说自己的学术研究就要因为学校的基建而功亏一篑了，恳请校长给挽救一下。女孩让他稍等然后就出去了，不一会儿女孩就回来了，说校长不在，唐小龙盯着女孩看了一下，见女孩目光闪烁知道她在撒谎，就走出来想自己去找校长，谁知女孩正在办公室门口看着他，见他在走廊里到处踅摸就追上来说，你这人是怎么回事？告诉你校长不在你还找什么？再不走我找让保安过来了。唐小龙见女孩一脸的严肃，知道她要真叫来保安就更见不到校长了，只好强忍着心头的火气，说，我知道校长在家，刚才我上楼的时候还碰到他的司机了。女孩见自己的把戏被揭穿，脸微微一红，说，你进来先等一会儿，我再去和校长说一下，我们这些工作人员也不容易。唐小龙见女孩说得恳切，就听话地来到办公室。这次女孩出去的时间稍微长了一点。回来就对唐小龙说，校长正接待着一位市政府的领导，让你等一会儿。

唐小龙一直等了一个多小时的样子。其间他催了女孩多次让她去看看校长得空了没有，女孩却说不用催，校长有空就会打电话的，她已经在校长那里挂了号。有几次他实在是忍不住了，想起身直接闯进校长办公室，但他一动，女孩就告诉他卫生间出门向左拐，弄得他站也不是坐也不是，心中暗暗佩服眼前这位小姑娘的心机。

眼看就要两个小时了，他实在不能再等下去了。他从试验田跑过来的时候，听于洋说他们在等一位建筑公司的经理，经理一到，那些大铲车就开始呼啸着冲破红丝绸的横幅，把那碧绿的麦苗连根拔起，到时候就是校长答应出面也无力回天了。唐小龙正像热锅上的蚂蚁一样六神无主，这时于洋推门进来了，唐小龙以为出现了奇迹，赶紧迎上前来，但于洋的一句话就像三九天的河水兜头浇来，让他一下凉了半截，于洋说，我那边都完事了，你怎么还没有见到校长？

从学校办公室出来下楼的时候，唐小龙一脚踏空几乎就要跌倒，感到后面忽然有人扶了他一把。唐小龙几乎麻木了，站直了准备继续往下走，后面那个人却一步迈上来，夸张地大叫，这不是我们的大博士、大教授吗？

唐小龙一抬头看到了一张长满疙瘩的大胖脸，大胖脸咧着的嘴角上有一个条纹复杂的伤疤，就像玻璃杯上冬天被冷水激炸的裂缝，走向乱七八糟的。唐小龙认出来了，这张胖脸的主人是他的小学同学大麻包。

大麻包和他是一个院里出来的，他的父亲是军分区的一个参谋。上小学的时候他们是一个班，由于他人长得胖又好睡觉，因此得到了"大麻包"的外号。后来听说大麻包初中没有毕业就当了兵，复员后进了市政府保卫科。

唐小龙问大麻包怎么到学校来了，大麻包兴奋地说，来找你们校长，我刚从你们校长屋里出来。

原来校长刚才接待的就是这位市政府的领导，唐小龙的心继续往下沉。

不等唐小龙继续问，大麻包就手舞足蹈地放开了话匣子，说，我和朋友联合搞了一家狗保安公司。喔！就是用狗代替人当保安，这是个新生事物。我找你们校长就是来推销狗保安的，没想到你们校长意识这么超前，我一说他就接受了，还和我探讨了用狗保安的种种好处，你们校长真是开明！跟着这样的校长干准差不了……

看着大麻包那唾沫星子乱飞的嘴巴，唐小龙忽然一阵反胃，他来不及去卫生间，趴在楼梯的栏杆上大口地呕吐起来。

四

郁文是第一次坐在主席台上，下面是市属各地的政府官员。各种颜色的西装和各式各样的面孔混杂在一起，就像滚滚而来的海浪向郁文挤压过来，

16

这让她感到浑身不自在，她不敢抬头，但是又忍不住往下看，她觉得自己就像一个正在偷窥大人亲热的孩子。

自从成为学院的办公室主任，大大小小的会议郁文没有少参加，学院的学校有些甚至是市里或者省里的。参加这些会，郁文坐在台下是来听会的，有时去晚了就坐在前排，虽然离主席台咫尺之遥，但是从来也没有想过自己会有一天坐在主席台上。

郁文是以科技信息专家的身份来参加这次会议的，会议的主题是农业科技示范基地建设现场会，会议的主要目的除提高科技意识、推广科技知识、建设和谐社会、加快社会主义新农村建设步伐这些口号之外，最重要的是在原有科技基地的基础上，加强对科技基地资金的管理，在条件成熟的县市区继续设立科技基地，进一步提高科技的辐射带动作用，会议的最高领导者和组织者就是郁文的同学、常务副市长迟忠澜。

本来这次会议市政府邀请的信息专家是院长周志民，但今天早上一上班，周志民就被高文茂的老婆堵在了办公室。高文茂的老婆叫叶浅霞，外号叫"钱匣子"，原来是市纪委财务室的现金出纳，刚刚办了退休手续。是个连纪委书记都怵三分的人物。据说，纪委书记拿着消费后的单子来报销，她还要探究一下是公事还是私事，如果是私事接着就把单子给退回去。纪委书记想调整她离开那个岗位，她死活不走，只身去找了几次市委书记都被人挡驾了，最后干脆躺在市委书记的车前面不起来，纪委书记没办法只好把她当成天神供着。

周志民知道钱匣子是个厉害角色就想尽快摆脱她，解释说没有给老高申报教授是对老高负责，学校有明文规定，让老高准备了花了钱跑了腿，最终评不上不是打击更大吗？钱匣子根本就不理这一套，一直强调老高被气得血压升高住进了医院，这个责任应该由谁来负。她还不知道从哪里听说，周志民把这次高级职称的指标调剂到了文学院，给了学校张副书记的夫人，张副书记的夫人原来在基建处工作，就是为了评这个职称，最近才被调整到文学院管理图书。周志民一看这个事情有点麻烦，目前最重要的是把钱匣子先稳住。只好通知郁文代他去开会，自己跟着钱匣子到医院去看望高文茂。

签到的时候郁文犹豫了一下，最后还是写上了"周志民"的名字。原本郁文以为这次代替周志民开会也和以往一样，签到后坐在会场舒服的座椅上打一会瞌睡，然后带上材料走人。但拿到材料郁文才知道这是个现场会，除了开会还安排了许多的现场参观，会期三天。

在正式会议开始之前，会场总是嘈杂无序的，参加会议的各色人等从前后的进出口很随便地出入，寒暄声座椅的起伏声把整个会场演化成一个交易频繁的集市。郁文刚找了个靠后的位置坐下，就见一位年轻瘦高的工作人员拿着签到簿在会场的前面大叫。工作人员由于是扯着嗓子喊，声带急剧膨胀使得他不得不伸长脖子，整个就像是一只挂在烤炉里的鸭子，尽管这样他那嘶哑的声音还是被淹没在了这纷乱的环境中，见没有人注意他，他只好从前往后地喊叫，一直到了郁文跟前，郁文才听清他在喊哪位是周志民院长？

郁文慌忙站起来说，我就是。吐出这三个字才觉得有些不合适，就赶紧解释道，周志民院长临时有急事脱不了身，我是代替周院长来开会的。

工作人员上下打量了她一下，又问清楚了她的名字和职务，然后一招手对郁文说，来吧，你是不应该坐在这里的。

郁文跟着工作人员稀里糊涂地来到会场后面的一个小会议室，会议室里坐了一圈儿人，郁文没敢往四周看在一个角落里默默地坐了下来，工作人员上前对坐在中间的那位耳语了几句，那人立刻就站了起来，这时郁文才发现他就是自己的同学迟忠澜。

迟忠澜像一艘庞大的航空母舰带着尖厉的呼啸声驶向她，还没有抛锚就一边说着欢迎一边向她伸出了宽大的手掌。郁文感觉自己变成了一艘迷途的小帆船，毫无目标地漂浮在无边的大海上，在脆弱桅杆的支撑下随波逐流。

说完欢迎之后，迟忠澜没有多说一句话，接着就介绍郁文说，这是我们市政府专门为这次会议聘请的信息专家郁文教授。所有坐着的人都站了起来依次上前和郁文握手，迟忠澜在旁边介绍，这位是人大李主任、政协吴主席、政府办公室主任、农业局局长、科技局局长……握完了手重新坐下，郁文却对那些职务和称呼没有了任何的印象。

接着会议就要开始了，郁文随着他们来到会场，她刚想沿着台阶往下走，那位工作人员却叫住她悄悄地说，主席台上有您的位子。郁文这才明白刚才被工作人员叫过来的原因，原来小会议室里的人是都要上主席台的。她赶忙推辞，工作人员继续悄声地说，这是市长定下的。郁文看着工作人员那不容置疑的眼神，只好缩回身子在主席台上寻找自己的位子。但是她只在最边沿的位置上看到了写着"周志民"的座签，她正在犹豫着坐还是不坐，已经坐在正中位子上的迟忠澜也看到了这个问题，就拿眼睛使劲瞪了一下那位工作人员。工作人员看到了自己的失误立即就慌了，赶紧把郁文引领到那个位子上，顺手拿起面前的座签飞快地向后台跑去。

写着"郁文"名字的座签很快就送到了郁文面前，迟忠澜轻轻咳嗽了一声，眉毛往上扬着很威严地看了一下整个会场，刚才还如同串台的收音机一样乱糟糟的会场，立刻就被拔断了电源一样安静下来了。迟忠澜对坐在旁边的市政府办公室主任点了一下头，办公室主任接着就宣布大会开始。

会议开始不久，郁文就接到迟忠澜递过来的条子，说是条子实际上很是正规，纸是市政府的公文纸，叠得板板正正。郁文认真地展开就见上面写着：

郁文教授：

我大体算了一下，感到今天上午的会议议程安排得太多，恐怕时间不够用，建议您的报告安排在会议总结阶段。这样可以使整个会议的安排更为妥当；同时也使您的报告更有指导性和针对性。可否？请予答复。

迟忠澜

刚才由于紧张只看了整个会议的议程，再加上昨天晚上几乎一夜没睡，整个脑袋就是一盆糨糊，没有看今天上午的具体安排，现在郁文才注意到在迟忠澜市长做重要讲话之后，接着就是邀请 S 大学信息学院院长周志民教授做关于信息科技给农业带来变革的报告。

郁文偷眼看了一下迟忠澜，见他手上正拿着铅笔在认真地看材料，还不时地在材料上写着什么。她忽然明白了迟忠澜的用心，迟忠澜知道她是临时被指派来的，担心她没有做报告的准备，怕她出丑。她又把条子上的字重新看了一遍，觉得迟忠澜真是个有心机的人，这样的措辞理由冠冕堂皇，看着使人舒服，既保护了她的自尊心，又达到了自己的目的，不禁感激地看了迟忠澜一眼。

郁文认真考虑了一下，接着就给迟忠澜回复了条子。

迟忠澜市长：

> 非常感谢您想得如此周全。报告不做也罢，我的深浅您是知道的，更何况"我是赝品我害怕"。望您批复！

> 郁　文

条子中带引号的部分借用于他们大学毕业那年的一句流行语，我是流氓我怕谁！男生对王朔的这句话照单全收了，而女生则篡改成了我是女生我害怕！条子递过去之后，郁文注意到迟忠澜看完后微微笑了一下。郁文看到迟忠澜的笑容，心情放松了不少，这依稀让她看到了迟忠澜上学时的影子。

迟忠澜原来的名字叫迟中栏，据同学传他是在母亲去牛栏喂牛时降生的，他们那个地方靠近河南，表示行了好了都用一个字"中"，因此取名中栏，意思是在牛栏下他顺利地出生了。他们上大学的那个时候，农村学生和城市学生之间好像有一道天然屏障。郁文记得，自己在大学期间就没有和迟忠澜说过几句话，郁文是系里的团总支书记，有事找迟忠澜，迟忠澜也显得不配合，总是匆匆地说完立马就走开。当时，迟忠澜给郁文留的印象是有些孤僻，学习比较刻苦但成绩不是太出色，如果不是毕业那年发生了一起意外事件，郁文对迟忠澜的印象也就仅仅止于这些。

这年暑假后返校不久，突然来了一伙操河南土话的老乡要找校领导，那时候的学校领导还没有现在这么难见。其中一个带头的老乡见到校长后，一把就攥住了校长的手直摇晃，摇晃够了就有些动情地说，你说你们这是咋培养的呢？你说你们这是咋培养的呢？……这么好的孩子。接着就从随身带的破包袱里扯出一面皱巴巴的锦旗，上面是用黄布条制作的八个大字：舍己救人，无私奉献。

原来，迟忠澜家一直养牛，由于没有本钱，每年只能养一头，并且从年头养到年尾，以此来维持家用，所以迟忠澜在暑假里的主要任务就是给牛割草。一天，他正在外面割草忽然下起了大雨，迟忠澜只好来到附近的小学，找了一间教室的房檐下躲雨，那个时候农村学校没有暑假，只有麦假秋假的农忙假。闻着草筐里青草传来的清香伴着学生朗朗的读书声躲雨，这本来应该是很有诗意的，但是迟忠澜却一脸茫然，他想到了自己的将来，如果没有什么意外，自己也很快可能成为一名乡村教师了。他正在惆怅，猛地就听到一个很沉闷的声音，迟忠澜本能地抬头一看，见自己正靠着的墙裂开了一道口子，迟忠澜心说不好，一下就撞开了教室的门，大喊，房子要塌了……

在那间破败的教室倒塌之前，里面的三十多个学生都冲了出来。老师在雨中感激地上前向迟忠澜表示感谢，并问他是哪个村的，光着膀子、穿着大裤衩子、背着个破草筐的迟忠澜却不愿意让别人知道他是个大学生，他胡乱说了个地名，见雨势也小了，就重新背起草筐出来了。这个老师却是个认真的人，向村里的支书汇报了，两个村子挨得很近，一打听很快就知道了迟忠澜的身份，但这时学校已经开学，迟忠澜返校了，支书想，农村出个大学生不容易，何况这个孩子确实不错，他做了好事应该让学校知道，就连夜让村里手巧的婆娘做了面锦旗，赶着送来了。

迟忠澜舍己救人的事迹迅速在社会上引起了反响，一向默默无闻的迟忠澜一下就蹿红了。学校表彰、团市委嘉奖、市领导接见、大大小小的学校请去做报告……所有的这些让迟忠澜的命运发生了根本性的改变，学校的毕业典礼还没有进行，他的档案就被转到了团市委，三年以后调任市委书记的秘书，以后的仕途就更加地顺畅，他用别人想象不到的速度完成了最初政治资本的积累，踏着这样坚实的台阶，他的每一步都迈得坚实而利落。

迟忠澜再也不是上学时候的迟忠澜，而郁文却还是原来的郁文，郁文幽幽地想，上学的时候郁文连俯视迟忠澜的心情都没有，而现在她却要在很远很远的地方仰视他，人生真是难测！

这时会场上迟忠澜结束了自己的重要讲话，会场上响起了雷鸣般的掌声。郁文也跟着鼓掌，迟忠澜正在擦鼻子尖上冒出的汗珠，似乎还不经意地看了郁文一眼，迟忠澜眼睛的余光扫过，郁文竟然感到自己脸红了，她忽然想到自己写给迟忠澜条子上的那句"我的深浅您是知道的"，里面似乎包含了某种暧昧的色彩，意识到这一点，她的心下更慌了。

五

　　吃完晚饭回到自己的房间，郁文想到应该先给周志民打个电话。周志民的电话却先打了过来，郁文抓起电话说，我正准备给您打电话，您却自投罗网了。周志民似乎没有心情调侃问唐小龙哪去了。郁文说，您大院长都不知道，我怎么会知道？周志民说唐小龙失踪了。郁文说失踪了好，如果被某个大富婆给包养了，那不是掉在了福窝里。周志民看来是真有事，继续问你知道他能去哪里吗？郁文也不再开玩笑，说实验室里，他父母家。周志民说，我都找了，没有。郁文说那我就不知道了。感到周志民想挂电话，郁文赶紧说别，还有事向您汇报呢！接着就简单地把会议情况向他说了一下，重点说了安排他做报告的事情，希望他最好能亲自来，她恐怕难当重任。虽然看不到周志民的表情，但是郁文能明显感觉到他并没有认真听，郁文说完了。周志民匆匆地说，你继续在会上盯着吧，我这边还有些事情需要处理，报告我已经做了个提纲在我的公务信箱里，你可以参考着看，信箱你是可以打开的。说完就挂了。

　　放下电话郁文觉得周志民有些奇怪，好像这个会本来就是郁文的，与他没有一点关系，这有点不像他。在郁文的感觉里，周志民应该是和唐小龙截然不同的一类男人。周志民是一个贪婪的美食家，面对诱人的美味他兼收并蓄，而唐小龙却是个挑剔的素食主义者，用纤细的筷子在餐桌上拨来拨去，最终会使自己营养不良。以周志民的性格，没有特殊情况他是不会放过任何作秀机会的，但是现在他却放弃了，很显然周志民确实有麻烦了，找唐小龙是不是与他的麻烦有关？

　　接通了唐小龙父母家的电话，女儿清脆的声音立刻就像欢快的鸟儿一样飞进了她的耳郭。女儿上初中以后就愿意和爷爷奶奶住在一起，平时很少回家，这让她放松了不少，同时也隐含了些许的担心，所以电话就打得勤了些。唐小龙的父亲是一个标准的传统军人，这也就是唐小龙的大哥和大姐现在都在家待岗的根源，唐小龙在很大程度上就承袭了他父亲的性格。郁文担心自己的女儿受她爷爷的影响太深，变成唐小龙的翻版。

不待郁文问，女儿就告诉她，爸爸上午来看她了，还给她买来了好多好吃的。期中考试的成绩出来了，她和一个男生并列第一，那个男生长得像麻秆，平时老欺负她，还借了她的东西不还。女儿用嗔怪的口气说了一大堆那男生的不是，郁文却真正担心起来，现在的孩子都成熟得太快了，女儿十一岁就来了例假，知道的事情比大人少不了多少，有些方面甚至超出大人许多。快放下电话的时候，女儿忽然问她，是不是和爸爸吵架了，为什么没有一块来看她。她赶忙矢口否认，说自己在外面开会没有时间。

本来女儿小学毕业后是要进一家私立学校的，校方看孩子成绩好也愿意减免些费用，但是后来她和唐小龙算了一笔账，就是减免一点学费，进这样的学校一年没有个三万五万的也下不来，所以只好等孩子上高中时再说。一个"钱"字就无情地把孩子们分成了两个阶层，他们大学校园里有很多的孩子都进了这样的学校，吃营养搭配均衡的学生餐，穿样式新潮的校服，其中就有不少女儿小时候的玩伴。郁文总认为，女儿愿意去爷爷家住，在很大程度上与此有关。社会等级的差别从源头上就产生了，而这种差别是具体的感性的，它首先体现在金钱和权力上，遗憾的是唐小龙对此一直没有个清醒的认识。

唐小龙一直没来电话，也不告诉她行踪。尽管郁文知道这就是唐小龙，但在内心深处她还是有所期盼的。她不停地翻看着手机，希望它能够突然响起，但手机似乎是睡着了，没有一点动静。一股恨意渐渐从心头滋生，唐小龙从来就没有给过她意外，无论是在感情方面还是在事业上，自己当初怎么就看上了这么一个毫无悬念的男人。都说爱情是青年男女互相猜测的游戏：女人猜测男人的未来，男人猜测女人的过去。唐小龙应该一直就是一潭清澈见底的泉水，下面水草葳蕤历历在目，自己当初却欢天喜地地下了水。这到底是怎么回事？是自己的眼光发生逆转了吗？还是整个时代的价值观念彻底改变了？

第二天看了一天的现场，晚上在宾馆住下，郁文感到自己浑身没有一丝力气，她这才感觉坐一天车比上一天班累多了，她真想痛痛快快地睡上一觉，但是想到明天的报告，她洗了个澡就赶紧打开了电脑。电脑是昨天晚上让小齐给借的，小齐就是迟忠澜的秘书，也就是昨天让她上主席台的那个工作人员。

小齐好像知道她和迟忠澜有一层同学关系，对她分外地照顾，安排她坐舒服的小商务车，住宿的时候，她本来是要和一位女县长合住一间的，小齐单独给她安排了一间。昨天晚上听说她要用电脑就赶紧找到当地的县委办公室，结果很快就送来一台老式的东芝笔记本。但看起来还是新的，液晶显示屏上的保护膜还没有撕掉。

看着周志民为报告所做的提纲，郁文却感到自己怎么也进入不了状态，她离开信息技术前沿太久了，许多计算机方面的新术语她都不知道出处。她读完了本科就没有再往下读，前几年孩子小为了支持唐小龙，她一心扑在家庭上，后来就没有这个心思了。何况她觉得自己也不是搞学问的材料，前年她评上副教授的职称，她知道自己的学术前途到此终结，下一步就是她在学院办公室主任这个位置上的作为了。

她想给唐小龙打个电话，让他给自己准备个稿子，但是最终她还是放弃了这种想法。她决定要改造唐小龙，就得先让唐小龙感到自己错了，所以在这个时候决不能先向他屈服，她知道这条道路艰难而曲折，一切才刚刚开始，她不能还没有拉开枪栓就败下阵来。

实际上周志民心里也应该清楚，由他来做这个报告也是不合适的，唐小龙应该是最合适的人选。但是现在的事情就是这样，你最好却没有人请你，这中间的关键就是你没有一个被社会认可的头衔。

郁文正在烦躁，手机却执拗地响了起来，是一个陌生的号码，她犹豫了一下还是接了，电话是迟忠澜打来的，这让她很是意外。迟忠澜今天一天都没有参加会，听说是省长来市里视察，他回市里接待省长去了，刚才在宾馆的大厅里她碰到了小齐，小齐说市长明天一早才赶过来，而现在他却打来了电话。

让我猜猜你在干什么？迟忠澜像变了一个人，语气变得鲜活了许多。

猜吧！你大领导是应该体察体察民情了。郁文感到和迟忠澜的距离一下子近了许多。

你在准备明天的报告。迟忠澜的话一说出来，郁文吓了一跳，她没有想到迟忠澜会这么明白。

郁文想否认，她不想让迟忠澜知道自己这么看重做报告的事，但是又不知道怎么回答，只好反问道，你是怎么知道的？

迟忠澜说，我是市长，全市六百多万人口的情况我都应该掌握，尤其是对自己心仪已久的女同学更应该了如指掌。一边说着还放声笑了起来。

这句话明显就有了挑逗的色彩，郁文却感到受用了不少，说，你比克格勃还厉害！

迟忠澜收住笑，说，当然！克格勃是只提供情报不为民服务，而我首先考虑的是拯救同学于水火之中。

郁文感到自己心灵的某个部位鲜活起来，说，还是市长大人境界高！不知您怎么来拯救生活在水深火热之中的同学。

迟忠澜说，昨天晚上我夜游天宫，得遇张天师恩赐天书一卷，醒来展开一开，正是关于信息科技给农业带来变革的报告，不知阁下是否需要？

郁文一下就乐了，说，这真是雪中送炭！哪来的？

迟忠澜问，想要吗？

这不是废话吗！说完了，郁文才意识到对方还有个市长的头衔。

迟忠澜似乎并没有在意郁文的态度，换了一种语气说，想要就现在过来拿，我就住在这个县城中圣宾馆的四〇六房间，注意不要坐电梯，从东边楼梯上来，正对着就是。我等你。

郁文注意到迟忠澜后来的语气急促而果断，看似像他的重要讲话一样有条不紊，实际上却暴露了他某些企图掩盖着的东西，或者是他根本就没有想要掩盖，只是不太善于此道，所以显得有些生硬。

去还是不去？郁文这样虚弱着问着自己，内心里其实早就有了非常明确的想法。自己需要那个报告、需要那个报告……她这样为自己开脱着就慢慢走进了卫生间。一一打开了自己昨天临时买的化妆品，开始精心地拾掇自己。在化妆的过程中，她把每个步骤都做得非常到位，她为自己的这种沉静而吃惊，后来她明白了，自己在潜意识里似乎一直在等待着这个机会，意识到这一点，她才开始感到脸红，但是那从身体内渗出的颜色很快就被她糊上去的胭脂遮盖了。

迟忠澜住的是一个很大的套间，在这样的小县城里居然会有这么豪华的房间，郁文心中有些吃惊。在橘黄色的灯光下，郁文见到的迟忠澜还是那种谦谦君子的作风，给郁文泡了茶，又问了一下会议的情况，都坐定了，然后就解释自己为什么在这里住。中午招待省里的客人多喝了几杯，他喝酒上脸，让同志们看见不好，就没有去会务组安排的宾馆，让小齐找了这么个住的地方。接着他就又拿出报告交给郁文，说这个报告是前几天他让科技局的专家写的，本来是了解一下这方面情况，但看到和郁文报告的内容相吻合，就想到可能对她有用，所以才打电话让她来拿。

一切都是那么顺理成章，理由充分无懈可击。见到这么正规而严谨的迟忠澜，郁文为自己刚才的不良想法而羞愧，为自己的浅薄和自恋而伤心，作为市长什么女人没有，还会想着她？

现在他们之间出现了短暂静默，她坐在迟忠澜对面的沙发上，翻着手中的报告，眼睛盯在打印整齐的字体上，心中却在斟酌告辞的话语。这时迟忠澜却突然说，你是我梦想的一部分。她猛地抬起头，就见迟忠澜已经偎了过来，她甚至没有来得及做一下抗拒的姿态就被迟忠澜抱了起来。

你知道吗？上学时我就在暗恋你，只是那时候我太自卑，盼着看到你又怕见到你。你一定没有在意，你和唐小龙老师确立了关系以后，我大病了一场，有一个星期没有下床……当时我感到天都变了颜色，自己恨不得一下子从宿舍楼上栽下去。迟忠澜的声音轻轻地爬进郁文的耳郭里，郁文感到自己身体所有的部位都脱离了自己，她的灵魂已经彻底地迷醉了。只是迟忠澜在进入她身体的那一刻，很通透地说，我现在终于知道你的深浅了。她才有所惊醒，她想，原来是自己在一直诱惑着迟忠澜。

六

唐小龙没有想到周志民会找到他，因为他来木香镇找自己的学生任何人都没有告诉。

学生姓王叫王进，之所以想到自己的这个学生，是因为前几天他刚接到了王进打来的电话，王进在电话里极力邀请他去镇上考察，说他现在刚被调整到木香镇干镇长，急需要老师的指点。唐小龙对这个王进印象深刻，王进学习刻苦成绩优异，他一直鼓励王进考研究生，好像王进也一直做着准备。后来，王进却成了选调生，去下面一个县的组织部做了小职员。为此，唐小龙还可惜了好一阵子。

唐小龙是为了自己的研究课题去木香镇的。这一天多来，他逐渐理清了思路，老婆的失望，校长的冷遇，这些都说明自己还没有足够多、足够大的研究成果。自己要真成了佼佼者，他们谁还敢这样？所以他要改变自己的处境，只有多出成果。这时的唐小龙有了一种急切的想法，他要很快地把目前这个成果拿出来，得到社会的承认，让众多像老叔那样的农民不再遭受突如其来的灾害，他要向自己的老婆郁文，向所有人证明自己。所以他想到了自己这个干镇长的学生，基本的数据已经差不多了，他想直接在大片的农田里来试验他的信息处理系统，用实际效果来证明他的研究成果，这样他的论文就有了充足的论据。他知道，以目前的情况让学校组织开鉴定会的可能性不大，他也不屑于低三下四地去求那些披着学术外衣的政客。

王进执意要派车来接，一开始他坚决不让，一来一去有二百多公里得用多少汽油，他花上十多块钱买张汽车票一会儿就到了，既经济又实惠。最后王进说，您凄凄惶惶地挤那个破公共汽车，我的脸往哪里放。不为您自己，您也得为您的学生考考虑虑吧。唐小龙就不明白了，自己坐个公共汽车就给学生丢脸了。要都有这样的思维，公共汽车谁坐？国家发展公交事业还有什么用？尽管这样，他最终还是顺从了王进的意思，他此行的目的是去求人，不能让人家不高兴。

唐小龙到木香镇已是下午了，他没有想到王进还专门为他搞了个欢迎仪式。一下车就听得锣鼓喧天，接着就看见两个穿戴整齐的小学生跑了过来，他们手捧鲜花来到近前，先行了个少先队队礼，把鲜花交到他的手上。唐小龙觉得有些好笑，有些像小孩子们过家家，他正不知道怎么应对，王进带着一大帮子人呼呼啦啦地围了上来，然后就被绑架般地簇拥着来到宽敞豪华的会议室。

王进向大家介绍他，什么年轻博士、著名教授、学术专家、学科带头人，不乏溢美之词。然后就开始介绍木香镇悠久的历史、良好的区位优势、便利的交通、丰富的资源、朴实的人民……同样把木香镇说成了天堂，让人觉得不来这么好的地方干点什么会遗憾终生的！

唐小龙是一个简单的人，他想急于把自己的事情先说了，但是王进就是不给他这个机会，他扫视了一下会议室，见人们大都用好奇而神秘的目光看着他。

唐小龙有些明白了。现在各地都把招商引资作为考核干部的重要标准，乡镇干部更是像无头苍蝇一样，到处寻找可以下口的地方，很显然，王进以客商的标准来招待他是为了给自己增加声势。向外人表明，无论资金是否引进来，我反正在认真地做这件事情，连大学里的著名教授都来考察了。怪不得王进执意要去接他，如果他提着个破皮包形单影只地走进镇政府大院，无论身份多么高贵，都是和王进安排的这个场面不相配的。

唐小龙决定配合一下王进，但是他不会撒谎。所以在王进冗长地叙述完木香镇的优势之后，到了他非讲话不可的时候，唐小龙就根据王进介绍的情况再上了一个层次，说木香镇地大物博、得天独厚是一片投资的热土。然后就说自己的感受，归根结底一个字，那就是好。对招商引资的话题一点都不涉及。这样就既对得起王进，也没有太超出自己的原则。唐小龙的讲话完了，王进带头热烈地鼓起了掌，从王进的神情中，唐小龙看出王进对自己的表演还是满意的，心中松了一口气。

该走的程序走了，下一个节目就是喝酒。唐小龙记挂着自己的事情，酒喝得非常谨慎，再加上王进知道自己的老师平时不大喝酒，下面排着队准备进来敬酒的那些副书记、副镇长、这主任那所长的都被王进给挡驾了。所以整个饭吃下来，唐小龙并没有喝多少。

吃完了饭，唐小龙瞅了个机会就把自己此行的目的说了，王进静静地听老师说完，好半天都没有说话。唐小龙觉得这个事情对王进来说应该是好事，

28

真正实行起来首先受益的就是木香镇的老百姓，就试探地说，要是实在不好弄就算了，我再到其他地方去看看。

王进说，按说，您这么远跑了来，我又是您的学生，不应该这么犹豫。但乡镇上的事并不是这么简单的。现在乡镇干部眼里只有两件大事，一个是稳定，另一个就是招商引资。稳定可以让你平平安安地做官，招商引资能让你跌跌撞撞地往上爬。农业要稳定，就要少干事。过去有个什么事支部书记在大喇叭上一咋呼，无论多难都解决了。现在的农民什么都明白，稍微有些地方不合适他们就上访。一上访上面领导对你这个乡镇干部的印象就差了，你的政治生命也就差不离到头了。所以，对待农业这一块我们是战战兢兢如履薄冰，轻易不敢招惹它，只要糊弄着没事就万事大吉了。再者，农业见效慢战线长效果差，现在干部调整得比川剧中的变脸还快，谁还把精力耗在这方面。招商引资就不一样了，短平快，项目一有头绪，接着就意向签约，搞个仪式上报纸上电视，领导看了高兴自己脸上也光彩，最后弄个皆大欢喜人人受益，这多有成就感！

见唐小龙沉默不语，王进继续说，唐老师，我一直非常敬佩您的人品和学问，但是我觉得您也该变变了，您也应该像周志民院长一样搞些热门的研究，这样不但学校重视，在社会上也能有影响力，能给您带来巨大的经济效益和社会效益，说起来人首先还是应该为自己考虑。以您的学识和基础，搞点热点的研究肯定会超过周志民的。

唐小龙没有想到，自己的事情没有弄成，反而让自己的学生给教训一顿，心中就有些恼火。觉得这个王进真是变得不可思议了，还让我跟周志民学，周志民就是我的人生标尺吗？唐小龙是个不善于掩饰自己情绪的人，心中的不快渐渐就从脸上带了出来。王进似乎也意识到了，赶紧安排唐小龙住下，又认真叮嘱了几句就匆匆地走了。

宾馆的房间里散发着淡淡的霉味，好像是好久没有人住了。唐小龙嗅着这样的气息坐在床上，独自懊恼了一阵，就准备早早地睡觉以便明天尽早地离开。刚在卫生间里洗完脚，房间里的电话响了，唐小龙感到奇怪，王进刚走怎么接着就打来电话。

一听是周志民的声音，唐小龙吓了一跳，还以为是郁文出了什么事。周志民问他怎么玩起了失踪？唐小龙说没有玩什么失踪，是想自己出来散散心，正赶上手机没电了。周志民说，你这一没电找你可费劲了，我今天足足打了一百多个电话，打得手机都烫手了，就差去公安局报案了。唐小龙心里还是有些别扭，不想和周志民纠缠下去，说，领导有什么指示就赶紧下，别让手机烫着了你。周志民说，好事！今天上午科研处长找我，说学校为了庆祝建校八十周年要搞一个成就展，让各院系报科研成果，我就把你搞的这个课题给报上去了。科研处长知道竟然有这样的成果非常感兴趣，准备作为重点的科研成就往外推，你抓紧回来，我们弄个报告报上。

　　唐小龙感到有些意外，他这个课题早就报上去了，科研处长怎么现在才感兴趣？不过这毕竟是个好事，但是自己的研究虽然有了些突破，也在自己的那一小块试验田里产生了效果，毕竟还没有进行科研鉴定，直接作为成果报恐怕不合适。唐小龙把自己的顾虑说了，周志民说，这些你就别考虑了，只要有效果，鉴定还不是走走过场！唐小龙觉得周志民说得有道理，很多科研鉴定会实际上就是新闻发布会，请些熟悉的专家和新闻记者来捧捧场，说说好话，临走给他们发个红包，然后一见报纸一上电视就过了。这样的鉴定会自己就可以组织，唐小龙相信自己的科研成果，决定真不行就自己出钱搞鉴定会，只是担心郁文会不会同意。

　　事实比唐小龙预想的要好许多，在学校旁边的一家宾馆里，周志民一见他就说，鉴定会是学院的事情，不让他操心，他只负责抓紧把科研报告拿出来。这让唐小龙很是感激，他想到自己和周志民还是有些美好时光的，虽然周志民比他年龄要大，但他们一起评上的副教授，那时候他们在一个教研室，周志民很有个老大哥样，对他很是照顾，见到周志民在校园里骑自行车，唐小龙就猛得从后面蹦上去，周志民有时故意歪倒，两个人就一下子摔在路边的草坪上哈哈大笑，那感觉就像是自己的家人。

　　大的方向确立以后，他们就开始讨论些细枝末节，首先要考虑请哪一级的专家和领导，为此周志民好像有一套成熟的想法。他说，请哪一级的专家和领导到会就是哪一级的学术成果。在这个事情上是不厌其大的。

唐小龙却有些不踏实，说，话虽这么说，但我一个普通教授，能请得动很大的领导吗？

周志民意味深长地看了唐小龙一眼，说，我们可以让学校的领导挂个名。

唐小龙一下子警觉起来，反问道，怎么个挂法？

周志民认真地看着唐小龙说，让学校领导当主持人你是主研人，外人一看具体研究成果还是你的。你要不同意咱们还是自己搞，但是这样闹的动静大不了，最大能请到市里的迟忠澜市长，这还得让郁文去请。

唐小龙松了一口气，觉得周志民说的也未尝不是个办法。据他所知，近几年来，学校很多有影响力的研究课题都是这样出笼的。唐小龙很看重自己成果的影响力，这除想急于证明自己之外，更重要的是他还清醒地认识到，影响力大，成果推广得就快，广大的农民就能早一天受益。

不知哪位学校领导愿意挂这个主持人的名，唐小龙说出了自己的担心。

周志民立即说，张副书记就是个合适的人选。

在学校所有的校级领导中，唐小龙只有和张副书记熟悉些。张副书记农大毕业，从乡镇干起，一直到市委常委宣传部长，后来就调任学校的第一副书记，他干宣传部长的时候唐小龙的父亲还没有退休，因此唐小龙有时在校园里碰到张副书记就胡乱地叫声叔叔。

近一段时间，都在盛传现在的校长即将调任北京某重点大学任校长，张副书记将接替校长的职务。看来，传言决不是空穴来风，张副书记也准备为自己造势了。

周志民又说，张副书记农大毕业，读的也是农大的在职研究生，又干过全市第一农业大县的县委书记。你这个研究课题又是侧重农业的，所以我觉得让张副书记当这个主持人是再合适不过了。

唐小龙看出了些端倪，故意说，就是不知道张副书记同意不同意当这个主持人？

周志民说，他能不同意吗！他现在正需要这个，你要不愿意去，我去找他汇报。说到这里，周志民叹了口气，说，只是我现在被高文茂的老婆弄得焦头烂额，有些事情不便于出面。

31

唐小龙见周志民脸上堆起了乌云，就问怎么了？

周志民说，还不是因为高文茂评职称的事，本来高文茂不够条件，钱匣子非说我不给他申报是徇私舞弊了，还说我为了巴结张副书记把指标送给了张副书记的夫人，还说我有经济问题，嚷着要去找校长。你没看我都躲到宾馆里办公了，现在再给高文茂申报也晚了。

唐小龙这才明白，周志民来宾馆是为了躲钱匣子，一开始他还以为是学校在这里召开了个什么会议。但是他有些不理解周志民说的晚了，才一天多的时间，怎么申报就晚了，看来，周志民在这个问题上确实有些说法。

周志民见唐小龙不说话，就继续说，你说她这样闹下去影响多不好，我一个中层干部也就无所谓了，张副书记是学校的主要领导，这样下去可就影响学校的对外形象了。在会上定下的事也不好改变了，我承诺她，明年一定想办法让高文茂晋升教授，她还不罢休。你平时和高文茂老师关系不错，你能不能和他老婆说说别闹了。

至此，唐小龙忽然明白了，这世上根本就没有免费的午餐。

七

唐小龙终于让郁文意外了一次，主动给她打来电话，问她晚上能回来吗？郁文心里非常高兴，但是嘴上还是有些不饶人，嗔怪地说，回去干什么？再看人家进行摔手机表演啊！唐小龙明显有了讨好的意思，说，这种表演成本太高，以后再也不会了，还是演负荆请罪便宜，一把柴火就解决了。唐小龙一服软，郁文就放心了，兴奋地说，马上就到家，回去有惊喜要告诉你。

接到唐小龙电话的时候，郁文正在往回赶的路上。郁文觉得自己这几天就像生活在梦里一样，在梦里她收获了太多的意外，这除让她感到不真实之外，更多的是一种惊喜与恐慌。今天散会之后，科技局局长主动找到她，和她商定软件开发的事情，并且要长期聘任她为信息顾问。她知道这一切都是由于迟忠澜的缘故。

昨天晚上，她和迟忠澜完事之后，她忽然流泪了，迟忠澜以为她后悔了，赶紧过来安抚她说，自己不是个随便的人，是个重感情的人，他会对得起她的。谁知迟忠澜这么一说，她的眼泪流得更加汹涌了。

实际上，迟忠澜理解错了，她是为自己的平静而流泪，和迟忠澜做了这事，她竟然一点也没有羞耻的意思，对唐小龙没有丝毫愧疚之心，好像这是她早就应该干的一件事情，只不过没有合适的机会，现在的感觉是，完成了这件事，就等于卸去了压在自己心头的一块石头，居然轻松了不少。她不明白自己怎么会这样，连起码的道德准则也失去了。

过了一会儿，她的情绪明显好了起来，迟忠澜也高兴了，从房间的冰箱里拿出了一瓶葡萄酒，葡萄酒的外包装一般，但上面都是外文字母，郁文看着像法文，这酒显然不会来自宾馆内部，应该是迟忠澜特意准备的，这让郁文一下子高兴了不少，看来迟忠澜对自己是真心的。

看着正在开酒的迟忠澜，郁文说，原来你是早有预谋的。

迟忠澜说，不是预谋，是蓄谋已久。这么多年来，我一直盼着这一天，在我眼里你就是女神，是我理想的重要组成部分。

这话虽然不尽是实话，但是郁文愿意听。猩红色的液体徐徐地倒入水晶般的高脚杯，发出一种奇异的色彩，郁文被这种色彩彻底地笼罩了，她感到自己的每个毛孔里都渗透着惬意的快感。

呷着纯正的法国葡萄酒，他们开始回忆上学时的美好时光。本来，在学校时，他们是截然不同的两个阶层，相交的东西不多，但是他们现在的记忆都竭力地朝着一个方向行走，两条平行线就渐渐交融在一起了。

过去的时光是美好的，但眼前的时光更加地诱人，在谈话的间隙他们不时地拥抱亲吻，仿佛他们都回到了初恋时的年龄，对对方的身体怀有天然的神秘与向往。后来，迟忠澜突然转变了话题，问她能否为科技示范基地设计些软件。并解释说，每年市里都拿出大量的资金来扶持这些基地，但是感到科技示范的效果并不是多么明显，尤其是很多资金的流向不明，让审计局审计了几次都没有理清。最近的市长办公会研究了个办法，就是建立一个财务监督与管理的信息体系。这样就能有效地堵塞漏洞，把钱用在刀刃上。本来是想让几家科技开发公司采取投标的方式，但是这个风一放出去，这几家科技公司就开始了轮番攻关，找这书记那市长的，都乱套了。最后，他才决定还是依托大学来开发，这样不但有效地保护了干部，也省却了许多的麻烦。

郁文被迟忠澜的这些话击中了。自从干了办公室主任，这里面的天机郁文知道了不少，像这样的软件开发获得的回报是巨大的，周志民这几年就是依靠这个发的家，不仅把孩子送到英国读书，还买了一套三百多平方米的别墅。为此他还专门自己注册了家公司。在这方面，唐小龙是公认的专家，做起这样的事情来，肯定要比周志民出色。她按捺不住心中的狂喜，一下就扑到迟忠澜的怀里，呢喃着说，亲爱的，我爱你！

这个晚上，因为这件事，所有的风花雪月似乎都有了一种别样的色彩。

郁文回到家，见唐小龙西装革履，一副要出门的样子，就问是怎么回事。唐小龙说他约了高文茂夫妻准备晚上一起吃饭。郁文感到奇怪，尽管唐小龙对高文茂特别地尊重，但是由于他们两个都不善于交际，所以两家很少聚在一起吃饭聊天，最多也就是过年过节的到对方家里坐一会，怎么现在要突然请他们吃饭？不待郁文问，唐小龙就把周志民找他的事情说了，郁文听说学院马上要给唐小龙的科研成果开鉴定会，还准备请张副书记当主持人，欣喜万分，抱住唐小龙的脖子猛地往脸颊上啄了一下，说，你终于开窍了，看来我们的架没有白吵，一下把我亲爱的丈夫吵聪明了，过去我们有这么好的资源不好好利用，真是暴殄天物，连老天都不会原谅我们。这下好了，你跨越了障碍踏上这个台阶，就会知道前景是多么广阔，世界是多么美好，我们的好日子来了！

唐小龙知道郁文会很赞成他这样做，但没有想到她的反应会这样强烈，就觉得夫妻之间的东西也是非常简单的，心中就有了某种失望的情绪，但他很快就调整了自己，竭力不让自己顺着这条线往下想，他问郁文，你想告诉我的惊喜呢？

郁文说，好事都赶在一块了，我这次替周志民开会可真算是替着了，一下子就拣了个大金元宝。我参加的是一个全市的农业科技示范基地建设现场会，我了解到市里为了加强资金管理，要给这些基地建立一个财务监督与管理的信息体系，就向市里的科技局长推荐了你，没想到他们居然知道你是这方面的专家，还知道你是迟忠澜市长的老师，就高兴地说，软件开发交给这样的专家心里踏实，答应尽快和你谈谈，把协议定下来。

由于自己心中有鬼，郁文在回来的路上就把这些话想好了，而且自己还在脑子里操练了好几遍，尽可能地做到滴水不漏。

唐小龙问，迟忠澜没有在会上吗？

郁文说，在，但人家是大领导，被周围的那些哈巴狗众星捧月般地包围着，咱平头百姓根本就傍不上边。只是今天上午在会议室的走廊上打了个照面，我就顺便把这事说了，他非常支持，并说由自己老师搞这个事情，他非常放心，还说要来看你。

见唐小龙一副沉思的样子，郁文又说，不管周志民有意还是无意，他这次是帮了我们的大忙。我们很快就有钱了。说着就欢天喜地地去梳妆打扮了。

唐小龙虽然感到事情没有像郁文说得那样简单，但这毕竟是好事。人活在世上毕竟是很具体很实在的，他的所有活动都离不开钱，在人类的所有需要中，钱应该是排在第一的位置。

晚饭吃得并不愉快。唐小龙和郁文在饭店定好的位子上等了好久，高文茂和钱匣子才从医院里慢条斯理地赶来。高文茂还穿着又肥又大的病号服，钱匣子一坐下就开始声讨周志民，政客奸商哈巴狗说了一大堆，说自己不达目的誓不罢休，校长给解决不了就找省纪委，省里不行就去中央。瞅了个钱匣子大喘气的机会，唐小龙问她要达到什么目的，钱匣子激动地说，什么目的？我的目的很明确，一个是让高文茂顺顺当当地评上教授，再一个就是让周志民灰溜溜地下台，干着院长花公家的钱为自己的私人公司牟利，比过去的恶霸地主还要厉害，地主是明目张胆地欺压百姓，他周志民是既愚弄了百姓又鱼肉了百姓，你说他是何其毒也……高文茂一直坐在那里像个局外人，事先似乎和钱匣子分好了工，他只负责吃喝，很快就有些醉眼迷离了。钱匣子却像一台动力十足的发动机，不知疲倦地转动着。

唐小龙本来准备先和高文茂谈给他解决科研成果的问题，自己的科研成果出笼在即，他想给高文茂署上个名，这样他的成果问题就解决了，明年的职称就水到渠成了。然后再找适当的机会劝钱匣子别闹了。但是现在的舞台变成了钱匣子一个人的了，根本没有别人施展的空间，他原先准备好的那一套根本就没有派上用场，郁文在旁边看着着急，想插话也插不进来。

这是一个注定要失败的晚宴，唐小龙意识到这一点，就不得不草草收场了。

在回去的路上，唐小龙丧气之余还心犹不甘。郁文却一针见血地指出，周志民让你劝钱匣子也是病急乱投医，今天我算是看明白了，钱匣子是决不会罢手的，其一，周志民虑事不周让钱匣子抓住了把柄，钱匣子自认为自己有理有据。其二，钱匣子退休在家，闲得无聊，告状却让她感到充实而有活力，仿佛年轻了不少。其三，自己的目的万一达到，却可以给自己的家庭带来很多的实际利益。所以钱匣子何乐而不为之。

唐小龙第一次意识到自己的老婆是这么睿智，不禁有些深意地看了郁文一眼，感到她这一年多的办公室主任没有白当，但他发现郁文脸上很快就堆起了乌云。

不待唐小龙问，郁文说，我现在有些担心你那个鉴定会，万一周志民要不支持就开不成了。

唐小龙说，那怎么会？周志民都答应了。

郁文说，这你就不明白了。钱匣子对周志民有一个定位是准确的，那就是政客，在院长这个位置上，周志民已经磨练成了一个彻头彻尾的政客，政客首先看重的就是自己的政治利益。他一看你没有什么用处了，找个理由就把你打发了。

经郁文这么一说，唐小龙心中也充满了惆怅，说，没想到还这么复杂，他不给开就算了，我们可以自己开。

听了唐小龙的话，郁文有些生气，说，你真是个扶不起来的阿斗，有这点小问题就想打退堂鼓了。咱们可以找张副书记，只要张副书记出山当这个主持人，什么问题都解决了。学校的官场也存在个食物链，处于最上端的动物虽然很有可能被一些弱小的动物击垮，但它们却永远是最威风最有权威的。

唐小龙还是有些怀疑，问，这能行吗？

郁文却胸有成竹地说，怎么不行？当年老爷子不是还和张副书记同朝为官嘛，有这层关系，张副书记更得照顾，何况这件事本身也是往他脸上贴金的好事。

见唐小龙还在犹豫，郁文不由分说地扯起唐小龙的胳膊说，走，咱现在就去。事已至此，唐小龙就像一个失去灵魂的空心人，只好跟着郁文的指挥棒走了。

八

权力真是个神奇的东西，它和任何东西结合都会产生意想不到的效果。这是这次鉴定会唐小龙得到的真实感受。

本来开科研成果的鉴定会是极其麻烦的事情，但这次的鉴定会作为当事人的唐小龙却分外清闲，聘请专家，安排车辆食宿，布置会场，所有的会议杂务，唐小龙都插不上手。他就像一个准备大婚的皇帝，所有的前期工作都不需要他做，他要做的就是到了时辰入洞房。这一切都归功于张副书记的出山。张副书记手中有权，唐小龙手中有科研成果，科研成果一旦下嫁给权力，立刻身价倍增夫荣妻贵，成为一道亮丽的风景线。

为了这次的鉴定会，学校拿出了二十万科研经费，还综合学校办公室科研处等几个部门组成了专门的机构，叫植物病虫害测报与预防信息处理技术鉴定会筹备小组，组长张副书记，副组长周志民，科研处长唐小龙，还有一位学校办公室副主任。学院一看学校动静这么大，自然不甘落后，也拿出了十万元支持鉴定会。

题目是张副书记定的。那天晚上，唐小龙和郁文把意思和张副书记说了以后，张副书记先是推让了一番，后来又说自己也一直也想搞些研究，但是就是太忙抽不出时间来。郁文趁机说，这么大的学校让您操心的地方太多了，您确实也没有时间去搞研究，但您位置高层次高，看问题的角度肯定和我们不一样，我们顶多是看到半山腰，您一下就能看到极顶。所以这次请您当这个主持人也是让您给把握一下大方向。

见张副书记那胖胖的脸上堆满了笑容，郁文继续说，小龙搞科研这么多年，也出了不少的科研成果，为什么没有产生影响力，说到底还是高度不够，缺乏高人指点。张叔叔，现在求到您的门上来了，您就伸伸手帮帮小龙吧！

郁文说得非常恳切，唐小龙却有些不好意思，把头深深地埋下，心想，这不是犯贱吗？自己辛辛苦苦研究出的成果白送，人家还不要，还硬要乞求着人家收下。

张副书记似乎被郁文的话打动了，沉思着说，农作物的病虫害测报与预防的信息处理技术，不如把这个农作物改为植物，这样涵盖的面就更加宽泛一些，我们毕竟不是专业大学，名称合理到位了，有些事情也就好说了。

郁文见张副书记基本默认了，内心一阵高兴，立刻就恭维道，张叔叔，您的水平就是高，您这一改整个课题都上了个层次，您这真是一字值千金，比皇上的御批还值钱。

最后这句话，说得张副书记哈哈大笑起来。

鉴定会获得了巨大的成功。请到的专家不是中科院院士就是全国知名学者，还请来了省里的领导。市里的市委书记市长也都来了，当然迟忠澜市长也责无旁贷地赶来为自己的老师捧场。媒体记者就更别说了，会场上到处都是挎照相机和扛摄像机的人，连中央电视台的记者都来了。

通过模拟实验，认真测算，所有与会的专家都认为这套技术处理系统目前属于国内首创，国际领先。能有效地预测植物病虫害的发病时间，做到有的放矢地预防，给各种植物的健康生长建起了一道无形的防护墙，给农作物的大面积丰收提供了有力保障。作为主持人的张副书记，作为第一完成人的唐小龙都走向了领奖台，到会的省领导亲自给他们戴上了大红花。那一刻，台下掌声雷动，就像滚滚而来的海浪，唐小龙感到自己彻底地被这泛着灿灿磷光的海洋淹没了。

中央电视台在当天的晚间新闻节目中播报了鉴定会的情况，画面上唐小龙的脸蛋儿红红的，开得比胸前的大红花还艳。已经在电视机前等了好几个小时的郁文看到这个画面，兴奋得呼吸急促两颊绯红，一副过性生活时来了高潮的样子，看到旁边的唐小龙还是那个淡然的样子，就轻轻捣了他一下说，你这个人真是的，都和国家领导人出现在同一个栏目里了还这么麻木不仁。

唐小龙说，国家领导人是人咱也是人，国家领导人看到咱不激动，咱干吗要激动？郁文把发亮的眼睛移到唐小龙身上，说，大气，有魄力，我就喜欢这样的男人。说着白嫩的胳膊就像两条弯曲的蛇一样缠绕上来。

这段时间郁文的性欲一直很强，这是过去从来就没有过的。看来名和利不仅是男人的春药，也同样适合于女人，难怪有位女作家说，男人都一样，女人差不多。

前段时间，唐小龙和科技局签定了开发软件的协议，科技局当场就支付了十万元的前期资金。回到家，唐小龙把装钱的包裹沉甸甸地放在茶几上，郁文看到钱发疯般地亲了起来，然后就开始一遍遍地数，数够了，就抓起一捆钱漫天撒了起来，看着在空中飘舞的花纸，郁文闭上眼睛，一副很陶醉很享受的样子，唐小龙还从来就没有见过她这么疯狂过。那天晚上做爱，唐小龙感到身体还没有进入状态，郁文就哼哼唧唧表现出要进入高潮的样子，唐小龙一开始没有听清郁文吐出来的那些字，后来听清了，郁文在说，有钱的感觉真好啊！真好啊！……唐小龙一下就从郁文身上翻了下来，软了。

鉴定会后不久，周志民被检察院的人从办公室带走了。

钱匣子持续不断地告状，只为周志民事件的败露提供了诱因。真正的原因是和他一直合作的那位姚科长出事了，拔出萝卜带出了泥。

检察机关早就注意到了这个姚科长。姚科长职位不大，收入不高，但经常出入豪华场所，衣着更是讲究，非国际名牌不穿，一件带铂金纽扣的衬衣竟然上万，其收入和支出明显不符。在一次的例行审记中，发现由姚科长过手了很多的假发票。检察机关根据这条线，很快就查出姚科长有利用假发票侵吞公款的嫌疑，就把他收审了。进去以后，姚科长不仅对自己事情供认不讳，为了争取宽大处理，还把自己所有知道的都说了出来，其中就供出了周志民收买他，套取政府采购标的，然后用学院的名义招标，具体业务却转给自己公司牟利的事实。

当天晚上郁文回到家里就问唐小龙有何感想,唐小龙没有明白什么意思,就说，什么感想！他自作自受！郁文就说他是个榆木脑袋。接着说，现在院长的位置空出来了，剩下的几个副院长，论科研成就论群众基础没有一个跟上你的，你就没有什么想法？唐小龙这下明白了，说，你不会让我当院长吧！郁文不容置疑地说，我就是想让你当院长。迟疑了一下，唐小龙说，咱们为什么要当这个院长？郁文反问道，咱们有条件当为什么不当？你也不想想，没有张副书记手中的权力，没有迟忠澜手中的权力，你的科研成果能产生这么大的影响力吗？我们家的经济状况能得到改善吗？

这话一下子就把唐小龙说愣了。

九

六月的一天，天气非常热，天气预报说，下午的气温达到了摄氏四十度，街上几乎看不到人影，偶尔有几个行人经过，也像被滚烫的地面烫着了，踮着脚尖匆匆而过。但在唐小龙的家里却是另一番景象，大功率的空调不知疲倦地转动着，舒适的冷气从长条格子里咝咝地流淌出来，让人感觉惬意而温馨。

唐小龙躺在客厅的沙发上看闲书，书是学术超男易中天先生的《品三国》，一本典型的男人课外读物，是郁文专门买给唐小龙的，说唐小龙就要当院长了，得汲取些权谋之术，长些心机，要唐小龙每天都看一点，唐小龙一开始是有所抗拒的，后来就翻开看一点，感到还有些意思，就放在床头临睡之前用它来催眠，居然效果很好。但今天他却不是用它来催眠，他在等郁文，郁文正在卧室里精心地化妆，他们准备参加郁文他们班的同学聚会。聚会的发起者就是郁文，真正的策划人却是迟忠澜。

为了让唐小龙能当上院长，郁文要来个内外双保险，内有张副书记给说话，外她想到的就是迟忠澜。张副书记这边刚合作完，还好说一些，但迟忠澜怎么样她心里没底，最后郁文老谋深算地对唐小龙说，咱是不是应该对迟忠澜有所表示？唐小龙问怎么表示？郁文说，他给了我们这么大的好处，我们都没动作，这太不近人情了。我们应该对他表示一下，顺便把院长的事和他说说，这不是一举两得吗？唐小龙感到自己的老婆最近好像被人施了什么魔法，一下子变得这么聪明，这让他觉得有些可怕，但是他又无可奈何，他只有像漂浮在海水里的一截木头随波逐流。

郁文想让唐小龙和她一起去找迟忠澜，唐小龙说什么都不去，郁文最后有些生气地走了，临走甩下了话，说，死狗拖不到南墙上，我为了谁？还不是为了你，为了这个家。这并没有让唐小龙真正从心里原谅郁文，这个家难道就这么需要他干这个院长吗？他在自己的内心深处反问道。

晚上的时候，郁文回来了，一副很兴奋的样子，把银行的存折拿给唐小龙看，唐小龙见上面当天取出来五万块钱接着又存上了五万，就是问怎么回事？郁文说迟忠澜没要。唐小龙松了一口气，感到心里透进来一丝亮光，郁文继续说，你这个学生没有白教，我一说院长的位置空出来了，迟忠澜接着就说无论是人品还是学问，全院只有你是最合适的，他答应在适当的时机和校长打招呼。还说他之所以这么痛快不是为了你，是为了学院的发展，母校发展好了，自己的脸上也很有光彩。最后我要给他留下那五万块钱，他说什么都不要，说找老师来做这个软件开发，他是为了给政府省钱，报的价格已经给了他很大的面子，他怎么能拿这个钱？我心里不忍，要硬塞给他，最后他说，非要表示，不如由你们发起个同学聚会，我们马上要毕业十八周年了，同学们也该见见面叙叙旧了。

这样，就有了这次郁文他们班的同学聚会。在迟忠澜的要求下，唐小龙成了特邀嘉宾。

《品三国》的催眠效果就是好，现在本来就没有睡的意思，看了会儿书，一股倦意就向唐小龙袭来。郁文在卧室里还没有拾掇完，刚才还不时地出来让唐小龙评定她换上的新衣服，现在没有动静了，大概正在脸和头发上下功夫，这一弄又得半个多小时。唐小龙想合上书小憩一会儿，书却从手中滑落了。

唐小龙弯腰从地上把书拣起来，看到从书里掉出来一个东西，唐小龙抓起来一看，是一只没有开封的避孕套。刚生完女儿的时候，郁文曾经带过节育环，但里面经常感到疼，后来就取了下来使用避孕套。唐小龙拿着避孕套想把它重新放回书里，却突然感到少了，上次使用的时候他清楚地记得还剩下三个，现在却变成了一个。

这些东西一直由郁文收着，唐小龙之所以对上次记忆这么深刻，是由于上次他首先莫名地兴奋起来，来不及戴就急匆匆地杀了进去，动作了一会儿，听到郁文在下面一直喊套子套子。唐小龙才想到要找，郁文从枕头底下摸了出来，她捏着最上面那一个，下面像门帘一样地挂着两个，一共还有三个。唐小龙一把就抓过来，取下一个就又上阵了。

避孕套少了，显然是郁文拿了，这个东西只能男女之间用，郁文拿了跟谁用？唐小龙心中充满了大大的疑问，就像心里塞了一块沉重的石头，在清凉而又舒适的房间里，他感到了压抑和憋闷。

这天晚上的晚宴获得了巨大的成功。在全市唯一的五星级酒店郁文定了三大桌，能来的同学都来了，三个桌子都坐得满满当当。唐小龙、迟忠澜、郁文分别代表老师、男生、女生发表了热情洋溢的讲话，学生们轮番地给老师敬酒，郁文成了整个酒宴上最耀眼的明星，在三张酒桌上来回地穿梭，间或和某个同学耳语一阵，这个同学立时就端着酒杯过来给唐小龙敬酒，恭敬地喊着唐院长。

唐小龙很快就进入了迷醉状态。眼前晃动的不再是自己的学生，不再是推杯换盏的热闹场面，而变成了很多奇形怪状的小爬虫，他使劲揉了揉自己的眼睛，眼睛像被蒙上了一层灰白色的雾，却怎么也看不清楚。后来他干脆放弃了努力，只一个人不停地咕哝着，没有人能听清他说的什么，只有他自己明白，他在反复地问，避孕套怎么就少了一个？

孪 生 兄 弟

一

我和许岚的故事开始于所谓"回家"的时候。

两年前，位于城区边缘的这家小饭店收留了我。当时饭店规模很小，只有一间土坯房，后面的厨房是用石棉瓦搭成的窝棚，里面单眼单灶只能准备简单吃食。食客大多是周围建筑工地上的民工，一锅大白菜就能对付下去几斤白酒。是年轻的老板留住了我。之前我所经历的两任老板无一例外都是精于算计的大叔，而眼前的这位老板却跟我年龄差不多，甚至连个头长相也很相似，这在我心里就产生了很大的认同感。年轻老板简单问了几个问题，其中之一就是家在哪里？这对我却是个关键。自十五岁来到这个城市我一直说自己是孤儿，原因并不是要唤起人们的同情，而是我确实不知道还该不该把墨镇叫成自己的家乡，把生活在那里的两位老人称为自己的父母。孤儿的称谓就是我身后的幕布，在遮蔽过去的同时也遮蔽着我内心的悲哀与凄凉。可这也带来很大的麻烦，之前的两个老板都像防贼一样地提防我。一个孤儿，一个没有根基的人，一个没有家的人就会无所顾忌不能给人安全感，他的行为会不计后果，会有不可预测的损害与灾难。因此面对年轻老板的询问我编织了一个家，这个家虽在偏僻乡村却有疼我爱我的亲生父母，有我曾经想要的一切。

有了这个伏笔，老板就在一年后饭店搬迁这天再次提到了家的问题。新饭店在后面新建成的商业街上，旁边就是刚刚投入使用的开发区行政中心，上下两层共三百多平方米，老板给自己的饭店取了一个亮堂堂的名字叫"真如意"，老板说人生不如意十之八九，但有了这家饭店我就真的如意。搬家这天场面很大，开发区行政中心的很多领导都来了，老板很兴奋，晚上意犹未尽又摆了一桌请全体员工，这时员工的队伍已经壮大到了十个人，加上老板我们十一个正好坐满一桌。这天晚上老板喝多了，说了很多话，一直在吹嘘自己的个人奋斗。那些刚加入进来的年轻员工不知底细，都用崇拜的眼光看着手舞足蹈的老板，我心里却有些不以为然，老板是家里的独生子，高中毕业后没有考上大学，但父母还是想尽办法让他进了一所民营学院，学院没有读完就要出来自己创业，那家简陋的饭店就是他创业的起点。可单凭原来小饭店的利润老板不可能真如意，让他真如意的是拆迁，老板家就在附近村庄，拆迁补偿让他们家一夜暴富。

为了增加自己话语的可信度，老板在修正自己奋斗史时总是到我这里求证，因为在座的我是唯一老员工，用老板话讲是"元老"。原先还有一位年纪大的乡村厨子，在搬入新楼前被老板辞退了。在那个场合我当然要顺着老板，一直按老板设置的轨道点头说是，唯一的出轨是增加了父母的支持，酒精并没有让老板彻底麻木，对我的出轨立刻就敏感了起来，顺水推舟地说，"是啊！没有父母当然就没有我们，也就没有今天的成就。"为了把自己大而化之的阐释继续模糊下去，老板接着就把矛头转向了我："方兴，你怎么从来不回家看看，父母养我们这么大不容易呀！"

我没有想到会引火烧身，老板的跑偏显然不仅仅与酒精有关，还有对我出轨的小小惩戒。这在我心里却产生了很大的反响，我这个有家的人一直不回家是极不正常的，我意识到该是为自己谎言负责的时候了。之后我不再刻意回避家的话题，开始变得有些合群了，我竭力回忆自己之前向老板的描述，偏僻乡村，年迈的父母，还有爱——那无私而又浓烈的父母之爱。那段日子我逐渐沿着自己编织的谎言走了回来，终于有一天我要"回家"看看了。

告别了老板和同事我兴冲冲地往外走。此时的兴冲冲是表面的情绪，内心却充塞着无边无际的茫然。我顺着商业街一直往前走，确定后面没人注意才把脚步慢了下来。沿街的商铺刚刚开门营业，街上没有几个行人。东来的阳光投射下斜斜的光束，霸道地把各种影子按自己的趣味拉长，让这寥落的街道变得更加地孤独与无助。我伸手向后托了一下肩上的行囊，这是一个帆布双肩包，里面有我随身的衣物，有二斤东原糟鱼，老板特意放进去的，是饭店里的特色菜，说让我父母尝尝并转达他的问候。里面还有一个名片夹，不知从什么时候起我有了保存别人名片的习惯，这么多年下来也存下了一定数量的名片，这些名片有捡来的也有别人送的。一个人的时候我总是要翻翻这些名片，名片上都有头衔。有的名头很大有的一般，有时看着这些名片上的名字和它展示出来的世界，就感到一些原本遥不可及的东西离自己近了心中就有了某种温暖。双肩包的侧兜有钥匙、手机及钱包。钥匙有两把，一把是饭店外面的铝合金卷帘门，还有一把是楼上某个包间的，这里是我晚上的归宿。手机电话本里有联系人二十一位，其中的十位与身后的这家饭店有关，剩下的十一位是从名片夹里找出来的，我们可能见过一面，也可能没有见过。钱包里有三百二十七元的现金，一张银行卡，里面的四千块钱是我全部积蓄。一张假身份证，是出来的第三年在修理厂打工时老板花钱给办的。这就是我的"家"了，现在我就把这个家背在身上。

前面是一个岔路口，在这座城市新规划的区域中这样的路口已非常少见。那些所谓的大手笔对走神儿或者开小差之类的情绪是不能容忍的，他们往往要在土地的肌肤上屠戮，切割出一道道血痕，残忍地树立起那些与我这个流浪者无关的气势或者气派。岔路口呈"卜"字形，往前的路直通繁华的市中心，右侧的一点是通往外环的弯道，我就是沿着这个弯道走来的。穿过这个弯道，走到外环路中段，有家规模不大的汽车修理厂就是我之前工作的地方，这是我进城后的第二份工作，这是个唯一点燃我理想的地方。再往前是一个乱糟糟的蔬菜批发市场，市场头上那家李记烧饼铺就是我进城的第一个落脚点。

我拐上了弯道，走了一段才知道这种选择是不由自主的，我不是严格意义上的流浪者，所有的道路都有迹可循，正如这次"回家"，尽管茫然尽管没有方向，我却不自觉地沿着来时的路往回走。此时我心里已经有了明确的意识，繁华的市中心与我无关，眼前的车流人流也与我无关，与我有关的就是脚下的道路，沿着这条路我是可以走回去的，回头本身就有家的意味，更何况我还带着冠冕堂皇的理由，正是这个理由让我感到了使命色彩。

我的第一个老板李记烧饼铺的李高低是个非常苛刻的人，他本来的名字叫李高力，后来的名字源于他的两条腿长得一高一低，走路也起起伏伏。李高低对我的算计达到了登峰造极的地步，每天吃几根咸菜都数得一清二楚，头半年干下来我不但没拿到一分钱工钱，还欠他三百多，这其中有我的卫生费伙食费学徒费和住宿费……当然他对他卖出的烧饼也算计，为了节省面粉把油酥烧饼变成发面烧饼，还利用离菜市场近的优势，让我每天晚上去菜市场捡些丢弃的烂菜叶子，拿回来简单清洗一下做成菜烧饼。菜烧饼一上市就大受欢迎。汽车修理厂的一个年轻伙计经常过来买烧饼，有次也想买菜烧饼，我趁李高低不注意阻止了他，事后我跟他解释馅料的来源他才明白，从此我们成了朋友，在他的引荐下我认识了第二任老板。离开烧饼铺几乎没有障碍，关键是此时李高低不缺帮手了。他本来就是和老婆开的夫妻店，是孙子的出生让他老婆回了乡下，现在孙子能满地跑了，就被外地打工的父母一起带走了，老婆也就重新回到了烧饼铺。

汽车修理厂的周老板长得很威风，不但身材高大魁梧还留着像蒲扇一样的络腮胡子。初见面的时候我心里怯怯的，可他对我展现的目光非常柔和，语调也慢声细气，吐出来的却是宏伟蓝图。他告诉我人应该有大理想大境界，具体到我目前的情况就是先当学徒工，然后成为工程师再然后就可以独立开办修理厂了。在这之前从来没有人能像周老板这样跟我谈理想，这一下就燃起了我的热情，我对周老板以及他的修理厂立刻就迷恋与依赖起来，第一次感到了生活的光明。

周老板给我指定的师傅是经常去买烧饼的伙计，师傅是好朋友关系更进了一层这当然让人高兴可也有了某种失落，在以后的日子里这种失落就更加明显起来，师傅不教怎么修理汽车而是整天让洗车，我有些疑惑就问师傅，师傅嘿嘿笑着说先入门吧。这样过了半年，有天晚上我忽然被师傅从睡梦中叫了起来，然后迷迷糊糊地上了一辆面包车，车上还有修理厂的另一位伙计。

我们来到一个看起来不错的小区，师傅在路边停下车命令我们下来，我们跟着师傅往小区大门口走，此时我才注意师傅手里提着个工具箱，穿着卡其色工作服，工作服上有"港华燃气"的字样。小区保安拦住了我们，师傅镇定地说，修天然气管道的，五栋二单元的天然气管道泄漏。说着就大摇大摆地往里走，保安也没有再阻拦。我们来到小区的一处隐蔽花园，师傅才向我们交代了任务，我们的任务比修管道要简单很多，就是拿着师傅刚刚给我们的大改锥扎汽车轮胎，唯一的技术含量就是要避开监控。我没有想到会有这样的任务，拿大改锥的手抖动起来，师傅感觉到了我的恐惧，说进了这个门就没有退路了，你跟着我走吧。说着就转身隐在了黑暗中。我来不及思考师傅说的门是指小区的还是修理厂的，紧跑着追上了师傅。

那天晚上我一个轮胎都没有扎破，师傅在我前面势如破竹，我也试图像他那样照着轮胎努力，却怎么也做不成，师傅回身小声提醒，让我下手要狠，要找准轮胎纹路之间的缝隙。按照师傅的说法还是没有成功，主要是手在发抖。之后又有几次类似这样的行动。我的理想随着这黑暗中的行动逐渐耗尽了，陷入了深深的苦恼之中。我不知道这个世界怎么了？汽车修理厂上一套先进的补胎设备就要去扎破别人的轮胎，如果上一台整形的设备就要去砸车了。依照这个逻辑推演下去，开办驾驶员培训学校的那就要去街上杀司机了吗？我感到自己在这个修理厂也无法待下去了。可周老板怎么会轻易放我走呢？在这一年多的时间里我已知道得太多，尤其是潜于水下的那些东西。

最终我还是顺利地逃离了修理厂，原因就是我有病，不是真的病是假装生病。灵感来自被周老板开除的一位伙计，这位伙计出去嫖娼染上了性病，周老板知道后大发雷霆接着就把他赶了出去。我当然不会装这么奢侈的病症，无意中我得到了一张乙肝的诊断证明，把抬头的名字与年龄都撕掉，然后装作无意落在床上，睡在我邻铺的师傅发现了，到了下午周老板就找我谈话。声音还是那么柔和还是那么慢声细气，只是不再谈蓝图和理想，而是让我去寻求更好的发展。

逐渐把自己的影子踩在脚下我才意识到应该走了好久，我已越过了那家叫维达的汽车修理厂，也越过了李记烧饼铺。中间也有过片刻驻足，修理厂大门口的齐门阁子依然耸立，烧饼铺子的单扇木门依然往外冒着腾腾热气。一切都没有变化，让这条来时的道路变得枯燥无比。由李记烧饼铺旁边的蔬菜批发市场往前一些，再向左边一拐就是长途汽车总站了。六年前我就是在此下的车，我竭力回忆第一次踏入城市人流的感觉却怎么也记不起来了，即使站在这里，过去与现在的分野之处，面对自己的麻木我不知道这样走下去是否还有意义？我第一次对自己回家之路产生了犹疑。

我就是在这个时候看到了许岚，之所以第一眼就发现了她，是因为感到她当时跟我一样茫然与犹豫，明明看到她从市场出来走向汽车站，可走了几步又折返回来，在接近李记烧饼铺的时候突然站住了，然后再返身往车站方向走。当然让我眼前一亮的还有她跟周围格格不入的外形。蔬菜批发市场周围都是些开着各种乱七八糟车辆的菜贩和装卸工，在这群人中间许岚的咖啡色职业裙装就非常显眼。

我没有主动向年轻女孩儿搭讪的经验，当时二十一岁的我甚至还没有谈过一次完整的恋爱。就在去维达修理厂那年我结识了附近超市一位胖嘟嘟的女孩儿，第一次带女孩儿出去我们就睡了，她不是第一次，这个发现让我对自己的童贞也轻贱起来，之后我主动约了女孩儿几次她却对我日渐冷淡，直到我看到她坐上了其他男人摩托车的后座，我才知道了自己的天真。我相信这个世界存有爱情，可对像我这样的人来说遥远得就像天上的星星。

人有时候是有些意外表现的，那天我主动上前和许岚搭讪应该就是这种状态。我走近了许岚，她居然没有吃惊，还轻轻地笑了一下。"请问你是来找人的吗？"我太相信自己的判断，没有过度就直接把这话抛了出来。

"是啊！可惜没有找到。"

"可我发现你来回走了好几次。"

"我想找份工作又拿不定主意。"

我对她有了第一个明确的判断，这是一个对人没有戒心的女孩儿，她是干净的。我心里忽然涌动出来一股热流，整个身体也有了一种不由自主的战栗。又往前走了几步她才意识到了什么，说："你在跟踪我？"

我老实地回答："不是跟踪是好奇。我对你出现在这里感到好奇，即使找

48

人也不应该到这里来找，这里更不会有适合你的工作。"

我们就这样相遇了。那时候我还没有意识到这是一种天定的缘分，只想向她靠近，和她相伴走过眼前这嘈杂的市场，纷乱的马路，喧嚣的车站。

二

第二天我就把许岚带回了真如意饭店。

我"回家"的路程就此终止。前几天真如意饭店有两个服务员一齐辞职，其中就有位领班，这几天老板正为这事发愁，许岚的外形以及举止绝对比那位领班优秀，发现这样的人才本身就是对我这次"回家"的解脱，带着这样的人才回去老板也会忽视我"回家"的结果。当然我之所以这么确定还因为许岚原来就在酒店工作，只不过她工作的酒店是家四星级的大饭店，她身上的咖啡色裙装就是饭店的工作服。迫使许岚离开的原因是由于无赖般的厨师长，在这样的饭店厨师长是颇有地位的，这位张扬的厨师长是位有妇之夫，他相中了许岚想硬要把她发展成"小三"。许岚对厨师长给自己设定的这个职位深恶痛绝，可厨师长是个知难而进的人，利用一切机会骚扰，这就让许岚没有办法待下去了。因此才想到要到蔬菜批发市场自己老乡这里碰碰运气，谁知老乡早就不知所终了。

老板一看到许岚眼睛就睁大了。许岚身材颀长，女性的特征就明显了很多，整个身段看上去凹凸有致风韵娉婷。老板当场许诺工资跟我一样享受经理级待遇。说到这里我得交代一下。鉴于我是和老板一起创业的元老，老板就学大饭店的样子封我为前台经理，工资也比一般员工多二百块钱。看到老板对许岚这个样子，我心里隐隐有了一种不好的预感。

许岚来了之后我的身份发生了微妙的变化。之前说是前台经理实际上就是个打杂的。平时没多少客人的时候可以在一楼大厅巡视巡视，一旦忙起来就没有这样的架势了。上菜高峰期也帮服务员端盘子，有时去市场采买，有时还去后厨打打下手，老板不在的时候才帮着在前台收收账管管事。现在我当真成了甩手二掌柜，不再端盘子很少再去后厨，指手画脚的事情多了起来。

这样过了一段时间我渐渐感到有些气氛不对了，周围的年轻服务员不再亲热地叫我白哥，后厨两个年龄比我长很多的师傅开始叫我白经理。最大的变化来自许岚，我和许岚是同一年出生的，许岚的生日还比我大上几个月，我们刚见面的时候她就充大地喊我小白，后来我们熟悉了她开始叫我小兴子，现在什么都不叫了，甚至有时连招呼都懒得打。我感到自己渐渐被孤立起来，原本我是想在许岚面前显摆显摆，没想到自己会弄巧成拙，这让我再度陷入苦恼之中。

让我更加苦恼的是老板与许岚之间的关系。我们老板和我一样长了张娃娃脸，所不同的是我由于长久的压抑与自卑表情就凝重了很多。而老板的情绪是放松的自然的，呈现出来的是热烈而奔放的表情。所以我们老板就很有亲和力，很讨女孩子喜欢。在我印象中我们老板从来就没缺过女朋友，我刚进饭店的那会是一个卫校的学生整天缠着他，后来又处了几个，大多不会超过半年，现在饭店的生意不错老板也开上了自己的私家车，女朋友换得更频繁了。许岚刚来的那会他正跟移动公司的一位营业员相处，过了一阵我发现他奥迪车副驾驶的位置空了。随之的变化是他在店里待的时间增多，他那些狐朋狗友就来店里聚会的时间也多了。这几年老板交了一些朋友，大多是当地暴发户的孩子，他们的外表装束跟老板差不多，都是理奇形怪状的发型，胳膊上文着纹路复杂的刺青，脖子上戴着粗大的金链子，脑袋高高往上仰着嘴巴上叼着苏烟。他们聚会也没什么正事，一般就是吃吃喝喝打麻将。每当这个时候老板总是让许岚上去服务，许岚一开始表现得不情愿，后来就有些欢天喜地了。我心中暗暗着急，不愿意让许岚跟老板这伙人混在一起，这不仅仅是因为嫉妒的原因，我知道最终受伤害的还是许岚。有几次在他们聚会的时候我想借故支开许岚，但换来的是老板的呵斥。

许岚开始躲着我，我感到了她偏移的目光，那是一种顾左右而言他的游离，里面是逃避与害羞还应该有一丝丝内疚。有天晚上老板不在，他那些朋友又在饭店里胡吃海喝，照样让许岚上去服务。我一直留意楼上的动静，喝到后来我忽然听到了许岚的尖叫声，还有瓷器的碎裂声，我心里一惊。幸亏那时我没有慌乱，知道独自一人上去肯定制服不了他们，就招呼几个服务生一起跑上去。果然他们几个在转着圈推搡许岚，一边还在撕扯许岚的衣服。我们几个往门口一立他们非但不住手，还呵斥我们少管闲事，是我率先冲了上去，后面的几个也随着往上扑，我们毕竟人多势众，三下五除二就把那几个醉汉打翻在地。当时的许岚有些衣冠不整，她没有赶紧跑出去换衣服，而是用一种幽怨的目光盯着我，目光里闪动着晶莹剔透的泪水。第二天老板知道了这件事不但没有责备我，还一直拍着我的肩膀夸我能挡大事。老板的这个态度让我安稳了不少，不是因为没得到责备而是感到老板对许岚还是有些真情的。

可面对老板与许岚关系的升级我怎么能安之若素呢？我清楚地知道自己是爱许岚的，也许第一眼就爱上了她，那优雅的步态，窈窕的身材，还有她的干净这一切都让我着迷。看到她与老板的关系越来越近，看到她旁若无人地坐上了那辆奥迪的副驾驶，我的心在滴血。可是我又能怎么样呢？我想离开真如意饭店，下了几次决心都没有走成，不是贪恋这里的舒服，实际上这里已经不再舒服。还是放不下许岚，我总有个感觉，许岚最终会需要我的，就如同那天晚上，我相信最终解救许岚的会是我。

抱着这样虚妄的希望我硬撑着，每天都在矛盾犹豫煎熬中度过，期望许岚能跟老板修成正果但又排斥着，我不知道自己还有没有机会，第一次体会到了爱情的博大与狭隘，忘我与自私。

老板的生意越做越大，不但在开发区开了家西餐馆还承包了一家三星级宾馆，不知道他哪里来的这么多钱。与此同时他来饭店的次数越来越少了，座驾也换成了一辆红色的法拉利跑车，他不再带着许岚成双成对地出入了。行踪也变得神秘起来，经常有些不三不四的人来饭店找老板，早在半年前我在饭店的职位就被老板调成了后厨的厨师长，我这个不会炒菜的人居然成了厨师长，这也只有我们这样的天才老板才能想得出，我当然对此有疑问，老板却搪塞着说，厨师长就是个领导职位不一定非要会炒菜。接替我前台经理的就是许岚。

许岚在逐渐受冷落，谁都看得出老板的法拉利跑车前面虽然空着，可许岚是不会坐上去了。老板偶尔来一次饭店，许岚就跟到老板楼上的办公室，然后就传来争吵的声音。无数事实证明老板与许岚的关系已经发生了转变，面对这样的变故我首先感到的是难过，从心里我不想让许岚受到这样的伤害，可内心也掠过一丝丝的兴奋，我知道也许自己的机会来了。在和老板经历过一次最为严重的争吵之后许岚愤而离开了，当时我正去市场采买，回来才知道许岚走了。听目击者说许岚走得很是决绝，也没有看出特别地难过，带着自己的东西从楼上下来径直就走了出去，连招呼也没打连头也没回。

我接着打许岚的手机就不通了，之后我连续打她的电话，里面那个机械的声音一直劝我稍后再拨。打老板的电话也不通。许岚和老板一齐失踪了，这个设想让我踏实了些许，可这怎么可能呢？许岚是因为跟老板反目而出走的。现在我也不知道许岚住在什么地方，刚来的时候许岚的住处是我给她找的，那是一个待拆的城中村，后来老板就给她单独租了一套公寓，这还是我从其他女服务员那里听说的，公寓在什么位置我压根儿就不知道。

又过了两天许岚的电话还是打不通，这两天我把能想到的地方都找遍了。最后我抱着试试看的心态来到了许岚曾经住过的那个城中村。这个地方离饭店很近，就隔着贯穿新区的汶河。汶河上已修了高标准的斜拉大桥，可还保留着一座建于明代初期的石桥。我带许岚第一次过来的时候就是走的石桥。不到一年的时间，城中村已发生了很大的变化，大部分村民都已搬走，里面的房子都拆掉了，腾出了一大片砖瓦遍地的空白，只有边上几处错落散置的民房混搭在一起。印象中的胡同没有了，标志性的小卖部也不见了踪影。我心里在给自己打退堂鼓，许岚怎么可能回来呢？这里已经破败成这个样子，这样想着我脚下并没有停下来，因为我知道这也许是我最后一根稻草了。

看到那两扇古旧的木门我眼前一下就明亮了。木门是闭合的而且还是从里面插上的，这说明里面是有人居住的。开门的是房东，一位瘦得像刀螂一样的老大爷。这个院子里原本就住着他们老两口，第一次见面我就唐突地问他们的孩子住在哪里？老大爷倒非常坦诚，说自己没有孩子。随即解释说是老伴来得晚。旁边的老伴见大爷这么说有些不好意思地笑了，把满脸干核桃皮般的皱纹笑成了一朵花。事后我才知道老大爷是在五十九岁那年才娶到老伴的。

老大爷很快就认出了我，赶紧说："快进来吧！昨天才搬回来。"听了这话我的心猛地就激动起来，我知道自己成功了，许岚果然回来了，是回来等我的吗？不然她怎么能想到这个我最初给她安排的地方？这个念头让我一下子变得信心百倍，脚下猛然就有了巨大的力量，恨不得一下子就见到许岚。尽管我们才分手三天的时间，这三天却漫长得像一个世纪。我知道现在的许岚再也不是那个让我又爱又怕又恨的许岚，现在的许岚只属于爱只属于我。

许岚租住的东厢房还是那么干净，丝毫看不出刚搬进来的迹象。靠近南墙的地方是一张床，东墙边是一张小方桌，西边是一个简易衣柜。这些都是刚搬来的时候我们一起置办的，这个不大的房间里包含了过去的记忆，这记忆除了幸福和甜蜜没有其他。许岚坐在床上，看到我一点儿也没有感到意外，好像我本来就是已有预约的客人。几天不见，许岚瘦了，原本就有些外凸的眼睛显得更大了，里面的内容也更复杂了，似乎有了某种叫沉静的东西。我不知道该说什么就默默地站在床前。过了一会儿，许岚说："我没有地方去了。"我想说这本来就应该是你的地方，可没有说出来，现在"本来"是个敏感的词，它可以触动过去，此时我不想揭开在这之前的过去。可这又怎么能绕得开呢？

我想我还是应该说点什么，想要说的话太多了，我想说我爱你！我想说无论怎样我都喜欢你，无论多难过我都会陪在你身边。可我却一个字也吐不出来。许岚也许看到了我的表达，欠了一下身子问："你喜欢我什么？"机会来了，我却再次有些无措了，因为任何话语都代表不了我此时的心境，顿了一下我才说："一切！"许岚显然对这个回答不甚满意，鼻子里轻轻哼了一声，随即说"一切？也包括我肚子里的孩子吗"？许岚的声音像刚才一样平静，我却吓了一跳，孩子？哪来的孩子？这话还没有说出来，许岚就又说："我肚子里怀了孩子，我想把孩子生下来，我想结婚。"这下我明白了。孩子显然是老板的，老板却不想担负这个责任，这也就是他们最近矛盾爆发的原因。

我被眼前这个事实击倒了，做梦也没有想到会是这个样子。我愤怒了，感到自己被一团烈火燃烧。我举起臂膀想扑向许岚，却突然又似被无形的丝线扯住了定格在半空中。许岚在低头流泪，还发出嘤嘤的哭泣声。我的内心如剧烈的风暴在翻卷，情感的巨大落差已不是那个狭小空间所能承载，我扭身跑了出来。我不辨方向不辨路径，沿着脚下的道路奔跑着。后来我的心里忽然就明确了目标，罪魁祸首是老板，是这个花花公子毁灭了我原本可以美好的一切。可我已找不到老板了，他的两个电话都处于关机状态，饭店里没有人知道他的行踪。

　　到了晚上饭店里忽然闯进来四五个警察，他们是来寻找老板的，见老板不在就查封了所有的物品，我们自然也被赶了出来。之后我们得到了一个惊人的消息：老板杀人后潜逃了。这个世界真的变化太快了，生活的舞台不期然就会有惊人的大戏上演，当你以为自己不过是一个观众在认真观看的时候，不知不觉可能已经成为大戏的主角，你正在演出之中。眼看着是戏中举起的刀，落下来的时候很可能正好砍在你生活的头上。我们就是这样一次次被生活的不期然击中了。

　　我很快就了解到整个事件的经过：家中拆迁得来的那一百多万很快就被老板挥霍干净了，老板后来的光鲜全靠非法集资维持着，老板是当地人又有几处生意，这就给他的高息揽储增加了几分筹码，这里面还有个关键就是城市的无度扩张给周围的拆迁户带来了富余资金，老板就抓住了这个机会，不到两年的时间就吸纳了三千多万。这三千多万资金老板除留一部分供自己挥霍之外，把剩余的以更高的利息贷给了一个房地产商，按照老板的设想，这样就可以以钱生钱形成良性循环了，谁知后来地产商资金链断裂卷款而逃。消息一出很多债权人就向老板追债，老板开始到处躲债，昨天晚上有一伙讨债人在一家酒吧堵住了老板，老板夺路而逃，眼看就要脱险了，门口一位喝醉了的客人拦住了他的去路，老板想也没想就用手中的弹簧刀刺向了这位无辜的客人。老板跑路成功，而那位客人却永久地离开了这个世界。

　　我再次失业了，成了一个真正意义的流浪汉，跟许岚一样无处可去了。当天晚上我背起那个双肩包走了很久，晚上的马路依然热闹，街道的灯光依然璀璨，可这些真的与我无关。与我有关的不是眼前，不是遥远的墨镇，而是隔着那座古桥的城中村。我清楚自己心灵流淌的那个声音，我爱许岚，她在我心中永远是干净的，即使她怀了别人的孩子。

三

　　我和许岚去民政局领结婚证那天是阳历四月十二农历的二月二十八，时间是许岚选的，阴历和阳历都是双头日子。为此许岚专门找了本带着风水注释的挂历，上面在这一天上写着宜婚嫁，看完还不放心又去火车站找个打卦算命的算了一下，算命先生也说这个日子大吉许岚才最后确定。我的身份证是假的，许岚的身份证是真的。我担心民政局的工作人员会看出破绽，一直缩在许岚后面。没想到他们只验看了许岚的身份证就痛快地砸上了钢印。新房早就布置好了，就是那间简陋的东厢房。当天晚上，我们征得了房东老两口的同意在大门口燃放了一挂鞭炮，看着鞭炮孤独地炸响我们都流泪了。本来我想带许岚出去吃顿好的，但近几天许岚反得厉害看见什么都要吐。许岚说吃了也是浪费。我们就用房间里的电炉子煮面，谁知面刚放进去就听得咔啪一声保险丝烧断了，修好保险丝面也成了一锅粥。

　　这是我们的新婚之夜，我不可能没有想法。床是新买的，却是二手市场上的旧货，本来我想用自己有限的积蓄把新房好好布置一下，许岚不让，说孩子出生后花钱的地方会很多，再说房子是临时租赁的随时都会搬家，就是置办好了到时候也麻烦。在那张别人用过的大床上我拥着许岚，内心是幸福的也是惶恐的，我不敢相信自己怀里就是那个日思夜想的女人，我不断地低头凝视她抚摸她，唯恐一不留神她会从我怀里溜走。许岚温顺地仰卧在我的怀中，逐渐就捕捉到了我伸向下面的手，然后引导我继续往下，先是两个坚挺的乳房，圆润而饱满，一股热流在往上奔涌，我感到自己在逐渐沸腾。我克制着不再往下，需要进一步厘清自己。对于我来说这事件是如此重大，我认定自己是真正意义上的第一次。许岚显然误解了我的意思，想继续引导着我的手腕往下游走，我的手指变得有些盲从，开始滑下了那平坦柔软的肚腹，许岚用行动鼓励着我一边喃喃地说："网上说怀孕头三个月不能同房，我们应该没事的，今天是我们的新婚之夜。"

　　我猛然清醒了，意识到了许岚的顾忌与迁就。这是我最不想要的。对于爱情我虽然没有很高深的理解，但却明白爱情的基础应该是两情相悦，是自然天成的，不掺杂任何额外的情绪。我的新婚之夜就在许岚肚腹上止步，许岚感到了我的退缩，低声问道："怎么了？"我知道在我们的爱情中我和许岚之间是有距离的，我爱的目标就是在注视着相距不远的许岚，我坚信许岚在往我的目光深处走，我坚信我们的距离最终会消失，因为我是如此地爱许岚。

新婚之夜变得如此漫长，我们都不想睡。许岚跟我谈起了她的身世，在她很小的时候母亲就跟着一个粮食贩子私奔了，父亲外出找母亲也一去不返。她一直跟着年迈的奶奶长大，在许岚的记忆中奶奶是个坚强的女人，从来就没有见奶奶流过眼泪。他们那个地方是山区，奶奶承包了一大片山坡地，栽种板栗树，中间还穿种上花生芦笋等经济作物。一到秋天奶奶就长在这片承包地上，她放了学也会去那里找奶奶。据许岚讲她从小就很懂事，奶奶在地里忙活儿，她就用奶奶糊的泥巴炉子给奶奶烧水，七岁的时候她已经会给奶奶做饭了。凭着这片山坡地奶奶供她成长供她上学。许岚说和奶奶在一起的日子她从来就没觉得苦，在学校里她穿的用的一点儿也不比其他同学差，有时奶奶来不及做饭就给她钱让她下馆子，要知道那时候在农村的集镇能下馆子的学生是不多见的。直到她上高中二年级那年，奶奶突然就病倒了，这一病就再也没有起来。安葬了奶奶许岚就离开家乡来到这座城市，幸运的是她中间没有经历过太多的波折，正巧赶上了那家四星级饭店招聘服务员，许岚一下就被聘上了，若不是中间那位厨师长起了歪心，许岚也不会离开，我和许岚是不会相遇的。

这天晚上我们第一次谈起了命运，可说了一阵谁也说不清命运究竟是什么。然后我就开始讲我的故事。十三岁是我生命的分水岭，十三岁之前的我像所有正常孩子一样顽皮而快乐，之后我就变成了另外一个人。清楚地记得那是一个秋天的下午，我刚升上初中，去了远在齐林河畔的墨镇中学，我和几个同学一起搭车回家。车是那种带着敞篷的三轮，驾驶员旁边的副驾驶是可以坐人的，我们来回搭车都抢那个位置来坐，因为在驾驶员旁边显得比其他位置要威风很多。那天我从学校大门跑出来早了一些就率先坐在了那个位置上，住在后街的白方武随后跟了出来，看到我坐在了前面就命令我下来，我当然不肯，他就上前来拽我，眼看我们两个就要打起来，最后旁边的司机主持了正义，让我留在了那个位置，白方武却气鼓鼓地不服气，说了一句让我吃惊的话："一个淘把子也有资格坐前面。"这话他没有再重复却真真切切地种到了我心里。"淘把子"是我们那一带的土话，是指通过不正常的途径收养来的孩子。在回家的路上占据有利位置的我本来应该像过去一样欢呼雀跃，可那天我一句话也没说，眼前掠过的所有景致也黯淡无光了。

从这以后，我是否是淘把子这个疑问一直在脑海中盘旋。我开始留意父母对我的态度，从表面上看我的父母跟其他人没有什么不同，每天对我嘘寒问暖，在生活上照顾得非常周到，可我很快就发现了问题，他们整天叨叨得最多的就是要让我好好学习给他们争气，我不就成他们手里的工具了吗？父母哪有拿自己的亲生孩子当工具的？现在看我当时是多么叛逆与幼稚，望子成龙不是天下所有父母的最高期望吗？可在淘把子那个大前提下，我开始戴着有色眼镜来发现父母的行为，这样一来我就找到了许多我是淘把子的佐证。比如我很早就从同龄的孩子那里听说了他们小时候的糗事，海英出生三个月就得了一场大病，建设不到八个月就爬到院子里的阳沟里……而自己从来就没有听到过这些，好像我一生下来就这么大，没有经历过那些乱七八糟的婴孩时期。最明显的重要记忆是家里一直弥漫着中药的气息，母亲对外解释说自己得了妇科病，后来我明白了，母亲所谓的妇科病就是不育，这也就是为什么我出生的时候，尽管计划生育还抓得不紧我却是独苗的原因。

结论是令人沮丧的，我不是父母亲生的，我是淘把子。自从在心里认定这个事实之后，我变得沉默了，不再跟周围的同学往来，不再搭乘那辆接送的三轮，就是父母交了钱也不坐，每天下课就像只老鼠一样夹着书包悄悄走出校园，上课也不再举手主动要求回答问题，对家庭作业也草草应付了事。成绩在直线下降，老师几次要家长到学校都被我搪塞过去。我在人前变得无比自卑，整天梦想的是到一个没有人认识自己的地方开始自由生活。

原本以为这些想法会非常遥远，谁知两年后的一个偶然机会改变了这一切。到了初三这年班里很多同学开始早恋，对男女同学之间的关系变得非常敏感。同班的白方武用从自己家里偷出来的摩托车送一女同学，不想过了几天全班同学就都知道了。因这位女同学长相俊美曾一度被称为校花，自然那些吃不上葡萄的男生就开始大做文章，白方武感到难堪就想找出爆料者，最后他把目标锁定了我，理由是他骑摩托车在小路上等人时只有我看到了。那天我确实看到那位校花坐上了白方武的摩托车，可我没有跟任何人说起过，我那时已变得非常孤僻非常敏感。每天看重的是自己的内心，根本没有闲暇来关注这些乱七八糟的事情。白方武找我理论，我自然不肯承认，后来白方武先出手打了我，我也开始还手，结果是我们各有损伤，白方武把我的鼻子捣出了血，我抓破了白方武的脸皮。之后事情并没有解决，第二天晚自习时间，教室的黑板上出现了一幅漫画，画的是两个形象怪异的大人站在一个大水池旁边，手里托举着一个模模糊糊的小婴孩，婴孩身上写着我的名字：白方兴，旁边还写着一行解释文字：我是淘把子。外人对这幅漫画懵懵懂懂，可我一看就明白，自己这是被起底了。

漫画的出现就等于把我扒光了置于全班同学的眼前，把最不愿意袒露的隐私部位展示了出来。我知道这样的事情会传播得很快，过不了几天我是淘把子的新闻就会越过校园，传扬给所有认识我的人。当时还不满十五岁的我感到自己无力承担这些，没有脸面和勇气来面对。当天就带着本来应该交书费的二百元钱逃离了墨镇。

我们的新婚生活开始得并不甜蜜，我们本来就是生在乡村不良土壤上的禾苗，移栽到城市中来肯定成长得更为艰难。许岚反应得厉害不能出来工作，生存的重担就落在了我的肩上。可我没有一技之长很难找到合适的工作，好在我还有年轻的体魄作本钱。几次碰壁之后我开始给附近新建的家具城送家具，这个工作看起来简单实际上很复杂。首先迈入这个门槛就要经过一番波折，认定这个工作后我去旧货市场买了辆三轮车，骑着三轮在家具城转了半天，一个活儿也没有找到，眼看着一车车家具卖出去却没有我的机会，这让我很是纳闷，后来还是一个好心的商家指点了我。他告诉我一般的商家就是有生意也不敢找我这样的散户，他们送货的生意都被一个扎小辫的人垄断了，需要的时候直接给"小辫子"打电话，小辫子就会派人过来，所以你要想找到活干就要先找小辫子。我去找小辫子，小辫子倒没有难为我，只是给我讲明每趟活他要抽二十块钱。对小辫子的要求我没有感到意外，反而觉得再正常不过了。我已经适应了这个社会，感受到的生活从来就是这个样子。

除了小辫子的盘剥中间还有许多问题，一开始接活的时候我总是一个人行动，原想这样虽然累些却能多赚些钱，可事实并不是这样，一个人往楼上扛家具总有些闪失，即使没有闪失遇到难缠的客户也总会挑刺，不是蹭了油漆就是剐了台面，投诉到商家那里，商家就要克扣我的工钱。几次教训之后我就不再单打独斗，找了个外号叫"老歪"的做搭档。老歪年龄大长得还单薄，可他有经验做事稳当，我们组合在一起正合适，几单生意做下来都没出现问题。跟着老歪我们也逐渐摸索出了窍门，实木高档家具尽量少接，这样的家具不但死沉还娇贵，稍一不慎就会出问题，更何况买这些家具的都是有钱人，这个年月有钱人都娇情得不行，尤其是那些暴发户鸡蛋里都能挑出骨头来。

跟老歪熟了我才知道他也是刚开始干，原来他在正建设的高铁站看工地，据老歪说这活儿累不着就是太熬人，整夜不回家把家里的自留地都荒了。我一开始没听明白什么意思就问："怎么还荒了地？"老歪乜斜了一下眼睛说："你没结婚？"看到老歪这个神态我一下就明白了。这正好也触及了我的苦恼，许岚的肚子一天天大起来，现在我们睡在一起越来越痛苦了，如果有这么一个夜间值班的工作，对我肯定是一个很好的解脱。我当时就央求老歪去给我问问，看能不能让我夜间去看工地。老歪起初不肯，说他和老婆是老夫老妻，地荒几天不耽误收成，我们是少年夫妻正是如狼似虎的年纪不能耽误播种。我不好意思明说只说自己想多打份工多赚些钱。老歪见我说得诚恳后来也就答应了下来，最后还叮嘱我说："钱要赚，老婆那里也不能荒了，要多照应。女人有时就是这样，你照应多了她就会对你死心塌地。"

老歪很快就给我问妥了，工作时间从晚上八点到第二天早上八点，十二个小时每个月工资一千二百块钱。这天下午我破例早收了会工，从市场

59

上买了啤酒还买了两个凉菜。许岚看到我回去得这么早有些吃惊，我告诉了她事情的原委。许岚一开始不同意，怕我一个人在工地上不安全还怕我休息不好，可想到能多一份收入也就接受了。当天晚上我喝了两瓶啤酒。后来我们两个躺在床上，许岚已经做了产前检查，医生说她已怀孕五个多月了，肚子也颇具规模。许岚把我的手放在肚子上，说："来摸摸青青吧！明天你就见不到青青了。"青青是许岚给肚子里的孩子起的名字，是想青出于蓝而胜于蓝，这本来带点玩笑的意思，何况许岚的岚也不是这个蓝。许岚的身份证上是许兰，这是她本来的名字，后来进了城觉得"兰"有些土气才自己改为许岚的。确定"青青"这个名字的那天我问道："让她什么胜过你？"许岚严肃地说："命运。"从一开始许岚就认定怀的是女孩儿，所以青青就是个女孩子名字，我也不知道她是从哪里得来的这种自信。当然也可能不是自信，有次我们闲聊的时候许岚说："真的渴望是个女孩儿，女孩儿是有第二次生命的，嫁个合适的人命运就会不一样。"这话让我非常内疚，因为许岚嫁给了我，我却没有改变她的命运。许岚好像看透了我的心思，她随即说："我的命运就是这样，嫁给你我没有后悔，我是爱你的，我坚信我们以后会好起来的。"这是许岚第一次对我明确说爱，而且还这么肯定，我感到我是幸福的，同时也感到了更大的责任。

许岚的肚子硬邦邦的，已没有一块平坦的地方，许岚引导着我的手掌，一边说："青青，这是爸爸！来，踢踢爸爸。"话音刚落，我果然感到了里面的振动。那振动虽然轻微，却是真切的清楚的，是孩子在向我招手吗？这是我第一次明确感受到青青，我的眼泪快要下来了。

第二天晚上我住到了工地上，夜晚的工地一片黑暗，只有从我居住的工棚里才能透出一丝的亮光。我躺在木板搭成的简陋床铺上翻来覆去地睡不着，开始有了想家的感觉，我想对命运我是不应该有过多抱怨的，在这个城市的某个角落，我还有个叫家的地方，还有女人和孩子属于我，我这个不知道来处的人已经拥有了这么多，命运已经对我不错了。这天晚上我到了很晚才睡着，而且立刻就进入了梦境，在梦里我梦到了许岚和青青，还梦到我们搬进了一幢大房子。

四

　　青青出生之后我们就真需要一处大房子了。青青要在十月份出生，那个时候马上就要进入冬季，那间东厢房显然不再适合居住。可这几年城市的房价坐上了过山车，好的位置都到了每平方米一万多，买房子我们连想也不敢想。我赶在青青出生之前在附近租了一套两室一厅的楼房，房子在五楼，南北通透，两个卧室都朝阳，孩子在房间里就能晒到阳光。我把房间的照片用手机拍下来拿给在医院待产的许岚看，许岚非常满意，过后又迟疑地问："住这么大的房子是不是太奢侈了？"许岚的这个疑问让我感到非常难过，富人家的老婆都开上了宝马住上了别墅，我们租住个七八十平方米的房子就奢侈了？

　　房东很有些舍不得我们，由于他们的房子在新规划小区的绿化带位置，第三批搬迁也没有把他们列入名单，这让这两位孤寡老人非常沮丧，一直说自己这辈子恐怕住不上楼房了。我们搬走之后他们就更孤单了，那位大爷反复嘱咐我要常回来看看。我嘴上答应着心里却想到自己应该不可能再回来了，人生是有很多路过的，正如我曾经路过的李记烧饼铺、维达汽车修理厂，人要往前看往前走而不是捡拾这些路过。

　　青青是在十月的最后一天出生的，整整比预产期晚了十天。中间出现了好几个反复，许岚按预产期住进了医院，却迟迟没有动静，许岚怕花钱就回家等着，又过了几天还是没感觉，去医院检查医生让打催生针，后来又做了次B超才知道孩子脐带绕颈，最后还是做了剖宫产。那个下午许岚被推进手术室，我焦灼地在外面等，时间在一分一秒地过去，我的心也怦怦直跳处于极度紧张状态。青青对我来说还是个谜，大小、胖瘦甚至性别，七个多月的时间我们几乎每天都厮守在一起，我们靠得是如此之近，我却只能猜度她的模样。到了下午五点多钟青青被抱了出来。女孩儿，三点三公斤，这些信息都是跟我们之前的猜想相吻合的。我从护士手中接过了青青，青青蜷缩在小小的襁褓中，眼睛紧闭着，几缕乌黑的头发紧紧贴在额头上，肉嘟嘟的小脸呈鲜嫩的粉红色。世界在她面前悄然降临了，她却还在酣睡。我认真看着怀里这个小小的可人儿，轻轻地摇晃着，眼泪不自觉地溢出了眼眶。

　　青青出生之后我就不能再去看工地了，许岚晚上一个人照顾不了青青，许岚的奶水不足，晚上要起来喂好几次奶粉。少了一份收入，又多了很多的开支，单凭我的收入我们的日子就有些捉襟见肘了。我整天琢磨着怎么多赚些钱给青青买奶粉。家具城外面都是商铺，这些商铺以饭店最多。我有在饭店工作的经历，知道饭店的泔水都是免费清理的，我就开始利用早上的时间给饭店清理泔水，然后拉到附近的养猪场赚钱。一个月忙活下来居然比看工地的收入还高。

　　日子就这样一天天过去，青青也在逐渐成长，由整天躺在襁褓里到能坐起来，再到能独自站立，一晃一年多过去了，青青还不会说话，可看起来却非常聪明伶俐，什么事情都知道，平时跟我最亲，一看到我回家就咿咿呀呀地扑上来。都说女孩儿说话早，到一岁半了我们的青青却不能吐出一个完整的音节。我和许岚着急了，带着青青去医院检查也没发现什么异常，医生劝我们不要着急，婴幼儿的发育是有些个体差异的，这个孩子在发声方面可能迟缓了一些。虽是这样可毕竟还是不踏实，我们对青青就更上心了。

　　有天下午我正在外面送货，有个客户定了一套沙发和一个茶几，货不多我一个人就对付了。虽然和老歪成了搭档但老歪身体不行还经常喝醉，所以有时我还是自己单独行动。沙发是布艺的可体积庞大，上楼的时候就有些艰难，客户在四楼我才上到二楼别在腰上的手机响了，当时我弓着身子把沙发驮在背上，腰弯成了九十度的直角，上半身几乎跟地面平行，双手还反剪着护住背上的沙发根本腾不出手来。我没几个朋友知道这个电话肯定是许岚的，我想去楼上再接，可电话一直在响，我忽然想到了青青，会不会是青青有什么事情，这样一想我就在楼梯上停住了脚步，伸手去摸腰上的电话。手还没有摸到电话就感到背上的沙发往下滑，赶紧往后伸手已经来不及了，沙发快速地从背上倾斜下来，一下就把我带倒了，我往下翻滚着，到了下个楼梯的平台我的上半身顺着惯性前倾，额头重重地撞在楼梯的拐角上，一下子就失去了知觉。

我是被阵阵稚嫩的呼唤叫醒的，一开始这叫声似乎从很遥远的深处传来，轻轻地涩涩地，犹如刚会发声的夏蝉发出的。后来就清晰起来，我清楚地感受到，它们是同一个简单的音节：爸爸。我睁开眼睛，见青青坐在我的病床上，胖乎乎的小手正抓着我的大拇指，又黑又亮的大眼睛盯着我，小嘴巴正不停地叫着："爸爸、爸爸……"我猛然就意识到我的孩子会说话了，她在叫我爸爸，我的眼泪猛然就涌了出来，墨镇这个曾经一度遥远的地方忽然就回来了，思念如潮水般袭击着我，我开始强烈地想念我的父母。

　　这次我要真的回家了，带着许岚，带着青青。实际上做出这样的决定不是偶然的，也不是突然心血来潮。青青的呼唤只是启动了我内心潜藏的情绪，这几年我一直在反思自己十五岁时的那次离家出走，尤其是跟许岚结婚之后，更尤其是青青出生之后。青青的出生我曾一度感到自己的人生完整了，老婆孩子都有了，我这样的人也过上了正常人的生活还有什么不满足的呢？可有时我也会被一种莫名的情绪所统摄，心里感到很空，就像内脏猛然被一头凶猛的狼给叼走了。我知道自己的人生并不完整。

　　沿着来时的路往回走我没有找到原来的家，在原来的那个位置建起了一条整齐的街道，街道两边全是一模一样的二层楼，这些建筑的一楼是清一色的商铺。很显然这里已成了墨镇最繁华的商业街。几经打听我才在后街上辗转找到家门，从外面看新搬的这个家要比原来的瓦房阔气很多，外面是水磨石的墙面，房前有遮阴的房厦，大门的门楼很高，还有两扇黑漆漆的铁门。站在这样的房子面前我有些疑惑了，我做梦都不会想到自己年迈的父母还会有这样的大手笔。见我脚下的步子变得踌躇起来，许岚问："怎么？还不是？"我不知道怎么回答，因为刚刚有人确证过白万秋家就是这里。

　　我试探地推开那虚掩着的铁门，里面的场景更加陌生。整个院子都被水泥磨平了，靠西墙的位置有一个简陋的鸡笼，鸡笼的方门打开着，有三四只鸡正在鸡笼前抢食，边上站着个白发苍苍的老太太手里端着个边棱破损的瓷碗，正在缓慢地往下撒着黄糊糊的饲料。我们进门老太太听到了动静，扭身问："你们找谁？"老太太上身披着一件破破烂烂的中山装，下身是一条黄色的秋裤，整个形象完全是陌生的，可她这一说话我认出来了，她就是我的母亲，母亲的牙齿黑黄，我母亲娘家在南乡一个叫老虎官庄的地方，由于水土的原因，生长在那里的人牙齿都是这个颜色。

我叫了声："娘，是我！我是方兴！我回来了。"母亲猛然就愣住了，手里的瓷碗一下就跌落在地上，发出单薄的脆响。我走到近前，母亲已经泪流满面，我又叫了声娘，母亲伸开手掌挥起臂膀向我打来，第一巴掌打在我的下巴上，还没有回过神来紧接着第二巴掌就到了，这一掌着实打在了脸上，我感到自己的整个脸庞都在燃烧。打完这两巴掌母亲似乎用尽了所有力气，无力地矮了下来，然后就一下蹲在地上号啕大哭起来。我心里充满着极为复杂的情绪，被痛苦和内疚纠缠着。这一路走来，许多东西都复活了，我忘记了自己与这块土地上的血脉断裂，这里有我完整的童年，有我的父母，我不自觉地跪了下来。

十一年间的变化是天翻地覆的，我由一个变成了三个，这是一种正常的变化，一个正常人总要经历娶妻生子这些过程。而墨镇这边的变化就超出了想象，父亲已在三年前去世，家里就剩下日渐缩小的母亲一人。老屋消失了，消失在那条繁华的商业街里。这个新家由于太有气魄跟里面的景象反差太大，让人觉得陌生而可怕。所有不正常的变故背后肯定有着复杂的原因，待母亲平复下来我才知道，父亲的过世与老屋的消失是一脉相承的。

五年前，住在后村的治保主任白万龙说要跟他们换房子，白万龙的房子是前几年才翻盖的，打的现浇顶子，前出后厦，院子都是用水泥抹平的，这样的房子光盖起来就将近十万。而我们家的老屋却是建于二十世纪九十年代的普通瓦房，除院子比现在规划的房子略大之外几乎没有任何优势。白万龙提出这个要求的时候父亲以为他在开玩笑，后来白万龙解释说，近来他生意不顺还总做噩梦，找到墨镇街上有名的左瞎子算了一下，左瞎子说他住的宅子不合适，他属龙姓名里又有万龙，久不得水自然不是好事，要想生意心思皆顺必须要另择住处。父亲还是有些疑惑，自家的老屋也并没有得水一说？白万龙似乎就等着这个疑问，往下指了指说，老哥忘了这下面原来叫什么了吧？经白万龙这一提醒，父亲才猛然想起，自家的房子下面原来就是个叫龙湾的河湾，后来随着源头的断流龙湾也干涸了，当初建房子的时候是堆了好多的土垫起来的。父亲相信了白万龙的鬼话，但他也深知白万龙的为人，在村里干着治保主任还开着粮油店，每年上面来的救济总要先在他的店里过一下，催急了才把早先压下的存货调包分发下去。因此父亲决定不沾他任何便宜，找人对两家的房子评估了一下，白万龙的房子评估了九万，老屋评估了三万，中间的差价六万两家约定分别在搬家前后分两次付清。这么多年父母亲靠着贩菜种菜存下了一部分钱，原本是要翻盖老屋的，我虽然一走就杳无音讯，但毕竟还有个指望，一旦回来要结婚生子就是急的。白万龙的这个提议正巧契合了父亲的想法，这也是父亲之所以答应换房的原因，白万龙的房子一拾掇跟新的一样，何必再操心另盖新房呢！在早老人们就说，与人不睦劝人盖屋，可见在农村盖屋是件很费心的事情。

说起来这事也怪父亲行事草率，父亲考虑到去银行来回麻烦，就在两家正式搬家前一次性把六万块钱付给了白万龙。两家搬完家都拾掇好了父亲以为万事大吉了，白万龙却找上门来讨剩下的三万。这下父亲傻眼了，没想到白万龙会这么无赖，说到底父亲还是不了解白万龙，白万龙跟父亲白万秋是一个辈分，按家户算虽不是近支但也不远，所以父亲以为白万龙对自己的族兄不会太过分。父亲把问题考虑简单了。

面对白万龙的无耻父亲当然不肯认账，两家发生了争执，最后白万龙恶人先告状把父亲告上了法庭。上法庭的时候父亲多少还有些底气，把那六万元给白万龙的时候多了个心眼儿，找了个证人。父亲事先也找过那位证人，当时证人也答应出庭作证，但在法庭调查的时候却怎么也找不到证人了。白万龙请了城里来的律师，一直强调双方是按照协议行事，对方提前支付是不符合常理的。协议是这样签的又找不到证人，官司就打输了。父亲感到窝囊，拿着法院带着大红印章的判决书，父亲一下子就晕倒了。认死理的父亲一开始是说什么也不能接受，也没办法接受，那六万块钱就是他一辈子的积蓄，再也拿不出多余的钱了。后来法院开着警车就找来了，说不拿钱就要强制执行房子，万般无奈父亲只好把自己赖以生存的菜地抵押了出去。更让父亲窝囊的事情发生在半年后，老屋的位置成了墨镇新规划的商业中心，旧房子立刻就身价暴涨。至此父亲才明白白万龙换房的目的，找白万龙理论却遭到一顿暴打，父亲难咽这口气，带着农药瓶子去白万龙家寻死，谁知却喝到了假农药，只在人家的大门口吐了几口躺了一上午。回来后就不再出门，窝在床上不起，睁着眼看天花板，一句话也不说，这样过了几天，趁母亲外出买菜的当口就用腰带把自己悬在门框上。

听母亲讲完我已经泪流满面。小时候我最黏的就是父亲，经常被父亲带到菜地里，一般情况下父亲总是把我放在地头的树荫里，用锄头柄当成孙悟空的金箍棒在我周围画一个大圈儿，告诉我出这个圈儿就会有妖怪来捉我，父亲劳作一阵就会带回个小东西逗弄我。有时是扑闪着翅膀的花蝴蝶，有时是蹦蹦跶跶的癞蛤蟆，有时是弯弯曲曲的蚯蚓……此时透过泪眼我仿佛看到，父亲手里托举着这些活蹦乱跳的物件正向我走来，一边还说着，你看，妖怪来了，爸爸打妖怪，不让它们进这个圈儿圈儿……我擦了一把眼泪抓起案板上的菜刀就要往外冲，却被母亲和许岚死死地拽住了。

五

我带着许岚青青回家是想安安稳稳地生活，没想到家里发生了如此大的变故，原先的设想就变成了一个梦。母亲一个人在家可以低头认命，一个孤老太太，咽不下这口气又能怎样呢？而我回来就不一样了，我在这个家庭长到了十五岁，现在父亲没有了，我就是顶梁柱。即使我是淘把子，即使我在心里已经认命，面对别人的凌辱我也要抗争。

回家之后我做的第一个举动就是宴请了家族的几个长辈，这也是征得了母亲的同意，都是原来跟家里走得比较近的叔叔大爷。我买了档次很高的烟酒，置办了在乡村顶尖级的菜肴。许岚对此颇有微词，说："吃饭穿衣量家当，我们是穷人摆那个谱干吗？"这次我没听许岚的坚持要这样，母亲的意见和我是一致的，她也认为我回来了，这个家再也不能缩手缩脚了。我知道这次宴请就是我这次回家的一个亮相一个展示。带着这么漂亮的媳妇回来，还有一个可爱的孩子，没有人怀疑我在外面混得差，我这次宴请就是要迎合并膨胀这种目光，让墨镇的人知道我是衣锦还乡，让白万龙一家知道我们不像他想象得那样弱小，老实巴交的父亲后面还有一个硬气的儿子。

之后请人选了个日子我们去给父亲上坟，这次闹得动静也不小，请了专门的响器班子，准备了大三牲的供桌，扎了纸人纸马，我把家户近支能请到的都请到了，周围的人都说这次上坟比父亲出殡都要隆重。父亲的坟茔堆在一个角落里很小，我们拜祭完毕，我重新拿起铁锹把坟茔游了一遍。游坟是我们墨镇的说法，指的就是给坟茔添土。后来来上坟的人都回去了，我让许岚和青青也走了，想独自在父亲的坟茔前坐一会儿。周围安静了下来，坟地的东边是一条废弃的水渠，水渠周围长满了错综复杂的植物，北面是一片自然生成的树林，里面的树木歪七扭八地纠缠在一起，透不出一点儿光亮，傍晚的风掠过，那些树木和着暗淡的夕阳发出簌簌的颤音。我心里没有感到一点儿胆怯，面对父亲添了新土的旧坟我很难过，是真的难过。为屈辱死去的父亲也为艰难生存的自己，父亲肯定是软弱的。我呢？我就真的坚强吗？

这天晚上我从坟地回来没有直接回家，而是又来到老家的那条商业街上。集镇的街道再怎么着也没有城市的繁华，尤其是晚上。可是气势却很足，尤其是我们老屋的位置。白万龙在老屋的地基上建起了两栋二层楼作为商铺出租，门上的牌匾和外面的装饰都比其他商铺霸道。据说这两处商铺光租金就有七八万。楼上是他和家人的住处，后面还有一个很大的院子供他们使用。白万龙有两个儿子，大儿子白方文是比较早的大学毕业生，先是分在一所中学当老师后来去了机关，现在是区民政局副局长。二儿子白方武在墨镇派出所开车。白万龙自己既是村干部还开着家粮油店，据说还利用儿子在民政局的权力，公开售卖低保指标，想要办低保只要给白万龙送上礼，不管你够不够条件都能如愿以偿，私下里墨镇人都叫白万龙为太局长。两个儿子一文一武是白万龙的底气，更是他横行乡里的左膀右臂。在这高大的门楼面前我有了深深的挫败感，我知道以目前的情况想要跟白万龙抗衡无疑是以卵击石。官司打不赢，黑道更是走不通，光凭一时激愤和个人力量换来的只能是更大的失败与耻辱。慢慢在这条街上走着，我逐渐冷静了下来，摆正了自己的位置也看清了前进的方向，寻仇和寻亲都要从长计议，目前最重要的是安顿下来生存下去。原来父母亲靠的是那几亩菜地，现在地被抵押了我们也就没有了立身之本，母亲一个人的时候怎么都能活，现在要养活这么一大家子人就要另想门路了。

我和许岚探讨了多次，最后我们决定开一家网吧。我和许岚都有这样的经历，刚进城的那会我们都曾迷恋过网吧。我在李记烧饼铺打工的时候，晚上就住在铺子里，没有电视更没有人可以说话，等李高低走了之后就去市场里面的网吧打游戏。曾经有一阵子我吃住在网吧，在网络上整夜整夜地打游戏。说起来最终还是李高低拯救了我，有几次我耽误了开门，李高低发现我这个秘密之后就直接找了网吧老板，都在一条街上做生意，网吧老板跟李高低很熟，李高低的账网吧老板不能不买，后来网吧老板以我未成年为由拒绝我进入网吧，我才没有过分沉湎下去。想想那时最羡慕的就是网吧老板，整天梦想着自己要能有家网吧该多好。

当然我们这个决定也不只是因为自己的梦想，现在我们已经知道了梦想和现实之间的差距，我们的梦想几乎都没有实现，这让我们认识到梦想就是天上的云彩。近几年墨镇招商引资进了几家企业，外来人口也逐渐增多了，很多年轻的打工者下了班之后无所事事，我们就是从中看到了开网吧的商机。接下来就是资金的问题，我手头那点积蓄已经折腾得差不多了，我们以这样的姿态回家，找亲戚朋友借是不可能的了，最后还是许岚拿出了自己的私房钱。

我应该想到许岚的手头是有些钱的，她跟老板处朋友的后期是老板最火的一段时间，三万五万在老板眼里根本就不能算钱，老板就是在那段时间买的法拉利开的西餐厅，每天出入豪华场所一顿饭就是好几千，后来老板提出跟许岚结束恋情肯定会有所补偿，只是这个钱对我们来说都非常敏感，我们都不愿提起。现在我们要重新开始事业许岚才吐露了这笔钱，这笔钱带着过去的经历，自然也就有更深的话题。许岚说她从一开始看重的就不是老板的钱，是老板给了她一种全新的感觉，让她产生了好奇，她以为那就是爱情，后来感觉就越来越不对了，老板太爱自己了，他眼前的所有人和物件都是他眼中的羽毛，都是为他那华丽的外表增光添彩的。许岚甚至怀疑老板一开始追求自己的动机，就是为了不甘心她进入别人的怀抱，满足自己的征服欲望。之前她跟老板从来就没有张口要过钱，后来她怀孕了，两个人发生了冲突，她坚持要把孩子生下来，老板说自己还没有玩够不想要这个孩子，老板为了哄她去堕胎才主动给了她五万块钱。她之所以一直没跟我提是因为她认为这个钱是属于青青的，在青青最需要的时候花，可是我们要创业只好把这笔钱提前支取了。

有了这笔资金我们的网吧很快就启动了，墨镇这几年的房地产跟城里一样都处于"大跃进"状态。开网吧的门头是很容易找的，其他的就是些手续设备问题了。一个多月的时间"兴岚网吧"正式开业，开业这天我们搞了一个隆重的仪式，把所有能请到的都请到了，其中还包括墨镇的宋副镇长，他是父亲的表弟，我应该叫表叔。记得小时候这位表叔在镇教委工作，那时候他家在十好几里远的宋庄，中午经常被父亲叫来家吃饭。这次开业我想到了这家亲戚，就想让母亲去找他一下，母亲有些为难，说父亲曾经因为跟白万龙的官司找过这位表叔，表叔那时刚干上副镇长，答应得很好可什么忙也没帮，父亲去世后就不走动了。我明白人最终是会变的，可我现在确实需要这种关系。最后我和母亲带着礼品一起去请这位表叔，表叔一家已经搬到了镇政府宿舍，看到我和母亲非常热情痛快地答应了邀请。

镇上原本是有两家网吧的，都有一定的客流量。我知道要想分一杯羹必须要有新的举措。在城里闯荡了这么多年我们也积累了一些经验，一开业就推出了一系列的促销措施，开业前三天不但进网吧免费还赠送一瓶饮料。随即又推出贵宾卡的办理、捆绑销售、礼包派送等一系列优惠活动。这样一操作优势立即就显现出来，聚集起了大量的人气，网吧开张不久就拉来了很大一部分顾客，网吧渐渐红火起来，正当我们感到好日子伸手可及的时候，灾难却又不期而至了。

一个下午，几个身着制服的民警突然闯进了网吧，我上前询问，打头的民警在出示了证件后说，他们接到群众举报说网吧在传播淫秽色情制品。民警这样一说我心里多少有些踏实了，我知道网吧一开业肯定会受到很多人的关注，这其中也包括我的竞争对手，因此一开始我在这方面就很注意。检查的结果却超出了我的预料，警察在其中一台电脑的硬盘上发现了大量淫秽音像制品，同时还看到了很多色情网站的链接。我傻了，第一个感觉就是被人陷害了，而陷害我的人很可能就是那两家开网吧的同行。

直到派出所看见白方武我才知道考虑简单了，暗算自己的很可能是白万龙的儿子白方武。我回来之后曾经跟白方武打过几个照面，原本就胖乎乎的白方武已经长成个壮硕的大块头，但少年时期的影子还在，第一次我们碰面是在那条商业街上，在他们家楼下，白方武把警车停在楼下空地上，那粗墩墩的大身体一从车里钻出来我就认出了他。那一刻我感到自己呼吸急促，内心涌动着复杂的情绪，有紧张有仇恨还有些胆怯，我犹豫了片刻还是正面迎了上去，白方武似乎也有些不自然，认出是我又低头开了下车门，钥匙插进锁孔的那一瞬间，他的手有些抖动，然后扬起身子说："听说在外面发财了？"这就是我往外传递的信息，可我还是从这话里听出了嘲讽与奚落，我内心抖动起来，我告诫自己要镇定，迎着白方武挑衅的目光回道："咱还能到哪里发财，发财的是你们父子。"白方武眼睛眯了一下，嘴角往外撇了撇说："知道就好。"然后就转身往自己家门走，临转身还不怀好意地笑了一下，说："有空过来坐坐，这里也是你的家。"这话就不仅仅是奚落了，而是带有恶毒的色彩，是在强调自己强者的地位，在嘲弄失败的我。这让我的内心更加充满仇恨，仇恨白万龙一家的恶霸行径，同时也痛恨自己的软弱。此后我在街上又看到过白方武几次，每次白方武都是在警车上，看到我使劲摁一下喇叭然后就示威般地呼啸而过。

我和许岚被分别看押起来，一开始我是被铐在院子里的篮球架上，享受小偷和街头混混的待遇，到了晚些时候我表叔宋副镇长过来了，办案的民警随即跟了过来，表叔看到我这样就说："案子还没定性怎么能对人这样呢？赶快打开手铐让他进屋。"民警看着表叔犹豫着说："已经查实了，人证物证都在。"表叔刚想发火，白方武从前面的房子里走出来了，说："这是我同学兼发小，还是让他进屋吧。"这话比刚才宋副镇长的话管用多了，民警马上就从口袋里掏出了手铐钥匙。我虽然从手铐中解放了出来内心却更加地沮丧，因为我再次看到了白方武在墨镇派出所的力量，他帮着说话也不是屈从于宋副镇长的权威，而是为了展示，他更不是要向我收获感激，而是在我面前再次展露威风。

这天晚上我在看守室里一直没有眨眼，我知道母亲一定知道我和许岚出事了，不然宋副镇长不会前来过问的，我知道此时母亲和青青一定在为我们担忧。我仔细梳理网吧开业的这段时间，感到自己一直是很小心的，包括链接的端口，顾客身份证的查验。很明显是别有用心的人进了网吧之后在电脑上做了手脚，有了那些所谓的证据自己就是跳进黄河也洗不清了，这个人只能是白方武了。自己回家的高调举动让他们一家感到了威胁，因此才要先下手为强。可这次这个难关也不是不能逾越，只要自己态度好一些相信处理得应该不重，更何况还有那位表叔在斡旋，毕竟他是副镇长。这样一想我的内心就坦然了很多，到了后来竟然迷迷糊糊地想睡着。可就在这时，我听到了一声惨烈的尖叫，随后是撕心裂肺地呐喊，接着就是一阵杂沓而慌乱的脚步声和人群的吵嚷声。又过了一会儿，看守我的民警猛然就闯了进来，一下摁亮了顶灯气鼓鼓地对我说："你找的老婆可真厉害！"我有些诧异，心里一紧，感到刚才的动静肯定与许岚有关，就忙问："怎么了？"民警说，"怎么了？她把白方武的眼睛扎瞎了。"我一听心里像被热油浇过一样猛地一个翻滚，身子随即瘫软在了地上。

六

一个星期后我被放了出来，而许岚却被转到了看守所，又过了一个月案子转到了法院，许岚以故意伤害罪被起诉，直到这时家属才被获准去看守所看望犯罪嫌疑人。一个多月没见，许岚瘦了很多但看起来精神尚好，可看到青青却坚持不住了，一下就贴着护栏痛哭起来。待许岚平静下来我才知道了事情的经过。那天下午从一进看守室许岚就感到了白方武的邪念，他独自面对许岚的时候一开始是套近乎，还专门去外面给许岚买来了盒饭。许岚对两家的恩怨一清二楚，也感到白方武有可能就是这次事件的幕后黑手，因此心里对白方武的行为就产生了厌恶。白方武见软的不行就开始威胁，言下之意只有他才能救我们出去。到了晚上白方武在外面喝完酒回到派出所，以为会有机可乘又闯了进来，一来就对许岚动开了手脚，许岚躲到墙角，白方武抓住许岚的胳膊要把她搂入自己怀中，不想用劲过猛把许岚带倒了，许岚摔在地上，一股强烈的仇恨迅速窜上了心头，摸起眼前的一次性筷子猛然就扎向了再次扑上来的白方武。筷子是白方武随着盒饭带过来的，刚才他们撕扯的时候撞上了房间里的小单桌，筷子被撞在了地上恰巧被许岚捡起来做了武器。白方武弓着身子扑上来想要搂抱许岚，脸部的位置正好和许岚举筷子的手臂持平，露着白木茬子的筷子就以极其精准的角度戳进了白方武的左眼睛。

从看守所回来的公共汽车上青青失去了往日的活泼，不哭也不闹一直蜷缩在我怀中，过了好一会儿才用稚嫩的声音问："爸爸，妈妈为什么在那个笼子里？"这话让我辛酸，我不知道该怎么向她解释，见我没有回应，青青突然顿悟般地说："我知道了，他们是怕妈妈到处乱跑才把妈妈关在里面的。"我没有想到两岁多的青青会说出这样的话来，这个解释真好，这就是她眼中的世界，充满着关爱充满着温暖。这么沉重的话题让我的女儿一句话变阳光了。我的眼睛饱含着眼泪，深深地把头低下，用自己的下巴轻轻触碰青青那柔软的脸蛋儿，内心期盼着要一直这样就好了，女儿永远这么大，她的妈妈经受的不是铁窗之苦而是怕乱跑被保护了起来，她的爸爸也不再活得这么艰难。

我没有听从许岚的坚持为她请了律师。律师姓吴是个戴眼镜的年轻人，我在真如意饭店的时候他去吃过饭，还给我留过一张名片。我在自己收藏的名片中找到了那张，试着拨了一下吴律师的电话居然通了，我费了老大的劲儿自我介绍吴律师也没有想起我是谁来，就在我要泄气的时候他客气地问有什么需要帮忙的吗？我就把大概的事情说了，他一听也非常气愤，说现在居然还有这样的恶霸？说这个案子他要代理，这本来就属于正当防卫，他可以做无罪辩护。吴律师的话给我鼓起了很大的信心，我在电话里是千恩万谢，吴律师很客气说惩恶扬善是他们律师的职责。

我当然知道律师是收代理费的，可我手头已经没钱了。最后还是母亲厚着脸皮找了几家老户亲戚凑了五千块钱。在去律师事务所的路上，我内心还是充满感激的，感到自己的命运还不是太差，能找到吴律师这样的好律师，自己那个保留名片的嗜好似乎就是为这一天准备的。只要许岚能躲过这场劫难，我们还可以重新开始，只要一家人在一起生活总会有奔头的。

吴律师的律师事务所就在开发区，这一带我熟很容易就找到了。吴律师热情接待了我，我又详细向吴律师说了一遍案情，吴律师说案子是很明确的，第一作为派出所的司机是不能接触犯罪嫌疑人的，也就是说他进派出所的禁闭室本身就是不合法，另外现在禁闭室都有摄像头，如果真是白方武想强奸许岚，把监控记录调出来一看就明白了，这应该是个不太复杂的案子。经吴律师这么一说我心里就更充满了希望。按照正常收费律师费应该在八千块钱左右，后来吴律师看我困难决定减免两千，可这个钱我也没带够，我把带来的五千块钱全部掏出来说那一千先欠着，等我凑齐了再交，吴律师没有难为我，还亲自领我去财务室给打了欠条，这让我从心里感到吴律师是个好人。

开庭审理这天我作为犯罪嫌疑人家属前去旁听，当时我是信心百倍的。不到八点我就到了法院，这次我没有带青青，我知道许岚会被押解到法庭的，这种情形对青青那美好的心灵无疑是个极大的戕害。九点半庭审正式开始，许岚被两个女法警带到了被告席上，一进法庭的时候许岚抬头扫了一眼，我也正热切地望着她。之后许岚就没有再朝我这边看，而是径直站到了被告席上，她今天穿了我上次带去的新衣服，说新是指刚刚洗干净的，还是我们第一次见面时的那身职业套装。我们结婚的这几年许岚没有买一件新衣服，刚结婚时我想给她买，她说什么也不让，说随着肚子越来越大穿什么都不会好看，后来青青出生了又说整天照顾孩子新衣服也穿不出好来。这应该是许岚最喜欢的一身衣服，她现在穿出来说明在内心她跟我一样是抱有很高期望的。

可庭审的过程却超出了我们的想象。公诉人的起诉书很长，里面涉及我们两家之前的恩怨，说在之前的房屋交易中我们有赖账行为，是原告家起诉追讨了欠款，由此我们怀恨在心，这次犯罪嫌疑人由于面临再次处罚，心中的怨恨就更加严重，借原告进禁闭室送饭之际，用筷子做凶器伤害了原告。公诉人还随即出示了上次欠款纠纷的判决书和那半截筷子。面对这颠倒黑白的指控，吴律师的回应非常无力，他也提出了原告进入禁闭室是非法的，也

73

提了要查看禁闭室的监控记录。对方显然把这些漏洞都想到了，指出原告作为派出所的内勤人员去禁闭室送饭是不违法的。至于摄像记录，那段时间派出所的监控设备正在维修，当天晚上没有留下记录，他们同时还出示了电脑公司维修监控设备的发票，上面的日期正是案发的那几天，随后又有几个人证站了出来。

　　我之前的信心像脱离了冷冻箱的冰块被一点点融化掉了，内心在一点点变凉。许岚最终被判了十年徒刑，还附带着十二万元的民事赔偿。这是一个重判，之前吴律师跟我说过，即使故意伤害罪成立最多也就判十年。我没有想到结果会是这个样子，法官宣读完判决书，我想大声地申辩，却看到所有人都在匆匆转身离去。看着许岚面无表情地被法警押着往偏门走，我流着泪追了上去，许岚神态显然要比我平和了许多，扭身对我说："不要难过，也许在里面的日子更安稳些。只是放不下我们的女儿，你要好好照顾她，让她安心等妈妈回来……"说着眼圈儿就红了。我控制不住自己，眼泪流得更汹涌了，许岚的话让我更加难过，一种深深的内疚和激愤统摄着我，一切都是由于自己的无能，才有了如此悲惨的生活，才让许岚认为监狱里的日子也许更安稳些。我不能理解老天为什么要这样对我？我的命运为什么会如此地悲惨？

　　我失魂落魄地回到家里，母亲和青青都在盼着我和许岚一起回来。我在大门口踌躇着，最后还是推门而入。青青在院子里看到了我，喊着爸爸就扑到我怀里，然后就抬起头问："妈妈呢？"我嘴巴嗫嚅着，想沿着上次那个美好的解释编下去，话还没有出口青青就似乎感到了什么号啕大哭起来，一边还念叨着："我要找妈妈，我要找妈妈……"母亲上前要哄青青，青青却一下从我怀里滑下来，一边伸着小手把母亲往外推一边向大门口疯狂地跑，我扭身追上青青，伸手扯住了她的小胳膊，她在我手里继续挣扎着哭喊着要妈妈，我突然感到无力有些支持不住了，伸手往青青的屁股上打了一巴掌。母亲过来抱走了青青，转身就往屋里走，母亲转身的瞬间不自觉地抹了一下眼睛，我知道母亲也流泪了。

　　这是我第一次打青青也是唯一的一次，人有时候是会犯浑的，那天我就

74

是这种状态，把法庭受到的伤害加在了自己女儿身上。接下来生活还要继续，生下来活下去这就是生活。我知道我们现在住的这个房子保不住了，十二万的民事赔偿，网吧和房子都要交出去。好在墨镇的老街上有的是空房子，我找了两间旧瓦房。搬家这天我和母亲忙到了很晚，后来就有些累了，我让母亲躺在青青睡觉的床上，我躺在外面的沙发上，搬来的大床还没有来得及归置，我们只好先将就一夜。尽管很累我却在沙发上睡不着，想翻身也不敢怕惊扰了母亲。过了一会儿，我以为母亲睡着了，就长长地出了一口气，母亲发觉我没睡就说："睡不着？咱娘俩就唠唠吧。"我知道母亲有事要跟我说，就从沙发上坐了起来。

我打开灯，坐到母亲和青青的木床上，木床是简陋的老式，没有床头也没有床围，只是四根木棍撑起来个白木架子。母亲靠在墙上，青青就睡在她的里面，我在母亲腰下塞上了枕头，昏黄的电灯光照射下来，母亲完全变白的头发就变成了一层浓浓的白雾，脸上的皱纹就像敲碎的玻璃密集地向四周辐射。母亲看了我一眼说："我们虽然没有说过，你可能已经知道了，你不是我们亲生的。"我点了点头。我这次带许岚和青青回家，本想要弄清这一切，可发生的这一系列变故让我找不到机会。母亲接着说："我们并不是完全没有血缘关系，你的亲生父亲是我们白家的一个远房表亲，在你出生之前两家是走动的。那一年住在汶河边上的你们家遭了灾，房子和庄稼全被洪水冲垮了，一家人连住的地方都没有，恰逢这时你妈妈生产了，还是双胞胎，生下来两个男孩，以当时你们家的情况养活两个孩子就成了最大的问题，万般无奈就把小的送给了我们，当初两家约定为了孩子不再往来，但毕竟还有着一层亲戚关系，所以彼此之间的信息还是多少有所了解的，听说那里后来的日子赶上了好时候，由于地处城郊又靠近有着很深历史渊源的汶河，那一带被规划成了高新经济技术开发区，原来的老房子被拆迁了，国家赔偿了好几百万，都住上城里的楼房了。"

母亲说到这里，叹了口气又说："你回去吧，回去也许还有更好的活路儿，本来你就不该来到我们白家。这真是应了那句老话命里没有莫强求……"说着说着母亲就又流起泪来。我也是一阵辛酸，内心充满了歉疚。在我的记忆里父母对我都是倾尽全力的，若不是有人点破我始终意识不到自己不是他们亲生的，想想自己以前真是太不懂事了，居然独自跑出~~去流浪~~了这么多年，自己如果不出走家里也许不会遭受这么大的变故。

我不想抛下母亲，母亲坚持让我认祖归宗，两个人争执了一会儿，最后母亲说："孩子，娘知道你的心。可是你要为自己和青青想想，人这一辈子活着最重要，只要活下去其他的都可以慢慢再来。"这话把我打动了，要活下去，历经了这么多事情这种感觉反而更强烈了，为了青青为了在监狱里的许岚也为了母亲，只要这个世界上还有挂念的事情你就要活下去。最终我还是决定回去看看，假如真像母亲介绍的那样汶河边上那个叫西界的村庄赶上了好日子，也可以把母亲接过去养老。我决定先独自过去看看，尽管已有所了解，但我还是感到有些不踏实，生活给我的急转弯太多了，这让我对前面的路愈来愈没有了信心。

七

西界社区敬老院就建在汶河边上，跟周围的新建居民楼相比是一个略显突兀的院落。我白方兴来这里找一位叫苏明河的老人，苏明河就是我的亲生父亲。

母亲得到的信息是准确的，苏家的日子在前几年的新城市规划之后得到了很大改善，不但得到了将近二百万的补偿金还分到了一套三居室的单元房，后来的生活就发生了很大的变故，这个变故就出在唯一的儿子、我的孪生哥哥身上。我这哥哥本来成绩不行，高考分数连专科线都没有进入，父母找关系托门子费了很大的劲才把他送进了一家民营学院，还没毕业他就要出来创业，先开了间门脸不大的小饭馆，后来在父母的资助下不但饭店越开越大，还通过融资搞起了其他产业，生意做得风生水起。可惜好景不长，有笔上千万的资金被一家房地产公司老总卷走，消息一出就有人开始向哥哥追债，哥哥到处躲债。一天晚上被人堵在了酒吧里，慌乱之间哥哥把身边一个无辜的客人刺死了，然后夺路而逃。听说儿子闯下如此大祸，本来身体就不好的母

76

亲很快就走了，父亲过了一年也得了脑出血，被邻居送进了医院，醒过来就直接被送进了敬老院。

我的生活果然又在这里急转直下，这样的变故超出了我的想象，更超出我的想象的是我的孪生哥哥叫苏昌，他就是我的第三任老板。怪不得我在真如意饭店的时候很多人都说我跟老板长得像，就像孪生兄弟，原来我们是真正的孪生兄弟，这个世界真是太小了。

我很容易就找到了苏明河。他正拄着拐杖在敬老院的小花园里转圈儿，旁边的石凳子上坐着几位老人，我悄悄地走过去，听到那几位老人在嘀咕："看到了吗？这是又魔道了。"

"这次怎么没有烧纸？"

"得转够了才烧，每次睡不着就说泰山老母给他传话。得转够七七四十九圈烧三刀纸才能安稳。"

"泰山老母给他传话？我看是他做的梦吧！"

……

正在转圈儿的这位老人脑袋上已经没有了头发，整个脸部虚胖着，眼睛眯成了一条缝，刚才的工作人员清晰地告诉我这就是苏明河，这就是我的亲生父亲，我身上流淌着他的血液。我站在边上犹豫着，内心也没有多少波澜，因为这是一个我完全陌生的老人。旁边坐着的老人故意跟他打趣说："老苏，泰山老母说要下来陪你了？"苏明河好像对这话很生气，脚下的步子却并没有停下来，光光的脑袋晃动起来，脸上的肌肉也在发颤，嘴角抽动了好几下也没有发出清晰的音节，只是听到从喉咙里传出呜呜的声响，像酣睡人的呼噜声。眯着的眼睛也在竭力地睁开，射出的寒光一下就扫射到了我。他脚下步子猛然停住了，就像断了电的灯丝倏然熄灭了，手中的拐杖瞬间摔倒在铺着花砖的地面上，发出单调的脆响，他又使劲揉了揉浑浊的眼睛，就要张着手奔过来。我想他是认出了我，这个念头一出我还没有想好要怎么办，身后忽然袭来一股力量一下就把我扑倒了，随即一副冰冷的手铐戴在了我的手腕上。

我感到自己这次被警察押解要比上次严重得多，头上还给戴上黑黑的头套，脚上加了沉重的脚镣，我有些蒙了，不知道自己为什么会得到这样的待遇。我先是被押到了一间四周都漆黑的房间里，也不知道过了多长时间我被带到了提审室，里面已经坐了三个人，我在他们前面的凳子上坐下来，一开始三个人看着我都不说话，最后中间那位大背头发话了，问我姓名年龄籍贯什么的，我都照实说了。问完了又是长时间地沉默，大背头抽着烟用咄咄逼人的目光看着我，我有些莫名其妙，内心七上八下地并不踏实，这样僵持了一会儿，大背头突然喊道："苏昌！"我愣了一下，忽然就明白了，他们一定把我当成了我的哥哥，我跟哥哥是孪生兄弟，我们长得很像，再加上他们肯定检查了我的随身物品，我的身份证是假的，这就更加佐证了他们的判断。

意识到这一点我反而镇定了很多，我想我的孪生哥哥是有罪的，他杀了人玩了这么多女人欠了这么多钱，就让我来替他赎罪吧！我们来自同一个母体，身上流着相同的血液，我是最有资格来替他做这件事情的了。我现在唯一的牵挂就是青青，可转念一想青青暂时由母亲照顾着，如果我顶替了哥哥，他也就解放了出来，他应该会找到青青跟许岚的，青青本来就是他的亲生女儿。这样一想我就释然了，我的内心沉静下来，昂起头对着大背头说："我是苏昌，我杀了人。"大背头的面孔依然严肃，但我察觉到了他嘴角掠过的那一丝丝得意。我完全放松了下来，我想我的命运再也不属于我自己了，一切尘世的杂念都已离我远去，我感到自己就要飞翔起来，去奔向那自由的天空。

大 哥 失 踪

　　从严格意义上讲大哥的习惯性消失不能叫失踪，因为大哥每次的离家出走都有些踪迹可循。比如这次虽然跟上次一样没有带手机，但却留下了一张条子，上面写着：不要找我，我带苏珊去看病了。条子没有称呼也没有落款，更没有明确要交给什么人，就留在自己办公室的老板台上。但大家都明白那是写给大嫂的，因此打扫卫生的崔姐把条子交给大嫂的时候几乎没有什么犹豫。

　　天永技校的所有工作人员对大哥李其永和大嫂张天英的关系都心知肚明，他们是夫妻但确实又不像夫妻。作为学校董事长兼校长的大嫂是学校大事小情的决断者，大哥是学校的副董事长，这是天永技校在下发的宣传材料中出现的职位，这个职务也仅仅是出现在纸上。天永技校主要是面向农村招生，对象是农村中学里考不上或者上不起大学的初高中毕业生，再就是一些想学门技术的社会闲散人员。这样一个群体是不会关心纸上的副董事长头衔，他们关心的是校长，这其中最重要的就是校长的社会知名度，知名度高了学校的可信度就强。说起来校长在社会上的知名度就像一块磁铁的磁力，磁力强了就能吸附周围很多的铁末子。因此这几年大嫂的社会知名度越来越高，社会兼职也越来越多，人大代表、社会监督员、爱心慈善协会副会长等等这些头衔，摞起来恐怕要装满一抬筐。这么多职务集于一身的大嫂日子就过得分外忙乱，每天都泡在各种各样的会议和各种各样的宴会上，很难有时间和精力来照顾家庭了。事实上此时家庭对于大哥和大嫂来说早已经是名存实亡了，尽管好多年前就在城里买了房子但他们一个月也去不了一趟，当时搬家时买进去的各种花草早就枯死了，一盆盆地堆积起来把钢筋和水泥筑成的阳台变成了荒原。平时他们都住在技校，各自的办公室都是套间，里面床铺卫生间等生活设施一应俱全，唯一的女儿宁宁在城里读私立寄宿学校，每周回来一次也大多是来技校跟他们团聚。家这个承载夫妻关系的载体在大哥和大嫂的脑海中早已经淡化了。

　　大哥失踪的第二天大嫂给我打来了电话，说："其斌，你哥又失踪了，你说怎么办吧？"不知从什么时候大嫂开始正式称呼我的名讳了，之所以不知是因为这是一个渐进的过程。大嫂是我舅家的表姐，自小我就跟她认识但却不是太熟悉，这不仅仅是因为我是家里的老小，在我成长的过程中母亲对娘家的依附感淡化了许多，走娘家的次数也随之在减少，还因为我这个表姐上过高中，尽管是"文革"期间的高中但在乡村也属于凤毛麟角了，因得这个缘由她回乡不久就被聘为民办老师，而我对老师从小就有种敬畏感，所以即使她做了我的大嫂之后这种感觉仍然没有减退。只有一次我似乎主动了一些，那是她跟大哥订婚后不久，我得知表姐就要变成大嫂了，在春节例行去舅家走亲戚的时候让大表哥家的儿子带我去了学校，那天大嫂正在讲台上讲课，看到我跟大表哥家的儿子站在教室门口没有任何反应，只是很随意地朝我们扫了一眼，似乎我们两个就是她每天都照面的学生。大嫂的这种态度当时对我有些挫伤，她怎么会这样呢？就要走进我们的家门了，对这个家里的一个重要成员怎么会视而不见？

　　大嫂婚后一直延续之前的习惯叫我的乳名，直到我师范毕业走上讲台。这时大嫂似乎感到再称呼我的乳名有些不太合适，但也没有一步到位地叫我的学名而是按照排序称呼我。我们弟兄三个，这个时候二哥还没有出事，大嫂似乎对二哥的称呼一直就很正式，当然这其中还有一个原因就是在我们那个地方老二有时特指男人的那个部位，而老三就没有这个禁忌了，所以大嫂叫了我好长时间的老三，称呼我"其斌"是这几年才有的事情。

　　"其斌，这个玩意儿又做下这样的事情，这次我们应该怎么办？不行就直接报警算了，他都不要脸了，我还怕什么？"大嫂没有等到我的回答，直接就把自己的想法说了出来，但是她这个想法绝对不是坚定的，在自己心里

80

就直打晃。我知道大嫂是不会报警的，她的顾忌很多，更何况还是在这关键时候。她是我们当地有名的女企业家，是女强人，还是连续两届的市人大代表，市里已经给她申报了下届省人大代表，当选的可能性是非常大的，我认为的关键时候就是指这件事情。同样是人大代表级别的高低差别是很大的，在市里就只能接触一些县级的领导；而在省里接触的面就广泛了许多，每年一次的例会要跟市委书记市长住在一家酒店；要在同一个会议室座位挨着座位开会；要在一个组讨论；要共同面对媒体，这样十多天下来想不跟他们熟悉都难。在市里有了这种人脉还有什么事情不能办成！更何况有了省人大代表的头衔，省内外的媒体自会多加关注，张天英的名字在报纸电视上的曝光度会更高，这不知要为天永技校省下多少广告费用。大嫂的算盘一向打得滴水不漏，自不会放过这难得的机会。因此在这关键时候大嫂是不会把这种丑闻捅出去的，这也是我不急于做出反应的主要原因。

另一个原因就是大哥了。我前面提过大哥的失踪一直就是有迹可循的，这种失踪就不需要让人担心。四年前大哥第一次失踪的时候，大嫂接着就给我打了电话，当时我正陪同一名省报记者在乡镇采访，接到大嫂的电话连饭也顾不得吃像奔命一样地往回赶。我虽然是老小但父亲和二哥都没有了，大哥又是这个样子，这种状况让我在家的位次不得不往前移了。赶回驻地在镇上的技校，大嫂正在自己办公室打电话，看到我放下电话就流泪了。我赶紧问是怎么回事？大哥怎么会无缘无故地失踪了呢？大嫂擦了一把脸上的泪水说："你打电话问他吧，你问他是怎么回事？"

我有些疑惑了，既然大哥的电话是通的那怎么还叫失踪？在这之前我就没有想到过给大哥打电话，因为我理解的失踪就是像一阵风吹过一样的踪迹全无。我拿出自己的手机摁了大哥的号码居然真的通了，还没等我问他在哪里大哥就说："其斌啊，你在学校呢！别听那女人的，我既没有失踪也没有私奔，只是觉得家里太闷了，带着小凤仙出来玩几天。你安心回去上班吧！我没事。"说完接着就把电话挂了，我再打过去，里面有个冰冷而清脆的声音说对方已经关机了。

大嫂显然已经听见大哥从听筒里传出来声音，敲着桌子恨恨地说："这个玩意儿！真是不要脸了！带着那个烂货出去居然还说不是私奔。真是不要脸了……"

被大嫂称为烂货的那个女人我是知道的。清明节的时候我回家给父亲和二哥上坟，母亲就向我叨叨大哥在镇上很不守规矩，跟一个在镇上开美容店的女人相好，让我劝劝大哥。母亲说："看看你大嫂多不容易啊！一个女人踢腾这么一大摊子事情。"

也可能是有种真实的亲情在里面，从过门之后大嫂就跟母亲处得很融洽，大嫂对母亲很好，母亲现在身上穿的衣服几乎都是大嫂给买的，但她跟大哥的事情却从没有在母亲面前提起。母亲得到的信息是二嫂提供的，二嫂跟着大嫂在技校干，先是打扫卫生，二哥出事之后就成了办公室主任，每天的工作就是喝喝茶翻翻自己并不感兴趣的报纸，有大段的空闲时间来观察议论别人。

这是大嫂第一次在我面前提"小凤仙"，之前大嫂独自披挂上阵已经跟她做过几次正面交锋了，在这个事情上大嫂曾经是勇敢的斗士但最终还是变成了沉着的智者。大哥跟小凤仙的风言风语早就在镇街上传扬开了，说是夫妻间有一方出轨另一方是最后一个得到消息。那是说的一般规律，放在大哥和大嫂身上这种规律是不适合的，更何况还有一个唯恐天下不乱的二嫂在身边。二嫂当然不会直接把自己听来的消息传递给大嫂，她知道自己得到的这种武器的性能，并且知道怎样才能把这种武器的作用发挥到极致。二嫂先是去小凤仙的美容店做了一个美容，回来就在大嫂面前招摇，也怪大嫂那天多嘴，看着二嫂一脸的光鲜大嫂顺嘴就问在哪做的？二嫂说还能在哪？小凤仙美容店呢！随后二嫂就开始讲做美容对女人的诸多好处，然后就开始夸小凤仙漂亮，说完了这些才以一种总结的口气说："难怪大哥老往那美容店跑呢！这小凤仙确实迷人，三十多岁的女人了，看起来像十八九的，那脸嫩得就像剥了皮的熟鸡蛋沾了胭脂。"说完就睁大眼睛看大嫂，大嫂在这种不怀好意的目光下把头低下了。她想继续佯装不知道大哥和小凤仙的事情，在这之前她就在自己心里确定大哥是有问题的了，他们就是回城里的房子大哥也不跟她睡一个床，处于大哥这个年龄的男人是不可能没有那种需要的。此时大嫂心里已经有了个底线，只要大哥做得不是太张扬她都可以容忍。

二嫂见刚才话语的药力不够就又说："大嫂，说起来也都怪你！谁让你这么会拾掇我大哥了！都五十多岁的老男人了，还穿花衬衣耐克鞋留长头发，你把我大哥都拾掇成公子哥了，这样的男人能不让女人着迷吗？也难怪小凤仙对我大哥这么迷恋！一刻也不想离开，刚才我回来的时候她还说要过来找大哥来我们餐厅吃饭呢。"

这话就让大嫂不得不面对了。拾掇是我们当地的土话就是打扮的意思，我们当地有丈夫外面走、媳妇一双手的说法，就是指丈夫在外面的光鲜是用媳妇的巧手打扮出来的。大哥现在何曾用大嫂打扮过？他从莱山钢厂辞职回来就开始自己打扮自己了，大嫂买的衣服从来就没有穿过，花衬衣和耐克运动鞋都是自己买的，长头发也是自作主张留起来的，对大哥的这种形象大嫂是颇有微词的，有次曾经借用赵本山小品里的话讽刺大哥是老黄瓜刷绿漆——装嫩。大哥当时就翻脸了，咬着牙跺着脚问大嫂就是装嫩怎么了？一副跟谁发狠的样子。

这次大嫂抬起了头，压抑不住的怒火从眼睛里喷了出来，一字一顿地对二嫂说："她要是敢来，我就把她的腿打断。"说着掉头就走开了。

气势是做足了但大嫂内心并没有下定决心。到中午的这段时间变得非常难熬，大嫂甚至想了多种的逃避方案，让他们把饭送过来或者干脆不吃，再或者自己借故去城里开会做到眼不见心不烦，这些方案都被她否定了。她知道大哥现在是穷追猛打，大哥所要做的就是要向她示威，为了达到这个目的大哥是不会顾惜时间和方法的，她想躲是躲不掉的。

在往餐厅走的时候大嫂心里还有一丝丝幻想，也许二嫂是故意拿话气她，二嫂一直以来就把二哥的事故归罪到大嫂头上，内心对大嫂充满着怨恨，编造出这样让大嫂不安的谎言来完全是有可能的。再也许是小凤仙随便说说，她知道都是在一个镇街上出来混事业的女人，自己目前技校的规模是遭人嫉妒的，但小凤仙根本就没有嫉妒的资本，她那家美容店只有一个门脸，跟天永技校比那就是大象和蚂蚁的关系。

实际上大嫂想错了，蚂蚁虽然不能跟大象比但它却可以有自己的想法。

大哥跟小凤仙的关系一开始就是张扬的高调的,他去小凤仙的美容店从来就没有什么避讳,这也正中了小凤仙的下怀。小凤仙原本在城里的美容店打工,后来就到镇上开美容店。由于当时是镇上第一家,镇上就把它列入了招商引资的成果,开业的时候是镇长亲自剪的彩。来年三八妇女节镇妇联搞了次女企业家座谈会,小凤仙也成了被邀请的对象,当然当时在座最大的女企业家还是大嫂。这就给了小凤仙足够多的想法,在她眼里大嫂也不是不可以挑战的,更何况后来天永技校还开办了美容美发培训班,有好几个学生毕业后都在镇街上开了美容店,小凤仙的美容店也随之萧条了很多,这种结果在小凤仙看来都是大嫂在有意跟她作对。现在有了这么个叮咬大象的机会小凤仙自然就不会放过了。

当时在白塔镇街上小凤仙本身就有着各种传言,有说她原来在城里是干那个的,有说她是从一个年过七旬的离休老干部那里掘到了开店的第一桶金……这些话题都是围绕着她的身体展开的。对于这些传言小凤仙都是有所耳闻的,因此她明白自己在人们心目中的形象,跟大哥的交往小凤仙不认为是让自己的形象继续糟下去,她反倒认为有利于自己另一种形象的树立,这是由大哥的特殊身份决定的,大哥的这种特殊身份当然不是技校的副董事长,而是白塔镇最知名的女强人张天英的合法丈夫。

技校的餐厅主要是面对学生的,过去大嫂和大哥吃饭都是在餐厅的小包厢里,而要进入小包厢是要穿过餐厅的。过去大嫂是愿意走这条通道的,她把这种行走的过程当成了一种检阅,看着熙熙攘攘的餐厅,扫过餐厅里那些恭敬的目光,大嫂心里的成就感就会油然而生。而今天她一迈进餐厅的台阶就呆住了,她一眼就看到了大哥和小凤仙。

餐厅的座位是固定的,每张小单桌两边有两个座位,大哥和小凤仙占据了位于餐厅中间那张最显眼的小单桌。更显眼的是他们坐着吃饭的方式,不是面对面也不是并排,而是两个人坐在一个座位上,更确切地说是小凤仙坐在了大哥的大腿上,周围空着的三个座位恰巧形成了一个手枪的形状,大哥和小凤仙就被压在手枪扳机的位置上,但他们却没有一点被压制的迹象,他们互相搅动着餐盘里的食物嬉戏着往对方嘴巴里送。此时的餐厅比过去安静

84

了很多，来吃饭的学生把中间那几排座位都空了出来，坐在边角的位置上用各种稀奇的目光看着靶心中间的这对男女，不时还发出叽叽喳喳的声响。

看到大嫂进来，那叽叽喳喳的声响立刻就消失了，学生们的目光开始转向大嫂。大嫂一下子就被推到了风口浪尖上，在这么多学生面前后退显然是不行的了，前进又能干什么呢？大嫂的脑海中出现了短暂的空白，稍后她就有些明白了，大哥放着包厢不进就是要作秀给她看，大哥的目的就是要把两个人的秀场变成三个人的战场。有了这种判断大嫂很快就理智了起来，目光也沉静了许多，越过舞台上的那对男女开始打量坐在边角吃饭的男女，一边打量一边跳跃着点着名字："王晓亮、李闯、杜大勇……"大嫂不间断地一气点了五六个学生，点完了大嫂神情严峻地看看他们说："你们现在就放下手里的筷子去执行个紧急任务，完成任务后我去镇上的丽晶大酒店请你们。"

被大嫂点到的这些男生都长得高高大大的，属于男性荷尔蒙分泌过于旺盛的那种，整天憋着一身力气没地方释放渴望有刺激的生活，更何况还是他们一向仰视的校长的安排呢。因此他们义无反顾地跟着大嫂出来了，然后就去把小凤仙的美容店给砸了。等小凤仙得到消息赶回去的时候看到的是一个劫后余生的战场，牌匾被砸烂了，房间里的物品被扔得到处都是，招聘来看店的小姑娘早就吓得躲了起来。小凤仙惊呆了，她没有想到自己辛辛苦苦建起来的美容店毁掉是这么地容易，后来就控制不住了，放声地哭了出来，一同赶来的大哥想给她些安慰，伸手扶住了她的肩膀，这等于给小凤仙了一个提醒，她回转身，一面哭着一面把拳头擂向了大哥的胸脯。

当天小凤仙就报警了，镇派出所的民警到技校去调查，大嫂态度很好，说自己不知道有这样的事情，若能查实一定积极配合派出所的工作严惩肇事者。那位看店的小姑娘很容易地就在技校的教室里指认出了那几位砸店的暴徒，民警把他们带到了派出所审讯，但他们没有供出大嫂，都说是自己酒后的孟浪之举。当然这个答案也是派出所的民警们想要的，大嫂是白塔镇的一面旗帜，镇领导是不希望这面旗帜出现瑕疵的，更何况大嫂一直以来就跟派出所的关系良好，技校每年都安排一个时间与派出所搞次联欢，这种联欢对外宣传叫警民一家亲，实际上就是跟派出所联络一下感情，万一技校出现什么紧急的情况派出所会及时给罩一下。尽管这种联欢技校每年都要花上几万块钱，但大嫂觉得这钱花得值。

处理这起事件的民警认为天永技校的态度是积极的负责的，校长张天英在第一时间召集学生到大教室让受害者指认肇事者，在确定肇事者之后校方又给予了这几位学生处分，虽说天永技校是所民办学校学生的处分不会记录档案但这毕竟也是一种姿态。最重要的是校方没有光搞这种虚的，在宣布了对学生的处分之后随即表示要对小凤仙美容店进行赔偿，并说天永技校的学生做下了这种事情，可学生没有赔偿能力，校方不能无视受害者的利益。

有了这种姿态派出所处理起来就理直气壮了很多，但小凤仙却不满意，一直要求派出所揪出幕后黑手，一开始派出所还应付着，拿出那几个肇事者的口供来给她看，并给她解释说这五六个学生的行为别说还没有构成犯罪，就是构成了犯罪他们的年龄也不够刑拘的标准，派出所只能处理到这个程度了。小凤仙还是不依不饶，扬言要去北京上访，最后派出所的所长有些烦了，明确告诉她你就是去联合国上访也不会改变结论了。此时的小凤仙还不明白，派出所所长之所以这么有底气是因为整起事件的处理过程有理有据有铁证，这个铁证就是那几个学生的口供，她不知道张天英是会把那轻飘飘的口供变成铁证的。

迟迟不在处理结果上签字，小凤仙美容店的补偿就不能兑付，这家原本热闹的美容店就彻底变成了废墟，找不到与大嫂对决的机会，小凤仙就把所有的怨恨撒到大哥身上。大哥没有想到事情会闹到这种地步，他原来只是想向大嫂示威，只是想向白塔镇的所有人展示，他李其永不是吃素的，虽然在天永技校说了不算但一样可以把说了算的人踩在脚下。

高调地带小凤仙离家出走这大概是大哥的无奈之举了。小凤仙整天闹着要他给她出气，真要和大嫂来个鱼死网破大哥也下不去手，毕竟大嫂还是宁宁的妈妈，就是没有夫妻情分了还有一种亲情在里面，别说他们原来还是表姊弟。更何况小凤仙这样的女人也不值得，在这方面大哥还是很有分寸的。但就这样不管不问也不是大哥的性格，因此才有了这次高调的出走，他要做的就是要往大嫂的胸口插更深的刀子。

夫妻之间的打打闹闹，甚至于丈夫偶尔和一两个女人有私情在我们那个地方这都是可以容忍的，男人嘛！人们对男人在这方面总是更宽容一些，尤其是在乡下，有人甚至于把这当成了成功男人的标志。但如果这个男人带着别的女人离家出走，这对妻子来说就是一种耻辱了，这不但说明男人是下了决心要抛弃这个家，更能证明这个男人的妻子太窝囊了，连自家的男人都看不住。

　　大哥显然用好了这个武器，这从面前大嫂的神态上就能看得出来。我不知道该怎么安慰大嫂，内心里充满了对大哥的怨恨，觉得大哥做的事情也太出格了，他不该这样对待大嫂，大嫂虽然剥夺了他管理技校的权力但也给了他足够优厚的条件，不干事每月开两万元的工资，在行为上也给了他足够多的宽容。

　　见大嫂的眼泪一直往外涌，我心里也不好受起来，就发狠地说："把他银行卡全部冻结了，我就不信，没钱了，哪个女人还跟着他。"

　　大嫂抬头撸了一下鼻涕，说："这倒是个办法！但我不想做得太绝情了。"

　　听了这话我有些放心了，大嫂心里肯定是有办法了，不然不会说不想做绝情的事情了。大哥的行为已经超出了大嫂心底的尺度，大嫂对他做任何绝情的事情都是不过分的，大嫂此时对我说这话显然是没有把自己的真实想法袒露出来。

　　果然过了不久，大哥跟小凤仙就回来了，大哥对自己回来的原因一直没有透露，但可以肯定的是在整个出走期间他们没有断掉经济来源，这从他们回来时所带着的大包小包的行李中就可以看得出来。

　　像当时的高调出走一样他们回来得也极其张扬。他们好像事先打探好了，故意选大嫂在学校的那天，而且恰巧还是白塔镇大集，他们相互搂抱着从最繁华的街市上穿过，前面是技校的工作人员给他们提着繁重的行李，工作人员都穿着技校的校服，这就是他们的标签，实际上这个标签是多此一举的，镇街上的人谁不认识穿花衬衣留长发的大哥？谁不认识风流妩媚的小凤仙？来赶集的乡邻看到这对招摇的男女有的背过了身子，有的则用不怀好意的目光盯着他们，还有的故意主动上前打招呼。对待这些大哥统统尽收眼底，他要的就是这种效果，他要把这种行为所产生的影响发挥到最大化。

大哥回来之后白塔镇的人们开始关注大嫂，他们以为这位遭受了丈夫凌辱的女强人一定不会善罢甘休的，后面一定会有更精彩的好戏要看，但这次他们却失望了。小凤仙回来就把破破烂烂的美容店给盘了出去，然后来技校上班了，职务是天永技校的首席美容指导教师，薪酬是按技校引进人才的标准来支付，在整个技校的所有员工中是最高的。小凤仙这种身份的转变太快了，别说白塔镇的人受不了，我也觉得这有些匪夷所思，但我知道出现这种变化的总设计师是大嫂，大嫂会给我个说法的。

几天之后大嫂果然来找我了，这次她没有事先打电话，而是直接把车开到了我的单位——市委宣传部。我们部长原来是市妇联主席，大嫂是市妇联常委跟我们部长是老相识了，所以那天我是在我们部长的办公室见到的大嫂，大嫂一见我就说："天永技校用重金新招聘了一位老师，这位老师是很值得说道的，科班出身又自己创过业，我假公济私一下，跟部长专门点名要了你，让你帮着宣传宣传。"

我还没有说话我们部长就说："你这也不是假公济私，这只能说我们的工作太被动了，我们宣传部门本身就是为企业搞服务的，你那边需要服务了，我们反而缺席，这就是我们的失职。"然后部长又很严肃地对我说："你先把手头的其他事情放放，全力配合好这次宣传。"

我知道我们部长不是真的对我严肃，从某种程度上说这是一种信任的流露，这当然要感谢大嫂。这几年大嫂跟政界商界的人士频繁打交道，把自己也锻造成了一个随方就圆的魔块。大嫂知道怎么利用自己跟我们部长的私交，也知道怎么把这种私交影响到我，所以才有了直接点名让我到部长办公室，才有了眼前这看似的严肃。

直到坐到那辆新买的奔驰车里大嫂才说："我刚才说的那位新聘的老师就是小凤仙。"说着就用一种怪怪的眼神看我，我知道大嫂是想从我脸上找寻吃惊的表情，但此时我已经不吃惊了。大嫂还是小看了现在信息传播的速度，小凤仙这几天在学校的表现我是清清楚楚的。据说小凤仙去的当天就又跟大哥腻在了一起，但大嫂再也没有跟他们发生正面冲突，而是像过去一样该怎样就怎样，照常开会发号施令，这其中就有给小凤仙的号令，让大嫂欣慰的是小凤仙对这些命令是认真的，这说明小凤仙还是懂得游戏规则的，这让大嫂更坚定了自己的决心，就是看到两个人在餐厅里缠绵也装作视而不见的样子，照常到小包厢去吃自己的饭，好像这两个人就是一对与她无关的恋人。

得到这些信息我从心里开始佩服大嫂，大嫂再也不是那个单纯的民办老师了，懂得了隐忍懂得欲擒故纵。她知道没有距离的男女是乏味的，没有王母娘娘的天河就成就不了鹊桥相会的佳话，牛郎和织女也许就是民间众多俗世婚姻的翻版。

了解了大嫂的意图我的工作开展得比较顺利，先是联系了市电视台、市报社相熟的几位记者，当时说是相熟是有些牵强的，我所在的部门是宣传部新闻中心，主要职责是协调上下级新闻单位的关系，跟具体干业务的记者接触并不多。这几位记者的名字大多是从报纸和电视上看到的，他们对我的热心当然也不是由于我自身，而是冲着"宣传部"这几个字来的。

后来的事实证明大嫂和平演变的策略获得了巨大的成功，小凤仙在跟大哥腻歪了一阵之后很快就分开了，这其中有小凤仙的原因也有大哥的原因。大嫂当初要聘请小凤仙的时候，小凤仙是抱着一副死猪不怕开水烫的态度加盟的，甚至还有一种胜利者的姿态，拿着你的高薪玩着你的男人这下你该服气了吧！但后来她发现没有了大嫂这个看客，她跟大哥之间的所有行为都变得索然无味。再加上报纸电视对她的正面宣传，让她不得不开始有所顾忌自己的形象。所以她很快就决定要收手了。大哥应该比小凤仙的这种感觉更强烈一些，大嫂收编了小凤仙，就等于他和大嫂对阵的格局发生了变化，由二对一变成了一对二，大哥担心的不是数量上的变化而是冲突的力度，通过正常途径用对方阵营里的角色来震撼对方显然已经没有什么力量了。

大哥的第一次出走所造成的影响就这样被大嫂瓦解了，在接下来的日子里大哥并没有就此安分下来，接连搞过几次类似的事件，这其中有供销社的营业员，有白塔镇医院的护士，还有一位是技校对面饭店里的厨娘，但这些事件都没有第一次所产生的效果，自然也被大嫂轻松地化解了。

而这次似乎又有所不同。因为这次大哥带走的苏珊是技校的工作人员，而且这个苏珊还是我曾经的学生，那时候她叫苏丽丽，苏珊是后来大嫂给改的名字。

　　大嫂向我通报大哥失踪的第二天下午苏珊的父亲就找到了我。眼前的这个男人有着与年龄不相符的苍老和憔悴。花白的头发软塌塌地贴在干瘪的小脑袋上，一件黄糊糊的老头衫被凸起的肩胛骨挑起来，幔帐般地挂在身体前面，老头衫已经很旧了，乱糟糟的圆形领子松松垮垮地下垂着，显现出一大片胸膛，上面黏附着的破烂线头就像挥之不去的苍蝇。裸露在外面的脸、脖子、胸膛无一例外的黝黑且皱褶叠加，似乎是高低不平的地面直接铺上了一层沥青。办公室的门是敞开的，他进来的时候应该在门口踟蹰了很长的一段时间，直到所有的目光都投向了他，他才有些胆怯地说："我找李……李……李其斌，李科长。"刚才投出去的目光开始转向我，我有些疑惑地看着他，很显然，他也捕捉到了那开始往我身上汇聚的光束，龇着黑黑的牙齿朝我走过来，我在脑海中极力搜寻着，结果还没等我把他从记忆的深处捞出来，他急不可耐地介绍了自己，李老师，我是老苏呀，苏丽丽的父亲。我们见过的，七年前，你忘了？

　　我把他让到办公桌对面的旧沙发上，沙发坐垫下面的海绵已经磨没了，只剩下几根弹簧撑起来的皮革，他谦卑地徐徐下蹲，还没有坐实，下面就发出吱呀的声响，他惊恐地想把身子提起来，伸着细长且青筋毕现的脖子，用探寻的目光看着我，同事用纸杯接了水递给他，这为他再次起身提供了冠冕堂皇的理由，他把目光转向了我的同事，脸上的皱纹往外撑，鼻子的两翼使劲往上囿着，浮现出硬挤出来的强笑。看到这似曾相识的笑容，我终于想起来了，老苏，苏丽丽的父亲。七年前，他就这样对我笑过。

　　苏丽丽是我短暂的教师生涯中遇到的一位比较出色的学生，学习很刻苦成绩也好，而且还非常懂事，文文静静的从不招惹是非。似乎只有一次我叫她起来回答问题，她耳朵聋了一般，只涨红着脸看着我就是不站起来，见她这样麻木不仁，我第一次对她动了怒厉声地呵斥了她，苏丽丽害怕了，如弯曲的豆芽般缓缓地站起来，我心里有气想教训她几句，还没等开口，苏丽丽的同桌就指着她的座位惊呼，老师，苏丽丽流血了。我走过去，看到泛着青光的白木茬凳子上有一片殷红的血迹。苏丽丽见我什么都看到了，坍塌般地倒在座位下，把头埋在双臂间嘤嘤地哭了起来。看到她这个样子，我忽然明白了，苏丽丽这是长大了，我开始为自己刚才的粗鲁而后悔，想劝一下又不知道说什么好，我是一个男老师，当时又没有结婚，许多话是说不出口的。我急忙跑回办公室想找个女老师来帮着苏丽丽处理一下，但那天也怪了，女老师都上课去了，我接连跑了好几个教室，才找到了一位教英语的女老师，等我说明了情况带着女老师赶回来，苏丽丽已经走了。

连续两天苏丽丽都没来上课，问了跟她一个宿舍的同学，都说苏丽丽的铺盖还在，我心里踏实了一些。故县店联中是所初级中学，辐射周围十几个山村，由于山里人没有把上学看成是孩子成长的必然阶段，所以学生流失的现象非常严重，对此校长和老师们都见怪不怪了。按照过去的经验，一个学生如果连续两天不来上课肯定就是流失了，班主任应该及时把这个情况汇报给校长。我却没有急于去找校长，在潜意识里我一直感觉苏丽丽会回来的，办公室里其他的任课老师问起苏丽丽，我告诉他们苏丽丽请假了，请的是病假。果然到了第三天的下午，苏丽丽的父亲把她送回学校了。

那时候的老苏看起来还不像现在这么潦倒，上身穿了一件旧蓝色中山装，洗得还比较干净，就是上面爬满了横七竖八的褶子，脚下是一双泡沫底的塑料拖鞋，拖鞋显然也是洗刷过了的，已经变形的鞋底翻卷着灰白的底色。老苏一看到我就那样强笑着向我道歉，说着孩子小不懂事惹老师生气了之类的客气话。苏丽丽一直藏在她父亲的身后，老苏把手伸向后面拽了几次才把她硬拉出来。站在面前的苏丽丽涨红着脸不敢抬头看我，一只手仍然紧紧地扯着老苏的衣襟，老苏想把苏丽丽的手拿开，但苏丽丽反而把身子偎了过去。老苏有些尴尬了，再次对我强笑着说，这孩子从小就没娘，这样惯了。

老苏坐在沙发上端着冒着热气的纸杯老长时间没有说话，似乎不知道说什么，但我知道他是有太多的话要说，相依为命的唯一女儿就这样跟一位已婚老男人不明不白地走了，这对一位老实敦厚的庄稼人来说该是怎样一种打击？此时面对老苏我也在沉默，我的沉默是缘于内心的纠结，这种纠结更多的是内疚与自责，假如当年我不帮大嫂，不让苏丽丽来天永技校也许就不会出现今天这种局面。

苏丽丽初中毕业之后考上了远近闻名的崀山中学，但她却没有入校。当时故县店联中考入这所重点高中的不足五个人，这么好的机会都放弃了，自然就引起了学校领导的重视，就让我这个班主任去做苏丽丽的工作。面对我的疑问苏丽丽老半天没有说话，在我的一再追问下她才低声说："我父亲太累了。"这话说得我有些莫名其妙，我曾经见过的老苏是个普普通通的庄稼人，还不至于困难到让女儿上不起学的程度。直到后来大嫂来找我，我才明白苏丽丽这句话背后的深意。

那时候大嫂的技校正处于发展的关键时期，大哥还没有从莱山钢厂辞职回来，技校还是用初建时的名字叫天英技校。技校要发展最大的问题就是生源，有了生源就有了财源。大嫂来找我的意思非常明确，就是想让苏丽丽进入天英技校，大概大嫂对我是不需要戒心的，随即大嫂就把让苏丽丽进入天英技校的深层次原因说了出来，苏丽丽能考上崀山中学说明她是个学习非常出色的学生，天英技校把这样的学生招进去就是块金字招牌，这块金字招牌会产生吸纳生源的向心力，她放弃远近闻名的崀山中学而进入天英技校的举动，虽然不能证明天英技校比崀山中学强，但毕竟能说明天英技校还是有些独到之处的。为了揽到这块金字招牌，大嫂还开出了许多的条件，免学费免食宿甚至还考虑给予一定的补助。最后大嫂说，你去跟她谈谈吧，我这些条件一定能够打动她的。接着大嫂就又说出了她这种自信的原因。苏丽丽的家庭条件比我想象的要困难，她的祖辈是当年逃荒逃到东北的，新中国成立后爷爷奶奶带着苏丽丽的父亲回到了家乡，一直借住在爷爷的一个弟弟的老房子里，由于户口不在当地，从大集体的时候他们一家就有种外来户的感觉，生产队分粮食他们家总是村里最小的那一堆，后来好不容易把户口落下了但也实行了土地承包制。按照当时村里的规定，新进的户口不能分到责任田，现在种的这几分薄田是村里上一次动地的时候才分给他们的，这个时候爷爷奶奶和苏丽丽的母亲早已去世，他们父女得到的责任田也仅够两个人糊口。借住的老房子也在前几年坍塌了，他们只好栖身在原来生产队的一处老旧仓库里，仓库也建了多年，早就年久失修了，一到雨天父女两个就犯愁，外面大下里面小下，外面不下里面滴答就是他们雨天的生活写照。

大嫂真是个有心机的女人，为了一个学生居然把苏丽丽的家世调查得这么详细。大嫂看出了我的意思，解释说，你别忘了苏庄和禹村是老邻庄，两个村离得一拃远，针鼻大的事情都透气。大嫂说的禹村是大嫂的娘家也就是我的姥娘家，苏庄则是苏丽丽所在的村庄。见我不语，大嫂又说："事情是明摆着的，她们家这个条件，就是苏丽丽上了高中，将来考上大学也上不起，所以苏丽丽现在能做的就是学门技术赶快工作挣钱为她父亲减轻负担。"不知从什么时候起，我发现大嫂的处事风格发生了很大的变化，对自己需要的事情她也总是先要为对方寻找有力的借口，把自己的利益隐藏起来，待借口变成了推动事件的动力，自己的利益到手了，才看似不得不被动地接受。但这一次大嫂的分析确实是有些道理。

我再次去找苏丽丽问她以后的打算，苏丽丽告诉我她要去城里打工挣钱，我问有明确的方向吗？苏丽丽摇了摇头。看她一脸茫然的样子我真正地担心起来，像她这种年龄的女孩子只身去城里打工是非常危险的，不但不能挣到钱说不定还会把自己搭上，这样的例子在乡村委实太多了。在这种情况下天英技校对苏丽丽来说真的是个不错的选择，我把大嫂的提议以及许诺对苏丽丽说了，她一开始只是听着，后来抬起亮亮的眼睛问："老师，您觉得怎样？"

这话一下子把我问住了，一开始我怀疑苏丽丽是明知故问，在这种语境下我当然觉得对她有利才向她推介的。可能是由于营养不良的缘故，苏丽丽的脸色一直有着一种透明般的蜡黄，就像刚刚挣脱蛋壳的小鸡的羽毛柔软而细腻，而此时却飞起了一抹彩霞般的红色，我知道这抹红色不只来自少女的羞涩，还来自对我的依赖和信任。她是真的在征求我的意见，我只需再进一步说个"好"字，苏丽丽就会成为天英技校的学员，但这个好字当时在我心里却变得沉重起来。

选择天英技校真的对苏丽丽有利吗？在心里我一遍遍地反问着自己。当时我们学校的校长已经出面找过崀山中学了，鉴于苏丽丽的成绩比较突出，崀山中学也答应减免学费，同时学校还有两个基金会的助学金，再根据情况

93

适当补助给苏丽丽，这样看来苏丽丽上高中也不是完全没有保障。现在的大学对贫困生也是有所倾斜的，在各种社会力量的资助下苏丽丽能完成大学教育的可能性就非常大，有了大学毕业证再往上走就有可能迈入精英阶层。而选择天英技校却是一条完全不同的道路，那个时候天英技校开设的课程还比较简单，除了服装加工之外就是美容美发，这样的技术学下来顶多也就是有了一个糊口的职业，正常情况下想有大的作为根本就是不可能的，更何况天英技校还只是一家民办培训机构，最终得到的红本本不能为将来的任何社会认可度加分。

这样一想原先确定的东西在心里就大打了折扣，但此时大嫂需要这块金字招牌。我犹豫了一下，说："要不你回家跟父亲商量一下再做决定。"

苏丽丽说："我父亲是让我上高中的，他甚至想为了我要去卖血。现在我只听您的，我知道您是会为我着想的。"

当时的我也许是真的意识到了苏丽丽的困境，面对这份沉甸甸的信任我没有掂出它的分量，自以为说出了一个留有余地的回答："我觉得上天英技校也不失为一个不错的选择。"

苏丽丽就这样进了天英技校。如愿以偿的大嫂对苏丽丽还是不错的，兑现了自己的所有承诺，不但减免了所有费用免费提供食宿，还每个月为苏丽丽提供了二百块钱的补助。但世上没有免费的午餐，大嫂也把这块金字招牌发挥到了极致。苏丽丽入学的当天大嫂就闹出了很大的动静，天英技校举行了一个自建校以来规模最大的开学典礼，不但要求所有的学生参加还请到了部分学生家长。典礼的仪式是常规性的但又不同于常规，其中的新生代表讲话选的是苏丽丽，苏丽丽的这个讲话是我在大嫂的授意下起草的，重点谈了放弃岚山中学选择天英技校的原因，原因就是天英技校能为自己的理想腾飞插上翅膀，这句话源于大嫂的不确切表述，我在此基础上进行了概括。大嫂的原话是："……你得写上，这里能帮学员们实现将来生活的很多想法……"

苏丽丽技校毕业的时候正赶上大嫂推行"弟子店"工程，这个工程是大嫂看到城里连锁超市模式后得到的启发，天英技校资助所有毕业的学生独自开店，条件是必须注明是"天英弟子店"的招牌。苏丽丽学了一年的服装加工，是那批学生里的佼佼者完全可以出去独立开店，她自己也跃跃欲试准备走上社会大干一场。大嫂的态度却变得暧昧起来，一开始她就有让苏丽丽留校的想法，这不仅仅是因为她不想放弃这块金字招牌，更重要的是通过这一年的接触大嫂在苏丽丽身上发现了纯良的一面，有这种品质再加上她的冰雪聪明无疑会成为大嫂事业上的好帮手。毕业时节大嫂看苏丽丽单飞的态度坚决没有横加阻拦，而是做出全力支持的样子，开出了比其他弟子更加优厚的条件，不但在白塔镇最显眼的位置给她租赁了门头，还送了全套的服装加工设备，并且还出资举行了盛大的开业仪式。可惜的是好景不长，服装店开业不到半年就接到了拆迁通知，所在的老街要重新规划。苏丽丽傻了，她原本把这间店面当成了自己事业的起点，有了这个起点才能缓解家庭的困难，才能报答大嫂的提携之恩，没想到现在一切都要成为泡影。大嫂这时及时伸出了援助之手，积极为苏丽丽的拆迁补偿奔走，镇上的领导还是很买大嫂的账的，这条老街本来早就列入了规划范围，对新搭建的建筑补偿是很少的，但大嫂却争取到了足够的赔偿。苏丽丽要把这钱还给大嫂，因为这些钱本来就是大嫂投的，大嫂却严词拒绝了，说让苏丽丽继续创业。此时的苏丽丽对大嫂充满了感激，她知道大嫂在内心深处还是希望她回技校的，因此苏丽丽不再选择单飞而是回技校当了教师。

在随后的几年，天英技校发展很快，苏丽丽的身份也跟着水涨船高了，从服装加工的指导教师变成了校长助理总管整个教学工作，名字也由苏丽丽衍变成了苏珊。这段时间是我跟苏丽丽接触最多的一个阶段，在大嫂的运作下我顺利地调入了市委宣传部新闻中心，这就给我堂而皇之地来天英技校提供了便利，每有新闻媒体需要典型我当然要首当其冲地推荐天英技校。由于新闻与政治的紧密关系，这几年地方政府对新闻记者空前地重视，一般记者来的时候县里镇上的领导都要作陪，这就给大嫂提供了更广阔的舞台。镇上的饭店接待水平有限，技校适时地开办了厨师培训班，餐厅也随之进行了装修，分出了很多精致的小包厢。每有领导跟新闻媒体的记者来大嫂就客气地推荐自己的餐厅，说咱们技校新开办了厨师培训班，领导们就在这里尝尝我们学生的手艺吧。我一开始和诸多客人一样对大嫂的这种安排有些不以为然，在心里还怪一向谨细的大嫂怎么就这么马大哈。要知道领导和记者们的嘴巴是最刁的，都是见多吃广的主儿，学徒们的手艺显然是不行的。谁知真正走进餐厅看到桌子上的菜肴眼前就亮了，看似家常菜但排列起来就这么养眼，再一品尝更是感到不同于一般，吃得在座的客人们都赞不绝口。事后我才知道这哪里是学徒们的手艺，他们也仅仅是为厨师打了打下手，真正的厨师是大嫂从乡间挖掘的民间厨子，他们有的在乡间就已经有相当的影响力。有的祖上还进过宫廷的御膳房，所准备的食材也都是费尽了周折。了解了这些之后我还是有些疑惑的，感到大嫂有些太尽心了，但后来的发展证明大嫂是对的，这不仅仅为技校的厨师培训班做了广告，更重要的是为大嫂打开了一条更为广阔的人脉，天英技校的餐厅在当地有了名气，镇上县上有些贵客也安排过来，这些客人不是上级官员就是企业界的大佬，他们自然能为技校带来些有形无形的效应。

尽管那时候巴菲特的午餐拍卖会还没有传到中国，大嫂内心已经非常清楚现如今吃饭也不仅仅是为了满足胃口的欲望了，因此大嫂除在食物上做好做足功夫之后还利用起了另一个撒手锏，这个撒手锏就是苏丽丽。苏丽丽这时候已经出落成一个漂亮的大姑娘了，往酒桌上一坐自然就引起男人们的注意，尤其是对于那些经常出没娱乐场所的男人来说，质朴自然纯美的苏丽丽更是别有一番风味。当然大嫂在这个事情上也是有一定底线的，并不是每个场合都让苏丽丽参加，有些看起来有不良企图的客人大嫂也会让她回避，参加的时候也仅仅是限于喝酒唱歌之类的浅层次接触。

据我观察苏丽丽对这些场合应该是极为讨厌的，尽管大多数时候座中的她都看起来是欢愉的，但我却总感到她的一丝忧郁。在有我参加的场合我都想尽力地保护她，我指的尽力是在不得罪客人和不引起别人多想的情况下，刨去这两个先决条件我的这种所谓保护就变得非常微弱。有次苏丽丽当着我的面居然喝多了，直到客人走了她还拉着我的手不放，说要跟我谈谈。我也觉得我们之间早就应该谈谈了，苏丽丽刚进技校的时候还跟我交流很多想法，后来就很少了。至于少的原因我曾经以为是由于她长大了，实际我后来的感觉不是，是她有了很多的顾虑，其中最大的顾虑应该就是我跟她的老板（也就是大嫂）是一家人。

大嫂看苏丽丽喝多了就上来劝阻，这时让人意想不到的一幕出现了，苏丽丽抬头看了一眼，然后往大嫂脸上狠狠地吐了口口水。我当时就惊呆了，在我印象中苏丽丽一直是把大嫂拿恩人来看待的，现在她怎么会这样！是酒精让她混乱了思维还是剥下了平时的伪装？大嫂显然也被这突如其来的口水砸蒙了，足足呆了有十秒钟，然后强笑了一下，说这孩子，真喝多了。其斌，还是你劝劝她吧。说着转身走了。面对苏丽丽的醉态我还能说什么呢！当时我叫来两个餐厅的服务员把苏丽丽送回了宿舍，苏丽丽不愿意回去，临被那两个服务员架起还回身说，李老师咱们谈谈。这次之后苏丽丽开始有意回避我了，有次我们似乎有机会单独谈谈，我刚开了头就被她打断了。我们之间变得彻底生分起来。

老苏终于开口了，嘴唇抖索着说："孩子不见了，她还病着……"说到这里老苏说不下去了，昂起花白的脑袋眼巴巴地看着我，那双深陷在眼窝里的眼球竟然有了一层朦朦胧胧的水汽。

我把脑袋低下来不敢直视那张困窘中的脸庞。今年夏天的某一个下午，苏珊突然就晕倒了，赶紧送往医院，医生诊断为贫血性晕眩，后来又说是败血症。二十世纪八十年代初风靡中国的日本电视连续剧《血疑》给这个病留下了可怕的印象，因此这个消息一传出来，白塔镇的所有人都感到老天的命运真是不公，苏珊刚开始能挣钱就又遭此厄运，当然最为难过的还是苏珊的父亲老苏，听说老苏知道了女儿的病之后连夜赶到镇上的医院，要让医生给他取骨髓给女儿治病，医生怎么解释都没有用，最后还是通知大嫂去医院把老苏领了回来。

另一个最关注苏珊病情的就是大嫂了，大嫂第一时间站出来做出了承诺："苏珊是天永技校的员工，天永技校有责任有义务为她治疗。在以后的日子里，天永技校一定尽自己的所能动员社会各界力量力争使苏珊早日康复。"大嫂是这样说的也是这样做的，不但率先为苏珊捐了三万块钱，还利用自己爱心慈善协会副会长的身份积极奔走，很快就为苏珊募集了一大笔善款，这些善款正准备在最近通过一个仪式活动来转交给苏珊。对此市里的几家媒体更是不遗余力地进行了报道，大嫂再次成了媒体关注的焦点，树立了"富而仁"的企业家新形象。这当然为她下一步晋级省人大代表也打下了良好的基础。可就在这关键时刻，大哥却突然带着苏珊失踪了。

老苏在来找我之前一定多次找过大嫂了，依现在的情况大嫂不可能逞一时之愤怂恿老苏去干一些出格的事情。比如让老苏去报警之类，而是会多做一些安抚工作，所以安慰的话语老苏应该是从大嫂那里听得很多了，我对老苏再进行安慰就有些显得多余了，但此时除了安慰老苏我还能说什么呢？

送走了老苏我的心情再也无法平静。老苏临离开时的目光像驱赶不走的小蛇一样缠绕着我，那目光里有说不出来的痛，还有说不出来的失望。本来老苏是抱着一腔热忱来找我的，当然他不会指望我能帮他找到女儿，他指望我能给他一个令人信服的解释，没有想到在我这里得到的和从大嫂那里的一样，面对着凄惨的老苏我甚至连说实话的勇气都没有。

一贯行事离谱的大哥这次是太离谱了，跟大嫂置气竟然让一位弱者遭受如此大的戕害，他知道不知道他的这种孟浪行为伤害的不仅仅是大嫂、苏珊、老苏这些站在明处的角色，他就此毁掉的很可能就是自己，一个没有任何羞耻心的人，一个一点脸面不要的人，一个没有任何同情心的人还能算人吗？大哥为什么会变成了这样？这是让人百思不得其解的，原来那个意气风发充满激情的大哥哪里去了？

小时候大哥是我的骄傲。那时候大哥是我们村为数不多的高中生，每到星期六下午都沿着位于村头高冈上的公路步行回家，在我印象中大哥那时总是穿海魂衫黑裤子白球鞋，再加上大哥高挑的身材真是帅气得要死。所以每到这个时刻我都早早地守候在公路边上，盼着大哥那潇洒的身影早早出现。有次大哥回来晚了，我竟然坐等到天黑，母亲三番五次地来叫回去我说什么也不走。记得那天大哥回来的时候都看不清人脸了，我听到有脚步声传来，就怯生生地叫了声大哥，大哥一下子跑过来抱起了我，我在大哥的怀抱里竟然感到莫名地委屈，撇了撇嘴巴放声哭了出来。

大哥高中毕业回乡当了农民（那时候叫社员），成为社员的大哥并没有就此平庸下去，和一帮差不多大的小青年组织起了一支青年突击队，当年冬天公社在大汶河搞会战，大哥带着青年突击队冲在最前沿，我们村所担负的工程是完成得最好最快的，我们村的支部书记在这次会战中出尽了风头，屡次得到公社领导的表彰，就在工程快要结束的时候，大哥的脚被砸伤了，他愣是不让人声张咬着牙坚持战斗在工程第一线，直到自己晕倒在工地上。我清楚地记得大哥被送回家的第二天公社书记来看望大哥，我们家门口第一次停了辆军绿色的吉普车，这是很多人家从来也没有过的，这下可把我激动坏了，顾不得掺和热闹的场面，拿着根扁平的秫秸守护着吉普车，轰撵那些巴瞪着眼儿想接近吉普车的小伙伴。小汽车开走了，很多小伙伴都想追着闻好闻的汽油味，但大多被我赶跑了，只允许平时跟我关系最好的葫芦可以放肆地闻稀奇。葫芦也很给我长脸，闻完汽油味回来只感叹，说这味道真是好极了，比集市上飘出来的肉煎包的味道还要香。这招来很多小伙伴们羡慕的同时也给我树立了极大的威望，在后来的日子里，大哥每次参与这样的集体工程我甚至希望大哥能再次受伤。

那个时节高考制度还没恢复，农村孩子要想走出来就只剩下当兵这一条路了。但大哥在要当兵的时候却出现了一些波折。第一年村里推荐大哥入伍，体检合格了政审却没有通过，当时我父母都极为不解。我们家上溯三代都是贫农怎么就过不了政审这一关，找大队书记去说理，大队书记拿出政审的存根一看他们才傻了眼，原来大哥把政审表填得非常仔细，七大姑八大姨的都给罗列上了，我已经多年不走动的大姨家上辈是地主。到了第二年，大哥和葫芦的大哥连泉同时被村里推荐，在这之前我和葫芦还有过一次争论，葫芦认为当兵的最大的好处就是好找媳妇，为了证实自己的论点他还列举了我们村里的多个例子，葫芦举的例子都非常地准确，我们村确实有很多年轻人是当兵期间订的婚，订婚不久就扒下了军装复员回乡，当然也有极少数订婚之后提了干穿上四个兜的军装。就是这些凤毛麟角让当时处于底层的那些男女青年有了某种梦想。不当兵就注定要当一辈子农民，当了兵就有了某种改变命运的机会。这就是当时葫芦那个论点的立论基础，但这个论点我觉得不适合大哥，我认为大哥是不需要通过当兵来找媳妇的，因为这个时候上我们家来给大哥提亲的媒人已经很多了。

大哥这一年仍然没能入伍，原因就是连泉耍了花招。这次大哥接受了去年的教训，填政审表的时候分外仔细，体检的时候也没有忽视，一进体检大厅看着那黑压压的人群大哥忽然感到一阵莫名紧张，站在旁边的连泉注意到了大哥情绪的变化，就问怎么了？大哥就实话实说了。连泉赶紧说别紧张，一紧张血压就要升高。连泉这么一说大哥就更紧张了，脸涨红着说不出话来，连泉见有机可乘忙说，听说喝醋能治血压高，我去给你找点醋吧。大哥感激地点了点头，连泉出去了好一会端着一碗黑乎乎的醋回来了，说是好不容易才在一家小饭馆里淘换到的，为此人家还要了两块钱的押金。大哥当时没有多想端起碗就把醋倒进了嘴巴里，连泉见大哥喝下去了，接过碗就往外跑，说是要赶紧把碗还回去，不然两块钱的押金就没有了。大哥看着连泉仓惶的背影忽然感到有些不大对劲，刚才喝下去的醋像火球一样在胃里燃烧起来，再咂摸了一下嘴巴，明显感到了一股酒精的味道。

连续两年没能当上兵，大哥就有些丧气了，就是在这个时候大嫂开始走进大哥的生活。一开始大哥在自己婚姻大事上应该跟当时很多农村青年一样，表现得内敛而被动。上门提亲的媒人把女方基本条件提出来，父母就开始商量着见面相亲。一开始的相亲不是大哥亲自去，而是母亲先要看一下，通过了母亲的法眼最后才让大哥出面。从这个过程可以看出作为当事人的大哥在其中的意见是不重要的，这在当时是很正常的，因为村里几乎所有人的婚姻都是通过这种程序建立起来。但后来大哥和大嫂的婚姻却跟这种格局有了不同。

最初主动提起这个事情来的是大舅，那年夏天大舅来我们家例行走亲戚，在这之前大舅已经好多年没有来过我们家了，每年走亲戚不是打发表哥过来就是让两个表姐来。大舅那次来了绕着我们家新盖的房子转悠了好几圈，一直夸奖我父母把日子过好了。吃饭的时候几杯酒下肚大舅就开始夸奖自己已做了教师的大女儿，夸完了就开始看我父母的反应，父亲一直在迎合着大舅配合着往下说，这种态度给了大舅很大的鼓励，喝到最后大舅终于亮出了自己的底牌，一边感叹着说："咱们要能亲上加亲该多好！"父亲不是傻子当然明白大舅的意思赶紧回应："是啊！亲上加亲多……"父亲的那个"好"字还没有吐出来，突然感到脚上被猛地踩了一下，抬头看母亲，见母亲正在给他使眼色。

　　母亲是不同意这门亲事的，原因有两个：一个就是姥娘那边家族太大，自己从那个大家族里走出来，知道像这样的大家族家长里短的事情就多。另一个就是母亲对当时的大嫂有看法，读书读到二十好几，女人会的事情一样都不会，这样的女子娶到家里也是个累赘。送走了大舅，母亲就加快了给大哥订婚的步伐。我印象比较深刻的是邻村赵庄的，母亲看了很满意，大哥也去相了。后来女方又来我们家相亲。由于之前事情已有了七七八八，我们家把这次相亲看得非常隆重，从镇上买来了七荤八素还专门请了村里的厨子准备招待女方。这顿饭之所以重要就在于它表明了双方的态度，男方准备酒席就是同意的信号。女方在这吃了就等于也答应了这门亲事，然后开始商量有关婚姻的一些具体细节，所以这第一顿饭蕴含的内容是多方面的，女方这亲相得就比较仔细，看了房子；看了里间屋里大缸里的粮食；看了堆在床上的被褥还不太放心，又趁大人都出去的当口悄悄地问我："你们家里的粮食和被褥不是借人家的吧？"然后就很期待地等着我回答，他们都知道小孩说实话。当时我对这种问话是极为反感的，村里很多人相亲都是到我们家来借东西，我们家从来就没有因为这借过别人的，因此我觉得这样问话是对我们家的侮辱，就毫不客气地回敬道："你们家才借东西呢！"

　　好酒好菜的招待完女方大哥却变卦了。在当晚的家庭会议上母亲想硬压着大哥低头，大哥却表现出了特有的坚韧，问到最后大哥终于说了实话，这实话就是他觉得冬妮（也就是大嫂）比她强。一旦亮出了自己的观点，大哥就开始述说冬妮的优点，什么有文化会打扮知根知底说了一大通。那时候农村还没有近亲结婚影响下一代的说法，所以大哥说出来的全是近亲结婚的优势。应该肯定的是之前大哥和大嫂绝对没有单线联系过，更没有私定过终身，大哥的心思应该是在大舅提起来之后才有的。

　　最终促成他们婚姻的还是大舅，春节之后大舅带着大嫂来了，走的时候却把大嫂留了下来，说是老长时间没在姑妈家住过了，正好借着假期在姑妈家住上一段时间。大舅这样一说我父母也就不好拒绝了，赶紧收拾好小东屋让大嫂居住。几天后的早晨母亲撵我去大哥的房间叫他起来吃饭，我跑过去推开大哥的门却看到床上没人，被子也叠得整整齐齐的没有动过的样子，我喊着去告诉母亲说大哥失踪了，母亲的脸接着就僵住了，手里正拿着的舀饭勺子一下子就掉在了地上，过了一会才似乎猛然清醒了，快步走到院子里开始朝着小东屋大声喊叫大哥的乳名，在母亲的喊叫声中大哥趿拉着棉鞋从小东屋里走了出来，一边还故作沉着地揉着眼皮。母亲看到大哥这副样子，脚下一软骤然就跌坐在了地上，然后就开始呼天抢地地骂大哥。

生米已然做成了熟饭，母亲也没办法了，只好择日给大哥和大嫂举行了订婚仪式，订婚后不久大哥就迎来了自己人生的一大转机，莱山钢铁厂来我们公社招工，大哥是在全公社挂了号的优秀青年，公社书记推荐了大哥，大哥一转眼就成了国有企业的正式职工。没能当上兵反而成就了好事，而当上了兵的连泉三年后复员回乡重新成了农民，命运有时候确实喜欢捉弄人。

大哥是这年国庆节后去莱山钢铁厂的,他与大嫂的婚礼就选在了国庆节，大哥一直觉得在进厂前举行婚礼时间太紧张了，母亲却说不紧张不行啊！这话从母亲嘴里说出来是大有深意的，由农民成为工人这在农村是个天大的变化，就等于一下子跳进了龙门，母亲是害怕进入了龙门的大哥视野一打开看不上大嫂了，两个孩子已经这样了，万一出现那样的局面别说对不住自己娘家的老哥，就是没有这层关系冬妮以后再怎么嫁人？所以要弄个笼头把大哥给拢住。

我们虽然跟大嫂原来所在的村庄离得不远但却分属两个县，当时的民办老师都是由本公社聘任的，县里就更不可能有记录了，所以大嫂嫁过来以后就没有办法再继续干民办教师了。原来大嫂在大哥面前还是有些优势的，民办教师虽然每月只有很少的津贴但毕竟还是乡村的光鲜者，尤其是年轻的女民办教师更是很多人羡慕的对象，现在大哥成了国营企业的正式工，而大嫂却滑落成了普通的农民，这种落差在大哥眼中也许没有什么，大嫂却无法忍受这种现实。

把土地分到了各家各户这就大大提高了劳动的效率，农民开始有了大量的空闲，闲不住的农民就开始琢磨干点什么。男人们所从事的大多是些小成本的贩运，比如收酒瓶子贩个菜筐什么的。女人则大多学理发或者裁缝，大嫂想学的就是裁缝。当时白塔镇的吕拐子是我们那一带远近闻名的裁缝，但吕拐子从来就没有收过女徒弟，不是吕拐子不想收是家里有位河东狮把他看得死死的。了解了这个情况后大嫂就开始在吕拐子的老婆身上下功夫。我们家分到的责任田紧靠着村里水源最为充足的机井，这就为种菜提供了便利，有一段时间责任田里的蔬菜收入是我们家的重要财源，大嫂过门后去集市上推销蔬菜就成了她的任务。

白塔镇逢三、八大集，吕拐子的裁缝铺就开在集市上，每到赶集的日子吕拐子的老婆总是要发几通脾气，跟占裁缝铺门前道路的小贩们吵上几架，大多数的小贩在吕拐子老婆凌厉的攻势下都退却了，但有一位却特别顽强跟她打起了游击，吕拐子老婆出来咋呼几句，这位小贩就推着卖菜的小车离开几步，瞅着吕拐子老婆进屋了就又推着小车回来，一副跟吕拐子老婆耗上的样子，这让吕拐子老婆很是头疼，总不能自己天天站在门口吧。大嫂很早就注意到了这个邋里邋遢的小贩，知道他这样也不是诚心跟吕拐子的老婆作对，街面上的摊位都有固定的主顾，申请新的摊位别说他没那个钱，就是有也没地方了，再看他小推车上的菜不新鲜不说也大多是些大路货，这样的大路货在蔬菜批发批发市场上一块钱能买一大堆。种种迹象表明该小贩在乡村应该是个少有的懒汉。有了这个判断大嫂就主动找小贩搭讪，提出让小贩把菜放在自己的摊位上，用现在的话说也就是给这位懒汉小贩设个专柜，当然也不是白设要提取小贩纯利润的百分之二十。这种好事小贩自然不会拒绝就痛快地答应了。在过了几个清静的集市之后吕拐子的老婆觉得有些奇怪，再找那位捣蛋的小贩，见他穿梭在人群中一副很悠闲的样子，有次就指着小贩的鼻子问你的菜呢？此时小贩内心已无所畏惧爱搭不理地朝上扫了一眼，然后再朝大嫂的摊位指了指。

大嫂就这样跟吕拐子的老婆熟悉了起来，起初她把自己内心的想法潜得很深，只是一味地与吕拐子的老婆热络，当然热络的方式是多种多样的。有时是一把鲜嫩的青菜，有时是自家母鸡下的土鸡蛋。吕拐子一家原来也是在乡下住着，是吕拐子的手艺在当地闻名之后才搬来镇上的，对乡村那些原始的吃食有着天然的嗜好，所以吕拐子的老婆就格外看重大嫂这些"顺手"带来的东西。这样一来二去吕拐子的老婆就有些不好意思了，一直对大嫂说自己无以回报。大嫂见吕拐子的老婆这么客气就说："这些东西在我们乡下是不用费事的，到地里一薅就能满筐，两个弟弟不在家我理应照顾你们两位老人。"大嫂的这话几乎把吕拐子老婆的眼泪说出来，原来吕拐子只有两个儿子，这两个儿子没有一个想继承吕拐子衣钵的，老大下学后就当兵走了，吕拐子实指望老二能跟自己学手艺，但没承想这个犟小子说什么都不从，更让他们两口子伤心的是在一次吵架之后老二撬开抽屉偷了些钱连夜离家出走了，到现在连个音信都没有。

吕拐子老婆在跟大嫂倒了这一番苦衷之后就说："都说养儿防老，现在可好！眼看我和你吕叔都这把年纪了，两个白眼狼却都不着家，我跟你吕叔都做不动了可怎么办？我们要有你这样一位知疼知热的女儿就好了。"看当时的语境吕拐子的老婆也就是这么随口一说，没想到大嫂却一下子就找到了突破口，吕拐子老婆的话音刚落大嫂就跪在了她的面前。

大嫂成了吕拐子老婆的干女儿之后也没有急着把自己的底牌亮出来。不久之后大嫂连着两个赶集的日子没有来，吕拐子老婆有些沉不住气了，通过这段时间的交往吕拐子老婆对大嫂已经有了某种依赖，有些话憋在心里是不好对一般邻居讲的，而善解人意的大嫂恰好是这些体己话的最好受众。到第三个赶集的日子大嫂仍然没有来吕拐子老婆有些不放心了，正是秋菜上市的季节大嫂没有理由不来卖菜的。吕拐子老婆到我们家来的那天下午我刚从学校放学回来，眼看着一个提着大包小包的老年女人迈进我家的门槛，当时我还以为家里会没人，菠菜和水萝卜已经进入了成熟期，家里的大人们都在菜地里忙活到挺晚，没想到大嫂在家。

吕拐子老婆在东屋的床上见到了有些憔悴的大嫂，一开始她以为大嫂病了，忙问感到哪里不舒服？没想到这么一问大嫂竟然撒开嘴哭了起来，吕拐子老婆不知道发生了什么大事就赶忙安慰大嫂，大嫂哭了一阵才倒出了事情的原委，这原委就是大哥最近休假回来了，大哥这次回来跟以往不同，一见着大嫂就横挑鼻子竖挑眼地嫌大嫂身上一股土腥味，这个假期两个人没少吵嘴，临走大哥还撂下话说要离婚。吕拐子老婆一听明白了，这是吃公家饭的干女婿开始看不上自己这个卖菜的干女儿了，想想也真是，两个人地位有了悬殊再加上是分居两地出现这种情况说起来也是必然，只是苦了眼前这个女人。吕拐子老婆脑子里稍一分析心里就替大嫂难受起来，女人的眼窝子浅，心里一有触动眼泪就扑簌扑簌地落下来，陪着掉了一阵子的泪，吕拐子老婆像突然想起什么来似的说，要不你跟你干爹学裁缝吧！这虽然跟不上工人的铁饭碗但也是个手艺，人活着就要穿衣服，只要有人就不愁没有饭吃。大嫂终于等来了自己想要的东西，心里一块石头开始落地，但当时她并没有直接呼应吕拐子的老婆，她知道事情还得往下抻，这就像面点师手里的拉面只有抻到一定的长度才能有足够的筋道。

　　尽管在以后的发展中大嫂没有具体从事裁缝这个职业，但这却是个不可或缺的开始，没有这个开始就不可能有以后的天永技校。这个时候正是改革开放之初，中国的市场经济开始像开了锅的水蒸汽一样四处洋溢，各地各种各样的批发市场如雨后春笋般冒了出来，正如吕拐子的老婆所说人活着就要穿衣服，在这众多的批发市场中尤以服装最为繁荣，在这种大背景下服装的主要消费群体——青年人开始热衷于各种廉价的贴牌服装。正是这种现实让大嫂敏锐地看到裁缝这种职业的局限性，就是手艺再好也只能赚取其中的加工钱也就是辛苦钱，这个钱挣得辛苦不说还非常有限，指望这个彻底改善自己的生活状态是不可能的。应该说这个时候大嫂的生活状态还是令很多乡下人羡慕的，大哥的工资每月有七八十块钱，家里种着粮食和蔬菜还喂养着几头大肥猪，既有花的也有吃的喝的，是村里很多人眼馋的对象，但此时的大嫂显然不安于这种现状。

　　不安分的大嫂此后从事过多种与服装相关的产业，最终选定开服装技校也是从吕拐子身上得到的启发。吕拐子只有大嫂这一位女徒弟却有着大量的男徒弟，一到年节这些男徒弟就带着厚礼从四面八方赶来，那时候所谓的厚礼也就是一个猪后座外加几包上好的点心。等过完节这些猪后座就如小山般地堆在房间里，吕拐子老婆每到这个时候就开始发愁，在门口张开摊子卖吧又拉不下脸来，拿剪刀的裁缝忽然拿着大砍刀在门口砍肉这不是出洋相吗！送人又没有这么多亲戚可送，最后只好用盐腌成咸肉，所以吕拐子家的咸肉往往到了第二年三伏天还吃不净，直到腌肉的瓷缸里长满蛆，真是既辛劳了徒弟也麻烦了师傅。面对这种情况大嫂就想，师傅教徒弟是种付出，徒弟从师傅那里得到了本事是种获取，这种付出与获取也是一种交易，既然是交易明码标价岂不更干脆简单了些。于是大嫂就有了开服装技校的念头。

　　一开始大嫂不敢把技校开在镇上，直接就在我们家的老院子里开张了，桌椅板凳是从邻居家借来的，黑板是用旧门板做成的，没地方买粉笔就用晒干了的地瓜干子掰开代替。有了学校的雏形，下一步就是怎么吸引来学生了，对此大嫂早就有了自己的算盘，她先自己写了一个宣传单然后让人誊写了几百份，赶集的时候就在集市上散发，那时候这种广告形式在农村还没有见过，所以产生的效果还是很不错的，大嫂很快就赢得了开门红。第一期就招收了二十来个学生。有了这个良好的开端大嫂就建立了信心，到招收第二批学员的时候大嫂就在镇上租了两间房子，而且学校也有了正式的名称叫天英服装技校。

　　后来技校在大嫂的精心经营下就获得了长足地发展，所开设的专业根据社会的需要也多种多样起来，先后开设了美容美发等专业，天英服装技校也变成了天英新潮技校，这个名头就像投进水中的石头荡起的涟漪，不但在我们那一带很快就叫响了而且还逐渐波及了市里和周围的几个县市区，张天英这个名字也不仅仅属于大嫂了，成了人们津津乐道的话题和品牌。

　　与此同时，大哥和大嫂的关系也发生了微妙的变化，过去大哥休假回家大嫂都是桌上桌下地伺候着，不等进家门酒菜都已经准备好了，一摩挲眼子想睡觉洗脚水就端上了，洗头都不用自己动手只需把脑袋伸出来就行。大哥在享受这些的时候是心安理得的，他会在受用中把一沓钞票掏出来，然后再轻描淡写地说这是这个月的工资加奖金。大哥这个时候的轻描淡写是装出来的，因此尽管他的动作是迟缓的甚至是漫不经心的，但深藏在眼皮下面的眼珠儿却是锃亮的，他在认真盯视着大嫂拿钱的动作，惯常的这个时候大多是大嫂在伺候着大哥，给大哥捏着脚底板或者揉搓着后背，她是没有时间去看桌上那沓厚厚的钞票，只是更加埋头在自己手上的动作，那柔软的手掌在大哥的肌肤上滑过，大哥明显感受到了一种来自内心深处的满足与骄傲。而现在这一切都发生了变化，真的发生变化了吗？表面上看一切都没有，大哥休假回家大嫂就是再忙也要回来照顾大哥，照样准备好酒菜，只不过这酒菜不再是大嫂亲自烹制的了，而是变成了镇上最有名馆子里的佳肴。临睡前照样会准备好洗脚水但水的温度却没有过去那么适宜了，不是太烫就是太冷。还有那沓厚厚的钞票，大嫂不再装作漠视而是会拿起来数一下，然后重新放在桌上说："这钱你自己揣着吧，一个大男人身上没有几个钱不行。"话语是温软的体贴的但大哥听着却怎么也受用不起来，一个月的工资和奖金怎么就变成了"几个钱"！

自从自己一个月的辛劳变成了"几个钱"之后，大哥对自己的那份正式工作开始产生根本性的怀疑，原来的所有优势犹如离开冰柜的雪糕一样都渐渐融化掉了。他不再往家带工厂发的劳保产品，这些防护性的东西恰恰说明自己身处的工作环境恶劣，不再回家的时候把自行车铃铛摇得山响，混那"几个钱"没有什么可炫耀的，离家撇业的在外面上班说是叫"混外"实际是"混穷"。以致到后来大哥不再愿意回家，就是休假也不想回家，不如躲在宿舍里跟着工友们喝酒打牌来得痛快。连续几个月没有回家，大嫂找来了，看到的是一片狼藉的宿舍，看到的是满床底下堆着的酒瓶子。大嫂叫醒了沉醉的大哥，大哥睁开惺忪而迷离地眼睛一看是大嫂就要招呼工友们继续喝酒，然后撺着大嫂去街上买酒肴，大哥此时的语气是夸张的甚至显得有些做作，大嫂知道大哥之所以这样不仅仅是酒精的作用，但大嫂还是温顺地答应着。酒肴买回来了，大哥和同宿舍的弟兄们继续大碗喝酒大口吃肉，只不过大哥为他们多上了一道菜肴，这道菜肴就是大嫂。大嫂第一次在大哥掺杂着酒精气息的语气里成为一个女强人，大哥以这种方式真正面对大嫂绝对不是酒后的孟浪行为，而是为了反证自己的强大，女强人再强也是自己的老婆，也要被自己睡在身下。

第二天大哥酒醒了，大嫂和大哥进行了一场郑重其事的谈话。大嫂说，其永，咱回家吧。

大哥愣了一下，说你来了，我还回去干什么？

大嫂说，我是说让你辞职回技校帮我，现在技校发展得很好，我自己是忙不过来的。

大哥沉默了，对这个问题他不是没有想过，但终究觉得是个很遥远的事情。大嫂一开始办技校的时候他从心里没有当回事，在这乡下能有几个人学裁缝？后来技校发展了他也觉得无所谓，这样的学校能走多远？直到最近两年他才真正觉得大嫂成了气候，这是心里的认识，在表面上还是要做出不在乎的样子，他用表面的冷漠来抵制内心的真实悸动，这就在一定程度上为自己制造了痛苦。现在如果辞职回去就是在撕去那层虚假的表皮，从内到外都溃败了开始向大嫂投诚，这是他无论如何也不能接受的。

这次谈话的结果是可想而知的，大哥一口回绝了大嫂。大嫂对此早有思想准备，她在心里是能读懂大哥的，她知道大哥现在放不下的就是架子，直升机的停落是需要停机坪的，她只需为大哥修建好了停机坪，大哥这架直升机就能降落回来。于是天英新潮技校再次更换了名称改为天永新潮技校，一开始是要把大哥的名字放在前面的，叫其英或者永英新潮技校，但这两个名称都是我们村里的人名，用了这样的名字会引起纠纷的，最后只能叫天永了。名称是主要的但不是最主要的，最主要的是权柄。大嫂对此也没有留恋，很快就决定让大哥来担任天永新潮技校的校长，但她知道自己的名头已经在当地有了一定的知名度，如果一下子换成大哥的名字怕受众会接受不了，在随后发布的各种媒体的广告中，天永新潮技校进行了全面的改版，校长后面的名字由原来的一个张天英变成了李其永、张天英。校长由一个变成了两个，从表面上看加强了学校的领导力量但实质上却并不是这样。

大哥接手技校的经营之初并没有出台新的政策，这并不是因为大哥对大嫂的忌惮，实际上大哥在这方面考虑得很少，一直以来在家庭角色中的优越地位使大哥根本就没有这样的思路。之所以沿袭以往的经营理念是因为大哥觉得大嫂的思路是对的，现在已经进入了"酒香也怕巷子深的时代"，大嫂的这话给他留下了深刻的印象。既然这样那就要把巷子打碎，让浓烈的酒香直接洋溢到大街上。因此他在技校的广告宣传上比大嫂走得更深更远，跟媒体打交道多了大哥逐渐也掌握了一些技巧，知道新闻宣传比纯粹广告的效果要好很多，而新闻宣传就掌握在那些所谓的无冕之王手里，大哥就是在这种指导思想下认识了省卫视记者葛根儿的。

葛根儿所在的栏目叫《乡村季风》，是一档专门面向农村的专业节目，大哥是通过市电视台的记者找到葛根儿的，原本只是想简单地报道个消息什么的，在省城一家豪华酒店的包房里，大哥把自己的想法一说葛根儿当时就拒绝了，理由非常简单，一是新闻的分量不够，二是没有新闻噱头。透过葛记者那冠冕堂皇的理由大哥很快就明白了背后的潜台词，这潜台词是不屑的轻蔑的，就凭一个镇上的技校还想上我们卫视这不是异想天开是什么！读懂了这些大哥并没有退缩，他知道他跟葛记者之间是能够沟通的，因为他知道葛记者需要什么。一切都是程序性的，甚至不需要提醒不需要眼色，那位市电视台的介绍人很快就找借口出去了，大哥瞅着这个空当把一个厚厚的红包塞进了葛根儿的口袋，在这期间大哥拿红包的手几乎没有遭遇什么抵抗，整个就如一次完整的跳伞过程，一开始是徐徐下沉，等沉到桌面以下就如陨石一样快速着陆了。随后就开始吃饭，原本有些矜持的葛记者在饭桌上突然活跃起来，记者这个职业是非常特殊的，他们往往掌握着两种截然不同的新闻，一种是幕前另一种是幕后，幕前新闻是他们谋生的手段；幕后新闻则能帮助他们成为社交场合中的中心人物。很显然葛记者是很善于利用幕后新闻的，大人物之间的微妙关系婚姻及私人生活，政治交易的内幕及人事更迭的意外经葛记者口中描述出来就有了一种另类的解读，之所以是描述是因为葛记者用嘴巴营造出来的场景与情景让人有了一种身临其境的感觉。

看着葛记者那泛着白沫的嘴巴大哥开始担心起来，担心葛记者一味地沉浸在自己的语境中而忘却了口袋里红包的指向，担心葛记者用这种手段来欲盖弥彰推卸大哥加在他肩膀上的需求。好在葛记者在尽兴之后适时地打住了话头，然后就开始探讨如何让没有分量的新闻变得有分量。思路还是刚才的思路，这就是葛记者的聪明之处，没有把收红包的前后变成一道明显的分水岭，而是沿着刚才的台阶在另一个坡度上打开、放大创新原来的思路。大部分新闻都是做出来的。葛记者说，没有新闻噱头我们可以创造新闻噱头，人家没有困难还创造困难呢。说到这里葛记者独自笑了。

一个月之后天永新潮技校举办了第一届农民模特大奖赛。大奖赛获得了空前的成功，省内外的主要媒体几乎都进行了报道，当期省卫视的《乡村季风》一共三十分钟的节目，农民模特大奖赛就占用了二十多分钟。省晚报也用两个版的篇幅报道了这次盛况，报纸上的模特照片几乎跟真人一般大小。当地的媒体就更是不遗余力了，市电视台不仅进行了直播报道，赛后还专门进行了新闻调查。通过这一系列的新闻轰炸，天永新潮技校的知名度达到了历史最高水平。

这些声誉为大哥带来成就感的同时也让他有些飘飘欲仙了，他觉得天永技校再也不能局限于一个村一个店了，应该开始发展城市战略。于是大哥再次来到省城问计于葛根儿，第一次合作的成功让大哥对葛根儿有了一种坚定的信任感。葛根儿首先肯定了大哥的思路，说再也不能用农民企业家来界定大哥了，大哥现在就是时代的弄潮儿。这话让大哥很是受用，随后葛根儿给大哥提出了一个更雷人的计划，在他的策划下天永技校争取两年走向全国四年变成上市企业，大哥原先想也不敢想的事情好像忽然就来到了眼前，他开始为此激动而兴奋，当葛根儿拿出一百二十万的广告合同时，大哥想也没想就挥笔签下了自己的名字。

在由省城返回白塔镇的路上大哥才对自己的举动有了一些后怕，那个时节整个天永技校一年所有的广告费用也就是二十来万，总收入也超不过五十万，这一下子就投入一百二十万步子是不是迈得太大了。回到技校跟大嫂一说，大嫂当时就蒙了，眼泪可着劲儿地在眼眶里打转。且不说现在手头根本就没有这一百二十万，就是有在省卫视上投这个钱也是瞎投，省城的人不可能跑到天永这样的小技校来学习服装加工和美容美发的。更何况真正的招生对广告的依赖度是很小的，在办技校这七八多年的历程中大嫂自己摸索出了一套独特的招生方法：其一就是前面提过的通过苏丽丽这样的优秀毕业生带动，当然这其中教师的作用是不可忽视的，因此大嫂与这些中学里的教师有着广泛的合作，教师每介绍来一个学生都有一定比例的提成，提成的比例有的高达百分之五十，这么高的收益很少有教师不动心。其二就是退费制，先把一部分学生招进来，跟这部分学生签好合同承诺将来要退还学费，通过这种手段来制造招生繁荣的假象，以此来吸纳更多的生源。其三利用弟子店的效应，弟子店的建立本身就是个活的广告，弟子店一开始是享受很多优惠的。比如给弟子店免费租门脸，免费提供布料等等有一大堆的诱惑力，很多人都想有这样一间店铺，但要有一家这样的店铺得首先要成为弟子，那就赶紧去技校报名成为弟子。实际上这种方式也是有很大欺骗性的，真正能得到优惠的弟子店没有几家，门脸的租赁费看似是技校出的但技校第二年就开始收取管理费，还有门脸上闪烁着天永技校的霓虹灯广告，这些都是足以抵消那区区租赁费的。提供的布料看似是免费的，前提是必须要提供一部分成品服装，这些服装都被技校送给了敬老院福利院养老院这些机构。在这其中技校是最大的赢家，布料都是从南方一些小纺织厂运过来的一些残次品，弟子店拿去加工成服装要费很大一些力气，加工成了交回技校，技校再以献爱心的名义送给这些单位。送的时候当然不是悄无声息的，而是通知所有的媒体都要参加，这样的活动每年不知要为天永技校省下多少广告费。招生的方法还有很多，这些大嫂都给大哥讲过，从这些方法中可以看出技校的招生不需要做很多的广告，尤其是不需要上省卫视这样的大媒体做广告。当然不做广告也是不行的，平时在当地媒体上持续的广告说起来就是种展示，展示自己外在美好的一面，让受众感受到的是实力而不是一种实际的利益，这也就是打破"巷子"的原因所在。

大嫂把这番道理说出来，大哥却有些不认账直说技校不能永远是小技校，不能老是沉浸在这种小技巧小门路上发展，要走一条健康正直良性的发展之路。而要达到这一点就得站在一个更高的角度，而省卫视无疑就是这样的角度之一。大嫂却坚持认为自己开辟的道路是正确的，在目前这个商品社会里有时候看似是歪门邪道但走起来要比大路宽广得多，两个人谁也不能说服谁，争论的焦点最后还是落脚在那个核心的问题——钱。

大哥相信大嫂是有些积蓄的，技校开了这么多年每年就是存十万块钱的话也得有个七八十万了，这也是他签这一百二十万广告合同的底气所在。而大嫂却表示自己没有积蓄，她把这些年来的收入一笔一笔地算给大哥，在大嫂嘴里这些年来她是滚动发展，走的是投入产出、产出投入的路子，手里根本就没有存下几个钱。大哥对此很是不以为然，坚持让大嫂把积蓄拿出来。两个人第一次有了激烈的冲突，大嫂让大哥赶紧去找葛根儿把广告合同退了，大哥却说白纸黑字已经落到了实处不能再退。在那种情况下我相信即使能退大哥也不会拉下脸来退的，大嫂显然对大哥是了解的，到最后大嫂就不再跟大哥发生冲突了，干脆把手机一关躲了出去。

这段时间大哥进入了一生中最困难的时期，用"焦头烂额"来形容他此时的状态一点也不为过。葛根儿的电话催命般地让他赶紧往省卫视汇钱，技校的账面上只有十来万块钱的流动资金，大哥想到了贷款找到银行，银行表示大哥不是技校的法人根本就没有资格签署贷款文件，最后大哥只剩下借贷这一条路了。二哥就是在这种情况下成为大哥的债权人的。二哥高中毕业之后就去部队当了兵，连续考了几年的军校都没有考上，在部队熬了七八年最后转成了志愿兵，转业的时候获得了一笔不菲的安家费，再加上自己在部队的积蓄大概有六七万的样子。

大哥费了九牛二虎之力才凑齐了先期的三十万元广告费，广告在卫视开播了但却没有取得他意料中的效果生源照样上不来，没有生源就没有收入，没有收入技校就很难存活。很快技校内部就出现了问题，没有了流动资金教师们的工资都没有办法发放了，像民办技校这样的机构，教师队伍本来就不稳定，一不发工资就更是留不住人了，没有了教师几个专业课程被迫停了下来，这下学生不干了家长更是不答应要找校长退学费。一开始大哥还出面解释一下，说学校暂时遇到了困难很快就会过去什么的，后来见对方太激愤就不敢在自己办公室待着了，整天东躲西藏地打游击。很快就该付第二季度的广告费用了，葛根儿电话催得急，与此同时原先借给大哥钱的那些债主们看到技校这样的状况也开始催债，大哥处于真正的内忧外患中。

真正重创大哥的是二哥的死。在技校上班的二嫂把技校经营不善的消息传递给了二哥，她这样做的目的是让他去找大哥要钱。二哥起初是有些不好意思的，大哥正处于困难时期，都说打虎亲兄弟上阵父子兵，自己已经没有能力施以援手了怎好再落井下石。更何况大哥在借钱的时候他们是想在技校入股的，现在看技校垮了就去要钱这无论如何也是不仁义的。但二嫂体会不到二哥的这种心态，一直在枕边聒噪着让二哥去讨债，二哥最终受不了了，在一个夜晚骑摩托车去镇上找大哥，时间也是二嫂提供给二哥的，这段时间大哥只有晚上才敢在技校待着。结果那天晚上二哥的摩托车就撞在了一辆拉煤的大货车上，等第二天一早人们在路边的深沟里发现二哥的时候，二哥那血肉模糊的尸体已经变凉了。

二哥死了大哥彻底垮了，他再也不像过去一样东躲西藏了，而是瞪着通红的眼睛坐在办公室里一动也不动。来讨债的蜂拥而至，技校的账面上还是没钱，债权人开始打技校固定资产的主意，技校的那几十部电脑，那整套的美容美发设备都已进入债权人的视线，眼看技校就到了生死存亡的关头，大嫂重新出山了。

可以肯定的是大嫂一直在关注着技校的变化，大哥后来面临的这一系列的内忧外患大嫂是早有预料的，而二哥的事故大嫂却是没有想到的，事后二嫂到处散布谣言说这一切都是大嫂造成的显然是有失公允。二嫂的依据是大嫂把自己的积蓄藏了起来以致让大哥在经营上陷入困境才到处借贷，没有借贷二哥就不可能出事。二嫂的这种推理由于存在着很大的合理性得到了很多人的认可，我们周围的很多人就此对大嫂有了更深刻的认识，都认为大嫂让大哥在工厂辞职来技校发展是设下的一个圈套，用这样的圈套套住大哥的同时也把自己在技校的位子套得更加牢固。我却一直对这种意见有些不以为然，在我看来大嫂让大哥回来应该是真诚的，她没有多少积蓄也应该是事实，这么多年来大嫂一直在为技校的发展辅路架桥，我知道在当下社会要想干点事业太难了，哪一步走不到都会给设卡子，技校发展到目前的规模投入应该是很大的。

大嫂重新接手的技校无疑是个烂得不能再烂的摊子，为此大嫂先找到了镇长，那时候天永技校是镇上为数不多的骨干企业之一。镇长为了自己的政绩也不希望技校彻底垮了，因此在大嫂的要求下镇长答应帮助协调贷款，有了镇政府的支持大嫂很快就从信用社贷到了数目可观的资金，有了钱后面的问题一切都迎刃而解了。先是如数偿还了债务，然后通过协商对省卫视的广告进行了修改，接着通过招聘和选拔稳定了教师队伍。在这一系列的政策中最值得说道的是大嫂与省卫视广告的协商，大嫂把单纯的广告变成了一个以天永技校为冠名的小栏目，在这个以介绍实用技术为中心的小栏目中，不时请天永技校的教师过去做嘉宾，这个指向性很强的小栏目很快就有了大量的拥趸，天永技校的知名度也就水涨船高了，生源也随之达到了历史最高。

大哥在技校短暂的执政生涯就这样结束了，这也成了他玩失踪的开始。后来面对着大嫂的扭转乾坤他一直不肯认输，他认为如果没有他给大嫂打下的省卫视的基础技校也就没有以后的发展，这还仅仅是表面上的看法，在心里他对大嫂有了更深的成见，这成见就来自省卫视的广告。当初大哥签了广告合同回来大嫂只是横加阻拦却没有更好地建议，而当大哥退出去之后大嫂却以另外的形式取得了意想不到的效果。大哥认定这另外的形式大嫂应该是早就想到的却没有贡献出来，这不明显是看大哥的笑话吗？真是低估了这个女人啊！这是大哥以后经常有的感叹，这里的低估显然不是指大嫂的能力，而是特指耍阴谋的手段了。

过去大哥失踪我心里一直不明确应该同情谁，按说是大哥带着其他女人抛下大嫂离家出走受害的一方应该是大嫂，我应该站在大嫂的角度来谴责大哥，但每次我却分明感到大哥的无奈与懦弱，大哥一直以来似乎以这种方式来证明自己的强大，让我得出的结论却恰恰相反。在内心里我是同情大哥的，表面上却又不得不谴责大哥。这两种截然不同的态度让我眼前的判断越来越模糊。因此有时回家看老母亲，母亲问起大哥大嫂的情况我总是回答得很含糊（二嫂有了太多的谎报，母亲已经对她不太信任了）。

而这次却一切都是明确的，我的同情不在大嫂身上更不在大哥身上，我同情的是我的学生苏珊。由于有了苏珊的缘故我对大嫂的矫情和大哥的滥情都有些愤恨，你们夫妻两个角力为什么把无辜的苏珊牵扯在里面，起初我坚信这次我的感觉是对的，但不久我就开始怀疑自己，这次我真的就对了吗？

起因是苏珊给我的一个电话，这是她和大哥失踪之后的第三天，她父亲老苏来找我的第二天。电话是直接打到我的手机上来的，当时一听是苏珊我有些慌乱，声音有些失控地接连问："苏珊，你还好吗？你在哪里？赶紧回来吧……"电话那边的苏珊显然平静得多，声音像过去一样的细腻而清脆，"李老师，我挺好的。"这个回答显然出乎我的意料，这语调怎么也不像一个被绑架了的人。这种情绪的不对接直接影响了我对话的主动性。从苏珊的话语中我很快就感到了自己的多此一举，苏珊给我电话的目的是让我更多地去安抚她父亲，她说她父亲是信任我的，说"信任"两个字的时候苏珊一字一顿的，语气格外着重了些，我不知道她是在提醒我什么还是在强调这两个字眼的神圣，我的内心再次内疚起来。这么多年来我在苏珊眼里究竟变成了一个什么样子？我们之间几乎没有交流，没有交流的原因对她应该归结为一个少女在成长过程中对异性的羞涩，即使她以后的变化对我的这种疏离也没有改变。而对我则是一种不经意的忽视，像我这种奔跑的生活状态是容易忽视很多自身之外的人和事的，从某种程度上说正是对这些看起来不重要的人和事的态度才决定了他究竟是一个什么样的人。

我明显地感觉到在苏珊不需要我错愕的时候我错愕了，她一切看起来很正常，我问起了她的病，她的回答是让我吃惊的，她说她根本就没有得什么败血症只是有些缺铁性贫血，败血症是大嫂让她装出来的，这么多年来她一直充当别人的工具，现在她就要自由了。我想说她没有自由她现在仍然是作为工具存在的，只不过使用她的人换成了大哥，这话我还没有说出口苏珊就敏感地感受到了，紧接着说："其永不一样，我跟其永是真正相爱，我们是要结婚的。"这彻底让我惊呆了。

也许是大哥有了太多的前科，他的失踪我从来就没有想过与爱情有关，而现在居然由苏珊的口中说出来无论如何都是难以让我接受的。我脑子一下子就乱了，心里只感到一阵阵撕裂般疼痛，这撕裂有对苏珊的痛惜更有对大哥的痛恨，我无法想象五十多岁的浪子和一个二十多岁的良家女子是如何相爱的。冷静下来我想规劝苏珊几句，就说相爱可不是这么简单一说的。苏珊说："我知道不简单，但我们确实相爱了，请相信你的学生长大了。"苏珊显然不想给我对她说教的机会，既然这样我还能说什么呢？挂了苏珊的电话我想应该找一下大嫂，大哥的这次失踪比我和大嫂想象得都要严重，种种迹象表明大哥这次是要玩真的了。

　　我赶到技校大嫂办公室的门紧紧关着，大嫂的手机不通，这种情况是极为少见的，我试着敲了一下门里面一点儿回应都没有，我正在门口踌躇，打扫卫生的崔姐猛然从旁边的办公室跑过来了，一看是我赶紧说："正要找你的电话呢！冬妮儿把自己关在办公室里都一整天了，也不出来吃饭叫门也不开，真是急死人了，到底怎么了？从来也没有见她这样过。"

　　崔姐原来是镇上的妇联主席，退休以后被大嫂聘过来在办公室干点杂务，二嫂成了办公室主任以后就专门打扫卫生了。但她对大嫂一直很好，在一些非正式场合也一直称呼大嫂的小名。她应该对大嫂是比较了解的，知道最近这几年大嫂对我很是依赖。

　　我又对着大嫂的办公室门敲起来，这次加大了力度，边敲边喊着大嫂开门我是其斌。敲了好一会儿门终于开了。眼前的大嫂我简直就不敢认了，染过的头发乱纷纷地披散下来，发根惨白地袒露着，松散的眼皮朝下耷拉着，把通红的眼珠儿遮盖成一个倒放的对号，残留的那一点儿缝隙散发出的光泽是暗淡的委顿的，嘴角的皱纹向外斜拉着逡巡成一个个连续的锁链，使整张脸看起来布满了沧桑。大嫂看到我嘴唇动了几下，眼泪最终还是滚落下来了。这哪里还是一向刚强的大嫂？这哪里还是前几天在电话里大声谴责大哥的大嫂？我想说几句安慰话但一时却找不到合适的话语只好陪大嫂干坐着。过了一会儿大嫂似乎朝我摇了一下头，然后朝自己的老板台指了指，这时我才注意上面有张法院的传票。我抬手打开，见上面写着大嫂的名字，后面是你夫李其永已在本庭诉与你离婚，请即日到本庭应诉。看到这张传票我终于找到了发泄的窗口，猛然站起来大声地说："他也太不要脸了吧，居然真想要离婚，居然还告到了法庭！"

　　大嫂撩起眼皮看了我一眼，通过泪花闪动的眼睛我感受到了大嫂的悲怆。我的内心对大哥就更充满了愤恨。"不能让他得逞，要离婚也可以就让他净身出户，他什么也甭想得到。"我继续恨恨地说。

　　"他就是什么也不要！只要求我尽快签字离婚。"大嫂擦了一把眼泪幽幽地说。我呆住了，这是我没有想到的，看来我是真的低估大哥了。这也是大嫂如此痛楚的原因所在，大哥以这种傲然潇洒的姿态挣脱婚姻的羁绊，表露出来的是漠然与轻蔑，大哥正是以这种无所谓的态度彻底击垮了大嫂。

从大嫂办公室里出来我碰到了二嫂，二嫂一见我就有些幸灾乐祸地说："这就不能了吧，她。"说着指了指了大嫂的办公室。面对二嫂那一脸浅薄的嬉笑，我内心忽然涌出来一种反感，我轻蔑地扫了二嫂一眼就往外走，身后传来二嫂那尖细的声音。"咱娘让你回去一趟。"这话是多余的，这次我本来也是打算要回去看老母亲的。

回到家母亲跟我谈得最多的就是大哥，通过母亲的叙述我知道大哥在这次失踪之前专门回家看了母亲，还带着苏珊，母亲是认识苏珊的，过去苏珊见了母亲叫奶奶，而这次苏珊却称呼母亲为大娘，母亲是敏感的，她似乎已感觉到苏珊和大哥之间有了某种关系，但奇怪的是这次母亲没有向我求证什么。后来母亲就一直在说大哥，她说大哥也是一个心性很高的人，这次去南方被人家聘为总经理也许能过几天舒坦日子……显然这是大哥向母亲解释自己将要失踪的理由，这个理由也许能带给母亲些安慰，但他自己的内心呢？以这种方式离开故土他就这么心安理得吗？

如 此 安 静

一

起事的前两天苏兰和她一岁多的女儿突然被捕了。

事情的起因源于那面队旗，本来这个环节是不应该出问题的。做队旗的吕裁缝是自己人，吕裁缝的兄弟在国民党孙连仲的第二集团军当连长，在前不久结束的台儿庄战役中被日本人的炮弹炸死，吕裁缝对日本鬼子怀有刻骨的仇恨，对苏兰组织抗日队伍是打心眼儿里支持，主动把做队旗的任务承揽了下来。队旗快要做好的时候恰逢夏张镇二月初三大集，吕裁缝像过去一样和妻子到集市上摆摊收活儿，忘了把就要做好的队旗悄悄地藏起来，还没有进学堂的儿子在家看到了队旗，他从来没有见父亲做过这样的衣服，披在身上有点像演戏人穿的斗篷，上面还有醒目的大字真是好玩，于是就带着这件东西来到大街上找伙伴们玩耍。巧合的是这面队旗恰好被来赶集的保安队员刘安看到了。刘安和肖东昌都在保安大队驻夏张中队的食堂干活，不同的是刘安负责采买，肖东昌负责灶头。刘安的活儿是个肥差，得到这个职位全靠在泰西当保安大队长的叔叔刘德禄，因此刘安除零打碎敲地克扣点小钱之外在汉奸的岗位上干得很认真。当时刘安看到披在孩子身上的旗子，立刻就感到了这里面的问题，他跑上前来问孩子："这面旗子是谁做的？"孩子见有人来问自己父亲的杰作精神头更足了，有些显摆地说："是我爸爸，我爸爸就是有名的吕裁缝，我们家就在西边那条胡同头住。"本来刘安还以为要用些心思来套取接下来的信息，没想到这孩子居然一下子都吐露出来了。刘安一听就感到机会来了，高兴得连集也来不及赶了，慌忙跑回去报告了中队长。

肖东昌得知吕裁缝被捕的消息是在后半晌。都过饭点了刘安才气喘吁吁地跑进食堂，进来就让肖东昌给他下挂面，还特意强调要加香油。肖东昌看不过刘安的张狂样子，就生气地说："炉火已经被压死了。"刘安说："压死不会再捅开吗？"肖东昌说："要捅你自己捅，我可没那闲工夫伺候你。"说着就坐在一边开始刨土豆。上午刘安没有把菜买回来，晚饭只能用土豆凑合了。刘安张了张嘴想发火，最终还是忍下了。他对肖东昌也是有些忌惮的，忌惮的原因就是肖东昌的表舅是日本人的红人，泰西侦缉大队大队长郭庆堂。

看带香油的挂面吃不上了，刘安就在食堂里踅摸吃的，一边踅摸一边嘴里还念叨着："我知道今天没把菜买来你有气，可我今天也没闲着，你知道我今天干嘛去了吗？"见肖东昌不说话，刘安就继续说："今天我可是立了大功了，我带人去捉了个抗日分子，队长都说要给我请功呢！"这话让肖东昌警觉了起来，抬起头故意做出轻蔑的样子说："嗤，就凭你？还捉抗日分子？"刘安说："你还别不信，我告诉你这个抗日分子就是夏张街上有名的吕裁缝，他们准备起事的队旗都做好了。"肖东昌听了这话一下子就惊呆了。

缓过神来肖东昌才从刘安嘴里打听到了事情的经过，知道队长在捉了吕裁缝后感到事情重大，连问也不问就直接把嫌犯送到了泰西城交给了侦缉队。肖东昌彻底蒙了，这等于一点缓和的余地都没有了，凭直觉他感到吕裁缝是经受不住敌人严刑拷打的，那第一个危险的人物就是苏兰，因为一直以来都是由苏兰跟吕裁缝单线联络。肖东昌摆脱了刘安的纠缠就急急跑到夏张完小去给苏兰报信儿，但还是晚了一步，刚跑到通往学校的那条街道就看到有大批荷枪实弹的伪军往学校大门口拥。

肖东昌心中焦急恨不得生出一双翅膀飞进校园里把苏兰母女接出来。这其中的过程非常短暂，不一会就看到苏兰抱着含含从校园里迟缓地走出来，后面跟着两个拿枪的伪军，大批的伪军在学校门口虎视眈眈地站立着，远远看去就像是欢迎这对母女的礼队，再后面还有几个老师好奇而惊恐地把脑袋伸出来，瞬间就又跟受惊的老鼠一样缩了回去。肖东昌躲在暗处看不清苏兰脸上的表情，无法知道苏兰此时的心情，但他却知道自己浑身变得冰凉了，仿佛一下子就掉到冰窟窿里。

肖东昌垂头丧气地回到家里，他此时想到的唯一出路就是自己的母亲。侦缉队长郭庆堂是母亲的表弟，让母亲去央求表弟，说不定苏兰还有一线生机。更何况母亲本来就是个热心肠。苏兰刚来夏张镇的时候就租住着他们家的房子，那时候两个人处得就像母女，母亲早在心里把苏兰当成了自己的女儿，把苏兰的女儿含含当成了自己的亲孙女，但当成并不是事实，去找表弟放人总得有个拿得出手的理由吧。母亲这么一说，肖东昌沉默了，实际上现成的理由肖东昌早就想到了，只是不好意思说出口。肖东昌这一年都二十五岁了，早先订下一门亲事，就在肖东昌十八岁那年将要迎娶的时候，肖东昌的爹却突然去世了。亲事就这样被搁置了起来。这期间就发生了变故，爹一去世家道也有些败落了，对方就提出了退婚。现在母亲也正在为肖东昌的婚事发愁，自然也想到了那个理由，也看出了一些端倪，可母亲不想说，苏兰再好也是人家的媳妇，而且还带着个孩子，更主要的凭感觉母亲也意识到苏兰不是个一般的女人，自己小门小户的怎么能容得下这样的女子？

娘俩对着油灯僵持了，肖东昌低着头，刚硬的头发在昏黄的灯光下微微地抖动着，母亲看了心里一阵难受。过了一会儿母亲叫着肖东昌的小名说："昌儿呀，娘知道你一心想苏兰那女子，但你看咱家能留得住吗？何况她又是有主儿的人了。"肖东昌抬起头，眼睛里已经饱含热泪，说："娘，你想哪去了，儿子心里从来没有动过那样的心思，人家是洋学生又是富人家的阔太太，怎么会看上咱这泥腿子？我只是觉得她们娘两个可怜。"肖东昌这话说的是实话也不是实话，没动过心思是假，苏兰早就走进了肖东昌的梦里，但这个梦想又确实太遥远了，就是中间没有这么多的客观障碍，肖东昌也很难克服掉自己内心的自卑。

母亲见肖东昌这样说，内心安稳了很多，肖东昌不承认心里揣着那个叫苏兰的女子就说明他能正视眼前的问题，即使这是假话对肖东昌也是个制约。就说："孩子你既然这样说，娘就豁上这张老脸找你表舅去说说。就说这女子是娘的儿媳妇，大不了你表舅知道真相后发落娘几句，娘还就不信了，从小一块儿长起来的姊弟，他这点面子会不给？"

第二天一早，母亲就坐着肖东昌借来的马车来到了泰西城，郭庆堂总算还给了点儿面子，把表姐带到泰西城最高档的馆子鸿宾楼请了一顿，吃饱喝足了又叫来辆汽车，临上车老太太抓着车门问苏兰和含含怎么办？郭庆堂搀着老太太的手臂说："老姐姐你就放心吧，有我郭某人在这里谁也不会为难你的儿媳妇和孙女的。"见老太太用将信将疑的目光盯着他看，就又说："你还信不过我吗？咱们这种姊弟我还能骗你？她们该回去的时候自然就回去了。"老太太这才转身上车，老太太活这么大是第一次坐汽车，自然感到新鲜无比，心中的疑虑很快就被这种全新的体验冲淡了，随之而产生的是骄傲与满足。

老太太兴冲冲地回到家里，把郭庆堂的话学给肖东昌听，并给肖东昌宽心说："昌儿，你就放心吧，看那个架势你表舅还真成了人物，走在街上后面跟着好几个护兵，连那么一个大馆子的老板都站在门口伺候着，你说有这么派头的人说话能不算话吗？"肖东昌反而没那么乐观，郭庆堂的话明显就是模棱两可嘛，什么叫该回去的时候自然就回去了。肖东昌觉得不能这样等下去，他想到苏兰当初是已赋闲在家的乡长介绍来的，说不定老乡长能起些作用。肖东昌找到老乡长，老乡长一听让她搭救苏兰，头摇得像拨浪鼓一样，说："大侄子，你老叔我还想多活两年呢！你想想她犯在了日本人手里谁敢替她说话。当初是城里的老友介绍她来的，我还准备着去城里发落我这个老友呢，把个抗日分子往我这里推，这不是成心让我坐蜡嘛……"

从老乡长家出来肖东昌真正感到了迷茫，但他还没有彻底绝望，他有一种预感，他感到苏兰不会就这么离开他的。他准备先等等郭庆堂那边的消息，不行就带着被自己争取过来的那一小队人马去劫法场，反正不能就这样让日本人把苏兰给杀了。

二

苏兰真名叫宋子衿，来到夏张镇发动抗日武装完全出于偶然。本来她是被中共山东省委派往泰西秘密组织抗日武装的，跟她一同前往的还有她的丈

121

夫于浩明。跟时下荧屏上热播的谍战电视剧里面的假扮夫妻不同，她和于浩明是真夫妻，毕业于青岛国立山东大学，共同的追求使他们走在了一起。在泰西他们的公开身份是萃英高级小学的教师，暗地里发展力量，一旦条件成熟就把队伍拉起来打出抗日的旗号，没想到他们仅来半年意外就发生了。

那是一个星期天的上午，八岁的颜小真在学校门口的泰济书局玩耍，看到书局门前的案板上摆放着纸张笔墨就随手画起画来。颜小真在萃英小学刚上二年级，初次接触美术课，对画画很有兴趣。他画的是一张漫画，画面上一个日本兵跪在地上高举双手，一个中国人站在后面，怒目而视持枪做射击状，枪口中喷出的子弹在飞行中变成了一颗硕大的炮弹，直接顶在日本兵的脑袋后面。这幅漫画的灵感来自平时的观察，离学校不远的西城门有日本兵站岗，进出城门的中国人都要给他们鞠躬，不时有人还遭到呵斥打骂，颜小真天天看到那些耀武扬威的日本兵，心中就充满了仇恨。颜小真画完漫画非常得意，向书局里两个年龄比他稍微大一点的小学徒显摆，两个小学徒看过之后都笑了。其中一个问他敢不敢把它交给日本兵，颜小真的情绪当时被激将上来了，说怎么不敢？说着就拿着漫画朝西关的方向跑去。

正在西关站岗的日本兵一开始以为儿童送画是友好行为，待看清画面不禁大怒，再抬头找送画的小孩，发现小孩已经跑远了就赶紧急追。此时的颜小真也感到了危险，没敢往书局方向跑，更不敢回家，而是拐进了旁边的登云街跑进了教会的红大门。日本兵追过来要闯进去却被门口的洋牧师给拦住了，教会是美国人办的，日本人不敢强硬进入只好回去禀报队长治雄次郎。治雄次郎当时是日军驻泰西的最高长官，治雄认真看了下漫画，觉得一个孩子不可能画这样的东西，就严令侦缉队查办这次事件，侦缉队长郭庆堂在经过了解之后发现这孩子是从泰济书局跑出来的，就一面派人跟教会交涉让他们交出送画的儿童，一面把泰济书局的沈老板给抓了。

事情的巧合就在这里。书局沈老板不是普通的商人，他是潜伏多年的地下党，泰济书局就是联络点，侦缉队这次是歪打正着了。沈老板被抓之后上级党组织很快就意识到了危险，命令于浩明夫妇立即转移，但此时的于浩明还比较乐观，当地的工作刚刚开展，他这么一拍屁股走人前面的所有工作都前功尽弃了，再加上对沈老板的信任，决定让妻子宋子衿带着刚半岁多的女儿含含先离开，自己再坚守一段看看事态的变化。宋子衿坚决不同意把于浩明单独撇下，说一家人要死一块死要活就一起活，但于浩明坚持让她带女儿走。最后两个人都做出了妥协，宋子衿带女儿先去郊区找个地方躲躲，如果有什么风吹草动于浩明便立刻赶过来与她们母女会合。

夫妻两个商量好的第二天宋子衿就带着女儿秘密离开了，她们是被一位上大学的导师推荐来夏张镇的，这位导师是泰西人，日本人占领山东之后山东大学要南迁安徽安庆，导师不愿意受此颠簸就告老还乡了，宋子衿夫妇来到泰西任职之后就跟导师取得了联系。那位老乡长是导师读私塾时的同窗，在得知宋子衿的情况后，导师立刻就想到了这位在近郊的同窗，就写信把她推荐给了这位同窗。老乡长看到老同学的荐书，不敢怠慢，赶紧对宋子衿母女进行了安顿。

于浩明在宋子衿带女儿离开不久就被抓了，在狱中他表现了一个共产党员应有的坚韧与顽强，敌人用尽了各种手段在他身上也没有得到一点有用的情报，失望之余很快就对他执行了枪决。此时的宋子衿已经成为夏张镇完小的苏兰老师，当有人把一条浸染着于浩明鲜血的红围巾交到她手上的时候，宋子衿的眼泪立刻就滚落了下来。这是她亲手织给于浩明的，于浩明把这件东西重新留给她，她知道这意味着什么。当天下午宋子衿带着女儿来到位于镇子北门的土冈，拔掉了周围的杂草，用手摊出了一块平地，找来一块干净的青石板，把红围巾板板正正地叠放在上面，然后把一支燃着的香插在青石板前堆起的泥土上。宋子衿抱着女儿跪了下来，先是额头深深地触向了脚下的土地，然后昂头望向苍茫的天空。正值黄昏，晚霞像火焰一般在燃烧着，把半个天空都遮掩了，鲜红的光辉洒落下来映照在女儿那嫩嫩的脸蛋儿上，眼泪从宋子衿的眼睛里不可遏制地流淌下来，她把女儿紧紧贴在自己的身上，脸颊深深埋进女儿那散发着奶腥味的褓褓中。

肖东昌是宋子衿在夏张镇发展的第一位中共党员。宋子衿之所以选择肖东昌当然是有原因的。那个时节肖东昌刚回家不久正跟母亲闹着别扭。肖东昌在当时的农家子弟中也算是见过世面的，五岁的时候过继给自己的叔叔当儿子，叔叔当时在天津卫混差事，据说一个月能拿到十五块大洋。叔叔当年把肖东昌接过去，第二年就送他进了洋学堂，但天不假年，叔叔三十八岁那年骤然离世，婶婶在天津卫改嫁，肖东昌就成了多余的拖油瓶，家里只好再把肖东昌接回来，这年肖东昌十五岁。回到家乡的肖东昌并不安分，干过多种营生，七七事变那年肖东昌在黄河北跟着本村的师傅学铁匠，日本鬼子打过来之后肖东昌跟着师傅跑回来了。按照母亲的意思，铁匠学不成了一个大小伙子总得找点儿营生，她让肖东昌跟着自己的表弟郭庆堂去当兵。郭庆堂早年毕业于山东著名的千佛山讲武堂，毕业后参加了冯玉祥的部队，后来又改换门庭成了地方军阀齐振远的部下并荣升为少校营长，日本全面侵华后他又跟随着齐振远投降了日本人，现在是泰西县侦缉大队大队长，很受日本人器重。肖东昌却不愿意去找这个表舅，这并不是因为表舅对他们母子不好，实际上表舅对他们很照顾，尤其是在肖东昌的爹去世后表舅还专门过来看过两次，每次都留下不少的钱物。肖东昌之所以不愿意参加侦缉队，是因为他在黄河北亲眼看见日本人烧杀抢掠无恶不作，内心对日本人就充满了仇恨，让他像表舅一样跟着日本人做事，肖东昌从心里感到不痛快。

宋子衿从肖东昌母亲嘴里得知这个情况后心中犯开了思量，从这件事情上她发现了肖东昌身上的正义与良知，她相信有这样素质的人就一定能成为优秀的抗日战士。此时宋子衿已经跟上级党组织取得了联系，一开始上面的意思是让她撤回根据地，但宋子衿却坚持要求留下来，在写给上级党组织的报告中有一段话她是这样说的："……根据地的生活固然令人向往，但我还是更难舍弃脚下的这块土地，因为这块土地染有浩明的鲜血，留有浩明的英魂，只有我和女儿坚守在这块土地上，我的心才是充实的幸福的……"这段话是用血泪写成的，此时的宋子衿对自己肩负的使命应该比任何时候都感到神圣。

自从有了那种心思宋子衿就开始有意接近肖东昌，机会很快就来了。学校的校工因故离开了，宋子衿适时推荐了肖东昌。肖东昌成为夏张完小的校工跟宋子衿接触就多了，这让肖东昌的人生发生了一个很大的逆转。

刚到夏张镇的时候老乡长让宋子衿住在他们家，宋子衿说什么也不同意，坚持自己出来租房子，老乡长就帮着她租住在了肖东昌家。当时肖东昌仅仅知道新来的这位房客叫苏兰，本来和丈夫居住在泰西城，家里有个很大的药行，日本人来了要强占他们家的药行，丈夫不从被日本人抓起来了，她这才带着女儿逃难到了夏张镇。但后来肖东昌对这个叫苏兰的女人的这般经历产生了怀疑，她根本就不像个有钱人家的阔太太。第一次产生这种感觉还是在苏兰刚住到他们家不久，母亲看到宋子衿在洗衣服就烧了些热水让肖东昌提过去，苏兰见肖东昌提着热水进来，连忙站起来致谢，一边还说："我没有这么娇贵，就这么几件衣服用冷水洗洗就行了，大娘拾点儿柴火不容易，以后可不要让她这么浪费了。"说着就蹲下来开始继续在搓板上搓洗衣服。当时正值寒冬，挂在屋檐下的冰棱子像垂下的谷穗密集地排列着。肖东昌注意到苏兰那双搓洗衣服的手已经变成了紫红色，那裸露着的白嫩手臂上也堆满了米粒般的小疙瘩，肖东昌心中忽然就洋溢出来一股暖暖的温情，这股温情一下子就拉近了与眼前这个女人的距离。再后来肖东昌就从苏兰那里得到了很多从来也没有听说过的道理。肖东昌第一次知道了毛泽东这个名字，第一次知道了革命圣地延安，第一次明白人生还可以有另外一种全新的走法……这些新鲜的东西和它传播的主人一样很快就种在了肖东昌的心中，令肖东昌那颗年轻的心迷狂不已。这个叫苏兰的女人就变成了他眼前的一道美丽风景，这风景就像雨后那道美轮美奂的彩虹。肖东昌被这道彩虹吸引了，当然吸引他的不仅仅是彩虹的绚丽应该还有她所释放出来的强大能量，苏兰所讲的那些革命道理就是一个天然的大磁场，肖东昌的人生就在这些强大磁力的吸附下打开了崭新的一页。一种全新的感觉让肖东昌着迷，肖东昌无可救药地爱上了苏兰以及她的信仰。

一九三八年十一月，肖东昌正式被批准成为中国共产党预备党员，宋子衿自然也就成了他的第一位入党介绍人。有了这种变化的肖东昌在宋子衿的授意下很快就离开了学校。肖东昌去找表舅郭庆堂，母亲对肖东昌这突然的转变感到吃惊，反而出面阻止自己的儿子参加侦缉队了。因为此时日本人已经在各个重要的乡镇建起了据点，无恶不作的日本鬼子和伪军让母亲也开始对他们充满了痛恨。肖东昌没法跟母亲解释自己是为了争取抗日力量才参加侦缉队的，所以他来泰西城找郭庆堂那天是被母亲赶出来的。肖东昌找到表舅说自己要来城里跟着他混口饭吃。郭庆堂盯着肖东昌看了足足有一分钟的时间，然后就用严肃的神态开始询问肖东昌，问题有些稀奇古怪超出了肖东昌的想象。比如逛过窑子吗？会吸大烟吗？……肖东昌有些发蒙，想不到参加侦缉队跟这些乱七八糟的事情有什么关系，只好据实回答。

这一圈问下来郭庆堂在失望之余也有了某种欣慰，失望的是自己这个表外甥根本就不是干侦缉队的料，欣慰的是这是一个老实厚道的后生，表姐有这样的儿子下半生就有依靠了。郭庆堂对这个表姐还是很有感情的，他小的时候经常住在舅舅家里，比他大几岁的表姐总是非常照顾他，有好吃的好玩的都是先尽着他。表外甥求上门来了，不管就太对不住表姐了，既然这孩子不是干侦缉队的料，就让他进保安队吧，保安队队长刘德禄原来是自己的老部下，保安队长的位子就是郭庆堂向日本人推荐的。

肖东昌很快就进了保安大队，但不是泰西城里而是把他安排在了离家不远的驻夏张镇的第三中队，在队部食堂干活。这样安排显然是表舅的意思，看得出来刘德禄还是很给表舅面子的，既就近能照顾家庭也能获得些实惠。肖东昌却有些沮丧，按照他跟宋子衿的计划进了侦缉队离日本人的核心机密就近了，同时要暗暗发展自己的势力，待条件成熟再从内部拉起队伍，那样对日本人的打击就大一些。而现在自己连侦缉队的大门都迈不进去，更遑论从内部拉队伍了。

宋子衿却比肖东昌乐观很多，她认为目前这种情况比进侦缉队更为有力。侦缉队一般都是铁杆汉奸，要争取他们抗日显然难度要大一些，而保安队员相应要容易很多，再加上肖东昌又在食堂条件就更有利了。这边她积极在外围发动，等到了一定的时机肖东昌把队伍拉出来，两股力量合成一股走农村包围城市的路子更为稳妥一些。经宋子衿这么一分析，肖东昌的信心重新被鼓了起来，很快就去第三中队队部上任了。

三个月的时间过去了，肖东昌在保安队工作开展得很顺利，下面有一支二十多人的小队被肖东昌争取了过来。宋子衿的工作也开展得风风火火，她利用自己的教师身份做掩护，通过走访辅导多种方式广泛发动，已经团结了一大批追随者，两个人经过商量决定在农历二月七日这天起事，但就在这关键时候宋子衿却突然被捕了。

连续几天都没有宋子衿的消息，肖东昌暗暗着急，心中已经做了最坏的打算，计划明天找个合适的机会把那二十几个已经通过气的弟兄召集起来，做好营救宋子衿的准备。但让他没有想到的是当天下午宋子衿却被释放了。

三

宋子衿是独自一个人被释放回来的。肖东昌的母亲一看到宋子衿就念阿弥陀佛，说自己的这个表弟真是积大德了，她要去泰山上的碧霞祠寺给他烧炷香。肖东昌一开始也认为是郭庆堂从中帮了大忙，又一想不对，郭庆堂很得日本人的器重，日本人之所以器重就是因为他对日本人死心塌地，他怎么会这么轻易地放掉抗日嫌疑分子呢？对肖东昌的这个疑问宋子衿很快就做出了解释，她的出狱是上级党组织营救的结果，上级党组织通过秘密途径买通了郭庆堂的一位老上级，这位老上级对郭庆堂有救命之恩，有这位老上级出面，再加上她的身份没有暴露，郭庆堂在日本人那里也有了交代，还有肖东昌母亲的出面，这三管齐下郭庆堂再不帮忙就说不过去了。

至于女儿含含，宋子衿说在她出狱的当天就被上级党组织派来的人接走了，这是宋子衿的要求，她要继续在当地开展工作，带着个不满一岁多的孩子显然不合适，因此她向组织申请把含含送往根据地，组织上痛快地答应了。她要心无旁骛地投身到抗日斗争中来。

泰西抗日游击队的大旗是在一九三九年二月二十九日树立起来的。这是一个阳光灿烂的日子，迷人的春天慷慨地散布着芳香的气息，山坡上的树木，远处的田野在这气息的吹拂下都焕发出勃勃生机。在离泰西城七十华里的青龙山麓鹁鸽崖下，六十七位泰西地区的抗日儿女聚集在一起。宋子衿站在山丘的高处宣告游击队成立，身佩短枪的宋子衿英姿飒爽，脖颈上围着用爱人鲜血染红的红围巾，齐耳的短发高高往后拢起，白皙俊美的脸庞在阳光的照耀下更加光彩夺目，紧致的外扎腰带把苗条的身材显现得更加婀娜多姿。参加起事的队员们最后在副队长肖东昌的带领下庄严宣誓，誓把日本侵略者赶出中国。

应该说一开始这支年轻的抗日武装还是很幸运的，在当时敌我力量对比悬殊的情况下，其他地方一些抗日武装大多在成立之初就遭到敌人的绞杀而灰飞烟灭，少数挺过来的也免不了伤筋动骨甚至奄奄一息，而这支在成立之初就连续打了几个胜仗，其中最有代表性的是两次干净利落的歼灭战。一次是在三月中旬，宋子衿带领游击队员在道郎乡南面的干涸河道里，将移防途中的两个小队的保安小队彻底歼灭。时隔一个多月，游击队又一举攻克了位于房村镇的日本人的据点，除三个乘汽车逃跑的鬼子外，据点里的二十多名伪军全部被俘，这次战斗还缴获了一挺歪把子机枪。

这些胜利在当时不仅极大地鼓舞了队员们的士气，更重要的是赢得了老百姓的信任。在游击队成立之初，有相当一部分群众是抱着嘲笑和蔑视的态度，对这支破破烂烂的队伍能否抗击日寇深深地表示怀疑，但现在他们的态度有了转变，开始为游击队提供一些力所能及的帮助，尤其是一些在当地有影响力的乡绅，由冷眼旁观甚至敌对转变为游击队的同道中人，道郎乡山货店老板耿守业就是其中的一位。

耿守业和游击队的相识缘于一次夜袭。那次宋子衿和肖东昌带着十个队员去道郎乡公所搞枪，道郎乡驻扎着泰西保安大队四中队，有七十多个人，枪支弹药自然少不了。白天他们化装成山民已经做好了侦察，武器放在乡公所后院的仓库里，前院只有十来个保安队员值班，大部分保安队员跟着他们的队长住在离此不远的沈财主家。一开始进行得很顺利，绕开前院乡公所办公室，从墙上摸进后院的仓库，干掉了两个值班的保安队员，打开仓库找到了三支三八大盖、一捆汉阳造和两箱子弹。带着这么多的东西再翻墙出来显然就有些困难了，好在住在前院的保安队员都已睡了，宋子衿和肖东昌决定从大门出去，他们悄悄来到前院，还没卸下大门的门闩就听得后面有人喊叫，原来是一个保安队员出来起夜发现了他们。宋子衿凭着听觉回身一枪把站在门口的保安队员撂倒，这时肖东昌也卸下了门闩，他们一行人乘着夜色急匆匆地往外赶。

枪声惊动了住在沈财主家的保安队员，他们晚上没事正在打麻将赌钱，听到枪响套上衣服提溜上枪支就出来了。出来就看到了一溜黑魆魆的人影，二话不说就拉开了枪栓。宋子衿没有想到迎头碰上了保安队的大部队，赶紧带着队伍往回走，这时乡公所里的保安队员也起来了，正咋咋呼呼地往大门外拥，情急之下他们只好往旁边的小胡同拐，宋子衿记得这胡同的尽头直通后面的青龙山。刚拐进小胡同敌人就在后面开了枪，子弹密集地飞过来，连续有两个队员中弹了，肖东昌和另外的队员赶紧把伤员架起来往前冲，此时已经快接近村口了，敌人的喊叫声也越来越近了，正在这危机时刻旁边的一扇黑漆大门突然就打开了，一个中年汉子拽住走在前面的宋子衿的胳膊就往大门里引，跟在后面的肖东昌他们已顾不了很多，随着就跑进了黑漆大门。见游击队员们都进来了，中年汉子重新关上大门，然后匆匆说了句跟我来，就带着他们来到后院的地窖里藏了起来。

　　这个中年汉子就是山货店老板耿守业。耿守业早年在泰西城做点小生意糊口，攒下了一些积蓄。前不久才从城里回来在道郎乡的中心位置买下了一所大宅子经营起了山货店，主要业务就是从附近山民手里收购核桃、栗子、动物皮毛等山货然后销往泰西城。村子后面就是青龙山，货源不成问题，耿守业现在最头疼的就是去城里送货，过每道卡子都要打点，保安队员检查完了还有日本人，说是去检查实际上就是搬进岗亭里自己留着吃。所以耿守业对日本鬼子恨得是咬牙切齿，这也是他帮助抗日游击队的缘由所在。

　　耿守业这次不但解救了游击队的危机，而且还让两个伤员在他宅子里养好了伤，此后他跟游击队的联系就密切了起来，尤其是在政委杨波来了之后。

　　中共在泰西区本来是有完整的领导组织，但由于上次泰济书局老板的叛变泰西区委受到了很大的破坏，宋子衿后来联系上的党组织是省委特别行动部在泰西的一个分支机构，现在泰西区委又重新恢复了工作，泰西抗日武装游击队就成了泰西区委的武装部队，政委杨波就是在这种背景下被派到游击队来的。

　　毫无疑问，此时的宋子衿在队伍里有着崇高的威望，她的威名也在民间流传开来。各种经过演绎的传说不胫而走，有的说她有百步穿杨之功，在战场上两把短枪左右开弓弹无虚发；有的说她能化有形为无影，只需念咒语就能带着队伍从敌人的眼皮子底下安然无恙地通过。民间的传说都有浓重的演绎和想象的成分，但不可否认，这些演绎与想象或多或少都有其立足的原始形态，正所谓无风不起浪。在战场上宋子衿确实身佩双枪，枪法也很是不错，她在被山东省委派往泰西地区之前，与丈夫于浩明曾经接受过一段时间的军事训练，枪法就是那个时候练就的。带着队员从敌人的炮楼下安然通过也确有其事，只不过不是念了什么咒语，而是当时敌人的炮楼子里只有一小队伪军，这些伪军惧于宋子衿的威名消极避战，龟缩在炮楼里面胡乱开了几枪了事。

在游击队内部宋子衿的威信也是空前的，这除了因为她是这支队伍的缔造者，她的背后有着强大的上级党组织之外，还与她个人的素质是密不可分。宋子衿出身书香门第之家，父母都在大学里教书，从小得到良好的教育，有着天生的书卷气。在平时的工作中她又把领导者和女性角色结合得很好，对队员平易近人心细如发，看哪个队员情绪不对就及时找来谈心，尽量把问题扼杀在萌芽之中。当然宋子衿那靓丽的面容和高雅的气质也为她赢得了很多的人气，她很快就成了所有队员眼中的风景。可以肯定的是肖东昌在这段时间里是宋子衿坚定的支持者，早在游击队成立之初宋子衿已经对肖东昌公开了自己的身份和经历，丈夫于浩明已经献身了伟大的抗日事业，单身的宋子衿让肖东昌心底潜藏的那种想法有了某种实现的可能，但依然感到遥远，他依然在心中仰视着这位心目中的女神。可政委杨波的到来使这种一元化的政治格局发生了微妙的变化。

第一次发生争执是在队伍的扩编问题上。随着游击队在民间影响力的增强，有很多青壮年农民都踊跃地要加入这支革命队伍，但宋子衿在人员的筛选上极为苛刻，说是要重视人员素质，强调这支革命队伍不能像赶集一样说来就来说走就走，加之是游击队需要灵活多样的战术，在这样的前提下部队规模要控制。为此宋子衿制定了严格的标准，个性太强的不要，在家中是独苗的不要，已经准备发展为党员的不要。

在一次会议上政委杨波提出了质疑："家中是独苗的不能参加游击队这好

理解，但个性强的打起仗来不是更加地勇猛吗？进来个入党积极分子不是更能保持党在队伍中的领导吗？"肖东昌也曾经对这样的规定存有疑问，但出于对宋子衿信任的本能，没有对这个问题做深入探究。宋子衿显然对这个问题有自己的深思熟虑，不慌不忙地解释道："我不否认个性强有打仗的狠劲，但太强就很难管理了，我再强调一点我们是革命的队伍必须有铁的纪律，如果我们的队员时不时地挑战我们制定的规章制度，部队就会出现内耗，战斗力就会大打折扣。还有就是为什么不让那些入党积极分子加入队伍，你想他们在地方上是骨干，我们打的是游击战，依靠的就是发动群众，走农村包围城市的路子，他们在地方上发挥的作用比在部队要大。"肖东昌再次被宋子衿这入情入理的分析折服了，但杨波却并不服气，继续辩解道："我承认你讲得也有些道理，可我们的队伍是刚刚起步，而我们面对的又是凶残的日寇，所以发展壮大是首要之义，只有我们强大了才能更好地抗击日本侵略者，才能实现我们的理想。"宋子衿针锋相对地说："发展壮大也不能失去我们的原则。"杨波也有些急了，说："原则是你自己的原则不是我们党的原则。我是政治委员也是党代表，党在部队中处于核心领导地位，你这个共产党员你不会不知道这个吧？"宋子衿见杨波最后拿出政委的身份来压她，气得一时无法反驳了，眼泪在那双漂亮的大眼睛里只打转转。肖东昌有些看不过去了，站起来要跟杨波理论，但被宋子衿强力地按了下去。

这场争执下来，政委杨波的意见占了上风，部队很快就发展到了最鼎盛的一百五十多人，游击队是壮大了，但令人想不到的是这壮大的背后竟然隐藏着一个又一个的悲剧。

四

本来肖东昌对政委杨波的到来是饱含期待的，他从宋子衿身上看到了共产党人特有的那种素质这让他神往。身边多一个共产党员自己就多一个学习的机会，而且听说这位政委同志还是延安军政大学培养出来的，得到过毛主席的亲自接见。经过这段时间的洗礼，肖东昌的革命热情高涨，革命劲头十足。他渴盼自己能够尽快成为一个文武全才、见多识广、成熟沉着的游击队指挥员。但通过这段时间的接触他很快就对杨波失望了，他在杨波身上看到的更多的是以势压人和刚愎自用，这让肖东昌无论如何也喜欢不起来。

平心而论，杨波来了之后游击队还是发生了一些变化，部队进行了重新改编，把游击队分成了三个分队，各队还建起了党支部，坚持民主集中制原则，定期召开支部会议。这些变化一开始肖东昌是赞同的，可后来随着宋子衿和杨波矛盾的加深，肖东昌却发现杨波此举也许是另有图谋，他对游击队改编可能不是为了增强战斗力和凝聚力，而是为了个人的争权夺利。当然这些都是肖东昌个人的猜测，肖东昌曾就这种猜测跟宋子衿做过交流，宋子衿对此却不以为然，严肃地对肖东昌说："不要对政委抱有这样的偏见，我们和政委之间没有原则性的冲突，只是工作方法的不同，该配合政委工作的我们一定要配合，你要保证不能为难政委。"说这话的时候宋子衿流露出了一种说不清的神情，那感觉就像冬日汲满了雾霾的阳光，既透着粗粝的光芒，又弥漫着一种湿漉漉的朦胧。尽管肖东昌当时不明白宋子衿为什么要袒护政委，但面对宋子衿那奇怪的神情还是木然点了点头。

毕竟心里有了成见，工作起来就没有原来顺畅了。这次的不快还是关于部队的扩编问题，起因是蝎子山上的土匪头子四铁耙。

盘踞在蝎子山上的这股土匪没有任何原则，匪首四铁耙更是个有奶便是娘的主儿，拉起杆子来的这几年几乎跟所有路过他地盘的部队交过火，当然也打过八路军。对此国军和日本人都存有剿灭之心，怎奈蝎子山峰岭交错地势复杂，短期内消灭他们是不可能的。也曾想通过收买的方式招安他们，国军代表还专门给四铁耙颁发了委任状，日本人也派人送过金条，但四铁耙军服穿了金条收了却拒不下山。这样一个软硬不吃水米不进的家伙，不知为什么却对宋子衿的游击队持有友善态度。

四铁耙曾有几次向游击队示好表示愿意与宋子衿接触，最近更是派来了代表说是要商谈改编问题。肖东昌以为宋子衿会拒绝，这支土匪部队与宋子衿招兵的标准差得太多了，没想到对四铁耙这群乌合之众宋子衿却表现出浓厚的兴趣，在这次例行的队务会上提了出来。政委杨波首先表示了反对，说，

"他们手上已经沾染了革命军人的鲜血，这样一群匪徒即使勉强收编过来也会后患无穷的。"宋子衿不同意他的意见，说，"不能因为跟我们的军队发生过冲突就盖棺定论了，现在他们是匪徒，当然就要干匪徒应该干的事情，如果变成了游击队，他们的枪口也会对准日本人的。我之所以倾向于改编他们，是考虑到这支部队毕竟是支武装力量，里面的每个人都有军事经验，改造好了就能成为革命的有生力量。"杨波说，"改造好了？你做梦去吧！匪就是匪，即使到了游击队也是匪，你见过种在坡上的高粱移到洼地就变成玉米的吗？"

肖东昌对杨波的这话陡然产生了反感，这让肖东昌想到了自己曾经在日本人的保安队待过。刚才杨波话里的意思明显是有所指的，既然匪就是匪那么伪军也就是伪军了，即使变成游击队的副队长也还是伪军。本来肖东昌是有些支持政委杨波的观点的，据他分析，四铁耙之所以有意让游击队来收编是出于投机的目的，且不说日本人和国军给他的承诺能不能兑现还是个未知数，就是能兑现那也不是颗好摘的果子。四铁耙盘算的是在这三股势力中只有游击队的力量最为薄弱，他带着那近二百人的队伍投过来自然就有了更多的话语权。即使没有话语权以他目前的力量也完全可以控制整个队伍，从这个角度讲四铁耙的居心是非常险恶的，现在要收编这股匪徒完全是引狼入室。这些话一开始肖东昌是要在会上说的，如今看杨波这么张狂就不想说了，反正有杨波的反对当时收编四铁耙的队伍也是不可能的，留待过后再给宋子衿解释，现在首要的是要把杨波的嚣张气焰打下去。于是肖东昌就针锋相对地回道，"高粱不能变成玉米是事实，但人是会改变的也是事实，你不就从一个只会喊口号的洋学生变成了如今夸夸其谈的政委了嘛！"

这话说得就有些直接了，杨波和宋子衿一样也是在上学时就加入了中国共产党，所不同的是他毕业后去了延安，由延安军政大学毕业后直接派回山东，接着就来到游击队任政委。听了这话政委杨波的脸上挂不住了，反问道，"我怎么夸夸其谈了？难道你认为像四铁耙那样的人会死心塌地加入我们游击队吗？"

肖东昌说："四铁耙是不是死心塌地不知道，但我知道人会变的。再说我当初参加保安队也是为了团结抗日力量。"

宋子衿明白了肖东昌发火的原因，就劝解说："东昌，你太敏感了，政委他是不会说你的。"

经宋子衿一提醒，杨波也找到了肖东昌跟他顶牛的症结所在，说："我根本就没有往你的经历上想，你能跟四铁耙相比吗？"说着就用眼睛定定地看着肖东昌。

看到杨波那一脸无辜的样子，肖东昌也觉着自己是有些过分敏感了，不自觉地把头低了下来。

耿守业的情报就是这时候送过来的。日本人刚成立侦缉队的时候，泰西区委就在侦缉队内部安插了一个内线，代号叫"鱼鹰"。后来随着泰西区委的重新建立鱼鹰也恢复了工作，政委杨波被派往游击队的时候，掌握鱼鹰线索的泰西区委主要负责人把这一重要信息透露给了杨波，目的就是让游击队利用鱼鹰提供的情报更加有效地打击敌人。杨波刚来那阵子游击队一直在青龙山周围活动，杨波就把耿守业的山货店变成了他跟鱼鹰的联络点，所以政委杨波虽然是后来的，跟耿守业的联系反而比过去更密切了。

杨波每次接收情报总是避开宋子衿和肖东昌，这曾经让肖东昌心里很不痛快，有次就跟宋子衿发牢骚说："政委这不是明显不相信人吗？"宋子衿却比肖东昌大度了很多，语气轻松地说："他不是不相信你，是怕你抢了头功。"经宋子衿这么一说肖东昌明白了，政委已经把他跟鱼鹰的单线联系当成了在游击队的资本，但这个原因同样让人感到郁闷，堂堂游击队的政委竟然小肚鸡肠到这种程度。

杨波和耿守业在里屋里嘀咕了一阵就出来了，脸上的神态和刚才有了天壤之别，笑容满面地对宋子衿说："这日本鬼子真是善解人意，知道就要过冬了，我们的战士没有棉衣就给送过来了。"说着把手中的纸条递给了宋子衿。纸条皱巴巴的，显然这就是耿守业送过来的情报，宋子衿展开看了一下，见上面说鬼子要在十月十三日往鸡鸣返据点运送一批战备物资，押运这批物资的只有保安大队的一个中队。宋子衿把条子默默看完没有说话，顺手放在了肖东昌旁边的条几上。肖东昌此时正在闷头抽烟，圆锥状的大旱烟筒一直叼在嘴巴上，顶端红点剧烈地闪烁着，喷出的浓浓烟雾成棉絮状盘旋在脸部，使他整个脑袋看起来就像是一枚已经点燃了引信的地雷。肖东昌扭头扫了一眼，没有理会放在条几上的纸条，又转身继续喷云吐雾。

肖东昌的这种态度让人以为他还在因为刚才的口角而生气，实际上完全不是。肖东昌之所以不理会放在条几上的情报，是因为肖东昌对政委杨波的情报产生了怀疑。远的且不说，上个月发起的对范镇据点的偷袭最终以失败告终，就是由杨波的错误情报造成的。

当时根据鱼鹰的情报，范镇据点里有五个日军跟一个中队的伪军，重武器方面只有两挺机枪和一门迫击炮。机会难得，游击队领导层商量后决定偷袭范镇据点，给敌人点颜色看看。在战前的部署中，队长宋子衿一再提出要慎思慎战，先用一个分队的兵力试探一下，看敌人究竟有多少火力，然后再出动大部队一举拿下。而政委却毫不妥协地坚持全部出动，并开导宋子衿说，鱼鹰就是我们党插在敌人心脏上的一把利刃，对这把利刃发挥出来的能量我们不能有任何怀疑。看政委这么自信，宋子衿和肖东昌只好服从了。

战斗是在凌晨时分打响的。一百五十多名队员分三路对据点突然发起了进攻，却没料到当即就遭到了敌人强大火力的压制。肖东昌找了临时掩体仔细观察了一下，发现敌人的机枪火力点至少有六处，此外根据密集的炮弹炸点来看，日军不仅有一门迫击炮，还动用了野战山炮，这显然就不同寻常了。一般敌人在这样的据点是不常设野战山炮的，看来敌人是有准备的，好像布好了口袋等着游击队来偷袭。强大的炮火之后，据点前架设的两架探照灯一下就打开了，把整个战场照成了白昼，游击队员已经无处可藏了，在杨波的命令下偷袭战被迫转成了攻坚战，进攻的队员成批成批地倒下，鲜血把据点前护卫河里的河水都染成了红色。当敌人发起第一次反冲击时，游击队原来的队形立刻就被打乱了，队员们开始擅自撤退。在这危机时刻，是宋子衿首先站出来身先士卒，以舍身忘我的精神稳住了阵脚，她先冲上旁边的一块高地，一面挥动着手里的短枪向敌人射击，一面把脖颈上的红围巾解下来挥舞着，激励队员们的斗志。宋子衿当时的举动是极为危险的，这等于给了敌人一个活靶子，肖东昌带着几个队员几次冲上高地想把宋子衿拉下来，但都被她拒绝了。在炮火的硝烟和探照灯的光亮下，队员们再次目睹了自己队长的

135

英姿，他们的信心和勇气重新被焕发了出来，溃败现象被制止了，游击队开始有组织地边打边退，最后总算稳步地撤出了战斗。

那次战斗共牺牲了七十八名队员，是游击队成立以来损失最为惨重的一次。可以毫不夸张地说，当时如果没有宋子衿的革命大无畏精神，范镇之战极有可能全军覆没。

鉴于上次惨烈的教训，肖东昌对耿守业送来的情报并不是太热心，但杨波却再次兴奋起来，坚持要采取行动打敌人一个伏击。看那架势宋子衿对政委的想法也不是太赞成，但她知道要说服固执的政委有些难度就故意问肖东昌："东昌，你对这一带的地形熟悉，从泰西城到鸡鸣返有多远？"肖东昌显然已经了解了宋子衿的意图，就说："有六十多里地吧，中间大部分都是山路，最难走的黑山岭汽车根本就进不去。"听了这话宋子衿沉吟了一下，又说："那就有些奇怪了，这么难走的路，却只派一个保安中队来押送，这里面会不会有什么问题？"杨波咂摸出有些味道来了，就说："能有什么问题？驻扎在泰西的鬼子原来是一个大队现在是一个中队，兵力不够伪军就多了。再说了，黑山岭那一带我走过，是天然打伏击战的地方，我们不抓住机会简直是暴殄天物。"

宋子衿没想到政委是这个思路，说："正是因为地形复杂我才有些担心。"

杨波说："你担心什么？我们有鱼鹰提供的情报。真要是个圈套，鱼鹰不会不知道。"

肖东昌这时抬起了头，把手里扁平的烟屁股狠狠摁在条几上，插话说："上次范镇的偷袭战也是鱼鹰提供的情报。"

杨波说："上次的事情我不是解释过了吗，鱼鹰的情报是准确的，范镇据点里当时确实只有五个日军和一个中队的伪军。谁知到了晚上矶谷师团的一个大队要调整到淮北去作战，经过范镇据点就宿营在了那里，是这么一个突然情况我们才失利的。"杨波说完看了下宋子衿，那神情是想寻求下支持，可宋子衿把目光转向了肖东昌，杨波失望了，说："咱们不能一朝被蛇咬三年怕井绳，失利一次就畏首畏尾地不敢行动了。要不这样吧，这次行动由我和东昌同志指挥，子衿同志在家留守。"

宋子衿没想到杨波会提出这样的要求，当即表示反对，说自己是游击队队长有最高指挥权。杨波再次把党领导一切搬了出来，说游击队长是共产党员，也要服从党的领导，这次争论的结果还是政委占了上风，最终执行了杨波的行动方案，宋子衿带着一个分队在家留守，由杨波和肖东昌带着两个分队去黑山岭打伏击战。

　　在这次他们的争论中肖东昌一直保持沉默，他第一次产生了让宋子衿输的想法。他有一个预感，这次的伏击战虽然不至于像上次一样惨烈，但也绝不会像杨波说得那样顺利。他这种预感基于两个原因，一个就是刚才宋子衿的疑问，这么远的路途，运送这么重要的物资，狡猾的敌人不可能只派一个中队的伪军。另一个就是他感到政委这次真正想带队的目的是为了赌气，是为了树立自己的威信，是为了跟宋子衿一争高下，这样情绪化的目的是很容易影响人的判断的。所以他不想再让宋子衿冒险，他知道在战场上的宋子衿就是个拼命三郎，在内心肖东昌早已把宋子衿当成了自己的一部分血肉，所以他把宋子衿看得比自己的生命还重要。

　　在队伍出发前，心有不甘的宋子衿再次力劝杨波改变主意，但杨波丝毫没有妥协的余地。事已至此，看着焦急的宋子衿肖东昌只好出来打圆场，安慰宋子衿说："你放心吧，我会帮着政委的。"宋子衿似乎并没有放松下来，意外地上前握着肖东昌的手，忧心忡忡地说："东昌，一定要保重，不但你要保重，也要保护好我们的队伍。"说着竟然流下了眼泪。肖东昌没有想到宋子衿会这样，竟然有些手足无措了。肖东昌在宋子衿面前的自信一直没有建立起来，长久以来他都极度地压抑着自己，把对宋子衿那份深深的爱埋藏在内心的最深处，他不知道自己在宋子衿心中究竟占据什么位置，但此时他却感受到宋子衿的那份关切。一股暖流在肖东昌胸间回荡，感到自己肩上的担子更重了。

　　黑山岭是青龙山的余脉，是经过鸡鸣返据点的必经之路，说路是有些勉强的，这里根本就没有路，只是山民们自己开凿出来的一条羊肠小道。埋伏地点就选在黑山岭上面的山坡上，这里四周都是野生的灌木和乱石堆，是隐蔽的天然场所，往下则是一个平缓的斜坡，既视线开阔也便于往下冲锋。看

137

到这样的埋伏场所肖东昌又有了自信，如果敌人真是来一个保安中队的话，这次伏击战不成功简直天理难容。

下午一点多钟，从西边的山口拥过来一支拖拖拉拉的队伍，前面有十几个伪军开路，后面一拉溜十几辆马车，马车后面的车厢高高地凸起着，上面遮着厚厚的篷布，后面跟着一队伪军都荷枪实弹耀武扬威的。肖东昌大体算了一下，敌人果然只有一个中队，马车上应该就是运往鸡鸣返据点的物资。看敌人进入了包围圈，政委杨波就下令开火。这队伪军根本就经不起游击队的火力，一阵枪声之后伪军的队伍就被彻底打乱了，伪军们哭爹喊娘地到处找逃命的地方，拉车的马也被惊炸了，开始没有规则地乱蹿。政委看到这种情况就命令部队往下冲，要活捉剩下的伪军，抢夺敌人的物资。肖东昌却有些担心了，即使是伪军也不应该这么不经打，一点儿反击能力都没有，这边枪一响他们就慌了，连枪也不知道开。无奈政委已经下达了向下冲锋的命令。

游击队刚冲到路边就感到了不对，原本趴在地上的伪军忽然都站了起来，重新把枪架在了手上，马车后箱里篷布被猛地揭开，露出了一个个黑洞洞的枪口，更可怕的是在西边路口骤然响起了迫击炮声。战场在瞬间发生了戏剧性的变化，由原来的包围敌人变成了被敌人反包围。

面对形势急转直下的战场，游击队员只能选择撤退了，但敌人已经把撤退的路口封死了。训练有素的日军迅速占据了黑山岭附近的几个制高点，剩下的伪军与日军则快速向游击队所在的狭长地带包抄过来，歪把子机枪突突地叫了起来，迫击炮弹凌空飞了过来，不一会儿就有十几个队员倒下了。肖东昌认真察看了下地形，发现有两条路径可以突围，一条是西南方向，一条是正北方向。西南方向连着层峦叠嶂的群山，在此突围很容易摆脱敌人的追击，但这个方向恰恰是日军用兵的重点。正北方向是一片野草丛生的开阔地，再往前就是一大片玉米地，穿过玉米地，再涉过一条浅水河就可以进入青龙山腹地，更重要的是这个方向是日军和伪军的接合部，相对而言更容易突破。肖东昌向政委建议部队朝着这个方向突围，但政委拒绝了这个建议，认为正北的开阔地更容易造成大量伤亡，并随即下达了向西南方向突围的命令。肖东昌急了，像头发怒的狮子声嘶力竭地叫喊着，力图使政委改变主意，但一切都无济于事，队伍开始往西南方向突围，刚撤到路边的山坡就遭到了密集炮火的轰炸，又有一批游击队员倒下了，肖东昌的眼泪下来了，他眼前浮现出临行前宋子衿流着泪对他的嘱托，"……要保护好我们的队伍。"

又一排炮弹飞过来，肖东昌大喊着卧倒就把身边的一个队员护在了身下，待站起来抖落了身上的泥土看到周围几个血肉模糊的尸体，肖东昌再也按捺不住了，跃身飞上一个高坡，把手中的匣子枪朝天鸣放了两下，大声喊道："我是游击队副队长肖东昌，队长宋子衿不在，现在队伍由我来指挥，我现在命令队伍往正北方向转移，有违令者枪毙。"说完这话肖东昌一边指挥部队保持有利队形，一边严厉地盯视着政委杨波。看着大部分的队员进入一人多高的玉米地，肖东昌松了一口气，刚要朝玉米地里钻，一发炮弹在身边炸响了，肖东昌眼前一黑，一个跟头栽了下去。

五

继范镇偷袭战之后游击队再次遭受了重创，这次损失的队员达到了创纪录的八十三名，只剩下二十多名逃回了驻地。如果不是后面撤退的队员及时把肖东昌救起，肖东昌也将在这次战役中牺牲。这次战役惊动了泰西区委的主要领导，区委书记指示游击队要深刻反思失败教训，把游击队近一个时期来的工作写成专项报告上报区委。

肖东昌被秘密安排在耿守业山货店里养伤。山货店后院本来有间地窖，耿守业买下这个宅院之后又把地窖扩展了不少，基本上变成了一间能供人居住的地下室。肖东昌就被耿守业藏在这间地窖里，耿守业对肖东昌照顾得很好，专门从山外请了老中医给肖东昌看伤，还利用自己在生意上的伙伴购进了紧缺的西药。三顿饭更是变着花样给肖东昌送，在他的精心照料下肖东昌很快就能下地活动了。

离开炮火硝烟的战场，肖东昌的心思并没有清闲下来，他惦念游击队，惦念那些生死与共的战友，更惦念宋子衿。过去残酷的斗争环境让他无暇来品味自己对宋子衿的感情，现在他终于静下来了，可以认真独自面对自己的爱情了。他一遍遍地在脑海中抚摸宋子衿那美丽的倩影，并把自己无限的爱恋揉进这些美好的回忆中，同时这些甜蜜的回忆又酿造出更加浓烈的爱恋。无论如何都应该让宋子衿知道自己的感觉，应该告诉宋子衿自己是多么地爱她。肖东昌几乎每天都在下着这样的决心，但真正面对宋子衿的时候肖东昌的勇气却荡然无存了。

在肖东昌伤势见好的时候宋子衿来了。肖东昌来养伤是宋子衿带着几个队员送来的，当时肖东昌还在昏迷之中，意识中似乎闪过宋子衿那双带着眼泪的眼睛。中间也有几个游击队员悄悄地过来看他，在与战友的闲谈中他最关心的还是宋子衿的动向，心里挂念着嘴里却在尽量回避，但不自觉地还是说到宋子衿身上，知道最近宋子衿很忙，除游击队里的一大堆事务之外，还在执行一项绝密的任务，具体什么任务来人不知道。

宋子衿比原来瘦了很多，原本红润的脸庞也变得有些苍白。肖东昌一见到宋子衿，内心突然涌现出来一种酸楚，内心蕴藏的千言万语却一时被堵塞住了不知道从哪里找到通道。宋子衿问了肖东昌的伤情，说了一下游击队的大体情况，现在游击队正在青龙山腹地一个边远山坳里休整，战士们的精神状态还好。这些肖东昌从来看他的战友口中都知道了，肖东昌不希望宋子衿对她讲这些。宋子衿说完这些就拿出上报给泰西区委的材料，说这是由政委杨波起草的，让他看看有什么意见。

肖东昌翻看着材料内心渐渐平静了下来，原来所有的决心都土崩瓦解了，他知道自己要面对现实，现实就是对日寇的斗争已经进入了最为艰难的时期，他们游击队面临的斗争形势更为复杂，即使宋子衿爱他也应该把这份感情先珍藏起来，把爱情让位于革命事业是一个革命者此时无可逃避的选择。

听说手中的报告是政委起草的，肖东昌已经没有很高的期望了。果然政委起草的这份报告内容很空洞，完全是杨波的风格，里面有大段大段的豪言壮语，却很少触及一些实质性问题。尤其是对连续两次经历的惨烈战斗，只是简单地介绍了一下，既没有总结失败的经验教训也没有说明失败的责任。肖东昌心里的火气再次冒了上来，这样的总结有什么用？肖东昌对宋子衿谈了自己对材料的看法，同时也把自己长久以来就产生的疑问说了出来。

这段时间肖东昌同时也对游击队自创建以来所经历的风风雨雨进行了回顾。两年多来游击队打过一些胜仗，但更多的是失败。尤其是政委杨波来到之后，失败的几率似乎更多了。在这种梳理中肖东昌发现了一个可怕的规律，就是每当游击队征召一批新队员不久，就会遭遇到一次或几次的疯狂剿杀，而这种剿杀大多是由政委传递的情报造成的。这就导致了一种奇怪的现象，即游击队的规模总是维持在当初成立时的水平或者更低，也就是说这两年来游击队非但没有发展壮大，反而明显地萎缩。这期间一批一批的游击队员倒在了日军的枪口之下，最初的那批队员已经所剩无几，肖东昌内心感到无比悲凉，更让他忧心忡忡的是，随着越来越多抗日志士的消亡，游击队将来的兵源终将枯竭，更重要的是民间的抗日力量也在逐渐削弱，到那时候整个泰西地区就没有了革命的火种，黑暗将占据这块有着光辉历史的鲁中大地，这里将变成侵略者的乐园。意识到这一点，肖东昌心里感到一阵绞痛，深深的恐惧如千斤巨石一样压在心头。他苦苦思索着这些失利的前前后后，努力搜寻着其中的过程和细节，他开始怀疑这种现象的背后有深不见底的黑幕，而这其中的幕后推手有可能就是游击队的政委杨波。

　　过去肖东昌虽然看不惯政委，但从来没有往敌对势力上想。跟宋子衿一样，以为他们之间的矛盾就是工作思路的不同与方法的不协调，现在把所有的事情联系起来问题就出来了。肖东昌忘不了在战场上杨波的那种固执，明明前面是陷阱他也要带着队员跳，一个拿着游击队本钱随意挥霍的指挥员就不仅仅是工作方法问题了。更可怕的是每次失败政委都能找出充足的理由，上次范镇的战役就不说了，这次黑山岭伏击战明明是敌人布下的口袋，可他还是在强调情报没问题，是鸡鸣返据点和附近小北庄据点里的鬼子听到枪响过来支援的。这让肖东昌想起自己一个老街坊，外号就是醉死不认半斤酒钱，整天喝得酩酊大醉却说自己没醉，目的就是还要继续喝。那么杨波每次都有冠冕堂皇的理由和目的，就是要继续利用那些情报来消耗游击队，这就太可怕和可恶了。

　　宋子衿听了肖东昌的这一番分析半天没有说话，肖东昌认真盯视着宋子衿，一开始她的表情是平静的，接着就涌动着一种悲戚之色。肖东昌知道宋子衿内心一定在经历着巨大的波澜，谁也不愿意相信自己的战友会是这样的人。过了一会，宋子衿说："我也感到我们游击队内部出现了问题，但我想绝不会是政委。政委是区委派给我们的，应该是久经考验的共产党员，要相信组织相信党。"

肖东昌没料到宋子衿会说出这么一番话，他知道宋子衿是个谨慎的人，但再谨慎也应该有个是非判断，更何况对政委的怀疑肖东昌只跟宋子衿谈起过，这表明肖东昌对宋子衿的信任，而宋子衿却以这样冠冕堂皇的话来搪塞他，肖东昌感到深深地失望，更让肖东昌不解的是宋子衿似乎不愿意多谈这个问题，这可是关系到游击队生死存亡的大事啊。那天肖东昌和宋子衿的谈话不欢而散了，肖东昌事先在心里酝酿的风花雪月自然也变成了冷风凄雨。但肖东昌并没有灰心，他知道作为游击队的队长宋子衿是有些难言之隐的，看这个架势杨波深得泰西区委领导人的信任，在没有确凿的证据面前宋子衿是不好说什么的。看来要想挖出这个深藏在革命队伍里的内奸，以避免游击队遭到更大的损失，关键问题就是要寻找到证据。

六

耿守业一般逢道郎大集之后都要往城里运山货，这天一大早耿守业就和店里的伙计忙活着在院子里套车。肖东昌今天起得早了些，正在院子里溜弯儿，那位老中医最近过来换药嘱咐他，可以适当活动一下有利于伤口的愈合。看到耿守业在那里忙活肖东昌颠着脚过来帮忙，耿守业忙说："东昌，你还是歇着吧，小心伤口。"没人的时候耿守业一般称呼肖东昌肖队长，守着外人就叫了名讳，肖东昌能出门之后，耿守业就介绍肖东昌是自己新招来的伙计，刚来搬东西就把脚给砸伤了。

肖东昌大大咧咧地说："伤口早就不疼了，咱庄户人家的身子哪有那么娇贵。我不能光挂着伙计的名分不干事吧。"

秋天就要过去了，正是收山货的旺季，所以这次往城里运的山货就特别多，耿守业劝肖东昌拿些轻省东西，肖东昌却不甘心，手里掂起一麻袋核桃就要往马车上放，但核桃还没落进车厢肖东昌却倒下了，那个装满核桃的麻袋只好顺着车厢的挡板滑了下去，一下子砸在肖东昌身上，肖东昌惨叫一身就昏了过去。

等肖东昌醒来发现自己躺在地窖的木床上，旁边站着耿守业。耿守业见肖东昌醒了就说："肖队长，让你不要逞能，你看伤口复发了吧。这下又要耽误你打鬼子了。"肖东昌也感到有些不好意思，说："本来想帮帮你，没想到却帮了倒忙。真是对不住，又给你添麻烦了。"耿守业说："那倒没事，只是你自己受罪。我已经让伙计去请老中医了，他一会就到。我要抓紧去城里送货，你先在床上歇会儿。"说着又嘱咐了几句就急匆匆地走了。

看着耿守业的背影肖东昌在心里得意地笑了，今天早上的举动是肖东昌故意的。这两天肖东昌一直在琢磨，如果政委有问题那么耿守业也一定是汉奸，政委所说的内线一直就是通过耿守业单线联系的，耿守业能脱得了干系？这个思路一出来肖东昌也犹疑过，他和宋子衿是先政委认识的耿守业，当初政委要找可靠的联络地点还是宋子衿推荐的，耿守业怎么可能有问题？但后来肖东昌又一想，事物是发展变化的人也不例外，耿守业有可能一开始就是带着目的来接近游击队，只是他隐藏得太深了伪装得太像了，他和宋子衿都进了耿守业设好的圈套。另一种可能就是政委杨波后来把耿守业发展成了叛徒。这两种可能肖东昌觉得前一种更大一些。

肖东昌之所以这样想是有原因的，现在想来当初他们去道郎乡公所搞枪的那天晚上，耿守业的出现也太突然了，深更半夜竟然穿得那么体面，似乎是等着他们经过自己的家门口，还有在他们躲进山货店之后进来，保安队员从门口跑过竟然没有进来搜查，要知道他们这么多人进入山货店不可能没有一点动静，而当时追在后面的保安队员离他们并不是太远，保安队员应该知道他们隐藏进了附近的某个院落。此后耿守业跟游击队建立了密切的联系，常常出钱出物，但肖东昌通过这段时间的观察，发现耿守业的山货店效益并不高，无非是把山民们采摘的山货收起来去城里倒卖从中赚个差价，他不应该有这么多的钱。据他说他的老婆孩子在城里还住着两进两出的大院子，还雇了两个老妈子伺候着，这明显与他的收入不相符。最主要的是肖东昌最近能出门了，接触了一下村里的老街坊，他们对耿守业的评价都不高，耿守业原来就是道郎街上的小混混，后来就上了青龙山投了土匪大鼻子，四铁耙把大鼻子剿灭之后他才逃进泰西城，至于在泰西城干什么谁也不知道，直到前几年回来开山货店才听他说在城里干了点小买卖。从这份履历就可以看出，这样的人怎么会对抗击日寇这么热心？

有了这太多的疑问肖东昌就想探个究竟，但明摆着耿守业已经不是当年那个小混混了，要从他身上探究真相没有足够的时间是不行的，但肖东昌的伤日渐好转，继续待在这里就需要理由，万不得已肖东昌才想到这招苦肉计，这样一来不但自己可以堂而皇之地继续待下去，同时也让耿守业放松了警惕，一个卧床不起的人在行动上是不用提防的。

在接下来的日子里肖东昌开始盯紧耿守业，肖东昌知道假如耿守业真是敌人的奸细，他应该是极端谨慎的，一定会在最隐秘的深夜来从事最隐秘的事情。所以肖东昌一般是在白天假装养伤睡觉晚上跟踪耿守业，肖东昌脚上的伤已经好了很多，上次那麻袋核桃根本就没有砸在脚上，跟踪耿守业是没有多大问题的。但肖东昌跟了十多天之后很快就失望了，他发现耿守业的夜晚过得很热闹，既不像生意人那样晚上在自己的账房里计算当天的流水，也不像间谍那样躲在地下室里发报。他一般晚上自己得喝两盅，有时是在家里独自喝，有时去村里谢寡妇家喝。在家喝到一定的程度就敲着筷子摆开喉咙胡乱地唱，在谢寡妇家喝到一定程度就抱着谢寡妇猛啃。期间又去城里送了两次货，也没有带回什么情报，更没有跟政委杨波联系。只是给谢寡妇带回了东西，第一次是一块大红的洋布，第二次是一块带着香味方形的胰子。从这种状态上看耿守业倒更像是个不太正经的生意人，这种意识也就是在肖东昌脑海中一闪而过，他还是确信自己原来的感觉没错，耿守业不是隐藏很深的奸细也应该是个通敌的汉奸，只是这段时间游击队刚遭受了重创，敌人还沉浸在自己的胜利中，暂时对游击队按兵不动罢了。

问题应该出在耿守业去城里的活动中，耿守业每次去送货都不让伙计跟着，有时早上去晚上才回来，有时是第二天才回来，他在城里有大段的时间跟敌人接触，看来要真正揭穿耿守业的真面目只有跟着他去城里，可肖东昌现在是伤员，有什么理由跟着去呢？

　　肖东昌最终决定自己悄悄地进城，之前他从伙计口中得知，泰西城的瑞祥商行是耿守业定点送山货的地方，所以只要进了城不愁找不到耿守业。那天肖东昌在耿守业进城之后也跟了出来，搭乘沈财主家进城购货的马车几乎和耿守业同时进了城。远远看着耿守业的马车在泰西城最繁华的科山路上消失，肖东昌提前下了车。肖东昌知道耿守业在瑞祥商行要耽搁一阵子，借这个时间肖东昌去估衣行买了一件大褂和一项礼帽，这样一穿戴外人就很难认出来了。

　　肖东昌再赶到科山路上的瑞祥商行，见耿守业的马车停在门口，车上的货物已经都卸下来了，估计耿守业正在里面算账。又过了一会儿，耿守业出来了，后面还有一个类似于账房先生模样的中年人相送，走到门口耿守业和相送的人告别，然后就上了自己的马车。马车在城里行走不像在野外的大路上那样无所顾忌，所以肖东昌很容易就跟上了，只是注意不要跟得太近，以免被耿守业发现。肖东昌跟着耿守业的马车七拐八拐来到运舟街，往前再拐进一个胡同来到一座宅子前。耿守业下来把马从车辕上牵出来拴在门口的木桩上，再把马车往里边推了一下，然后轻轻地敲开了宅子的黑漆大门，大门吱呀响了一下，闪露出一张女人的脸，脸上抹着厚厚的脂粉。耿守业朝那张脸摸了一下，接着就迈进了大门，大门在耿守业身后又"吱呀"一声紧紧地闭上了。

　　肖东昌躲在暗处看耿守业进了宅子，一时不知道这是个什么所在。从外面看这是一个普通的院落，只有三间正房和东边的两间厢房，和耿守业自己描述的家差别很大。开门的女人也不像他的老婆，一个男人对自己的老婆是不会这么狎昵的，这里不应该是他的家，可不是家耿守业来这里做什么？肖东昌想进去但这白天的翻墙势必要被人发现，更何况这里离日军的司令部很近。后来肖东昌只好在门口守候，等天色暗下来再相机行事。

　　中间耿守业出来两次。第一次是他在宅子里待了大约一个小时左右，耿守业出来就径直去了后街的侦缉队，耿守业走进侦缉队大院的时候像进自己家门一样随便，门口站岗的哨兵还向他恭恭敬敬地敬了礼。肖东昌记得他来侦缉队的那次，门口的哨兵对他盘查得很仔细，即使他说出了郭庆堂是他表舅，哨兵也没有轻易放他进去，而是向郭庆堂做了禀告然后才把他带了进去，现在看耿守业那架势不但是侦缉队的常客，而且还应该是个极为重要的人物。

耿守业在侦缉队待的时间不是太长，重新回到宅子里接着就又开门出来了，这次他不是自己出来的，而是带着刚才开门的那个女人，女人手里还领着个三四岁左右的孩子，孩子扎着两个朝天辫，穿着紫红色夹袄，脖子里围着一条花格围巾，围巾围得很靠上几乎把孩子的半个脸都遮住了。耿守业带着女人和孩子从胡同转出来，就沿着运舟街往东走。运舟街也是泰西城里的一条繁华街道，街道两边店铺林立，现在是下午街上人已经不多了，但耿守业还是一副很警惕的样子，不时朝两边打量，一边还不断催促后面的女人跟上，孩子似乎不愿走了，女人有些不耐烦，猛地往前一拽几乎要把孩子拽倒。

肖东昌在后面跟着看他们进了街头的同福照相馆，过了一个多小时的样子耿守业带着女人和孩子出来了，沿着来时的路往回走，肖东昌跟到他们胡同头，看他们朝那扇黑漆大门走去就赶紧折返身往回走。肖东昌来到同福照相馆，里面有个伙计在收拾桌凳，还有一个戴着眼镜的老先生在侍弄架子上的照相机。老先生抬头看见肖东昌，忙问："先生，照相？"肖东昌看了老先生一眼，老先生眼镜上左边的镜片裂了，斜斜的裂纹挂在圆圆的镜片上就像闪电瞬间划过天空。见肖东昌直盯着他，老先生心里有些发毛，再次问道："先生，是照相吗？"肖东昌仍然不动声色，从口袋里掏出一枚银圆放在老先生手里说："我想知道刚才那位耿先生来这里干什么。"老先生拿起银圆，对着窗子照了一下，然后紧紧攥在手里说："哪位耿先生？"肖东昌说："就是刚才那个大背头，带着老婆孩子来的那个。"老先生明白了，说："你是说徐太太，来给女儿照相啊，来照相馆还能干什么？"肖东昌说："我能看看她女儿的照片吗？"老先生说："照片已经被他们带走了。他们照的加急照片。现在我们这里还有他女儿以前的照片，实际上以前也不是多远，就是三个月以前，他这个女儿可真是个宝贝，每隔三个月都来照回相，每次都要加急，这都好几年了，看徐太太那样子也不像个多有钱的主儿，不知道他们为什么要这样。"说着就招呼收拾桌凳的伙计，"小海，你去把徐太太女儿的照片找出来。"

叫小海的伙计很快就把照片取来了，老先生一边把照片拿给肖东昌一边叨叨着："我们本来是不存客户照片的，但看徐太太的女儿长得实在是招人喜欢，就多洗了一些让客户欣赏，也算是为我们照相馆做做广告招揽些生意，这兵荒马乱的，做点生意也太不容易了……"肖东昌接过照片看第一眼脑海中就突然浮现出了宋子衿的女儿含含，两年多不见含含变化不小，但大体轮廓还在，尤其是眉梢上的那颗黑痣，这可是一个明显的标志。为了进一步确证肖东昌又要了女孩以前的照片，老先生只存了一年前的，这些照片就更接近自己印象中的含含了。看来耿守业带到照相馆的那个女孩确定是宋子衿的女儿无疑了。可接下来的问题是含含怎么会出现在这里，她不是被上级党组织接到根据地去了吗？这个问题让肖东昌一时迷惑起来。

七

敌人绑架了含含，这个念头一出现在脑海，肖东昌就想冲进那扇黑漆大门把含含救出来，因为他知道含含在宋子衿心目中的分量，有好几次肖东昌都看到宋子衿拿着含含的照片在落泪，所以无论如何都要把含含从敌人手里解救出来。可怎么救却是个大问题，这所宅子虽不是深宅大院，从外面看里面似乎也没有重兵把守，问题是这里离敌人的司令部太近了，一旦响起枪声敌人很快就会赶过来，到时候不但会把自己的性命搭进去，更重要的是敌人会就此警觉起来，即使不把含含转移出去也会加强戒备，以后再想搭救含含就难上加难了。想到这里肖东昌觉得现在首要的就是赶紧回去告诉宋子衿，然后再想办法来救含含，看这个样子敌人一时半会也不会对含含怎么样。想到这里肖东昌想放弃对耿守业的跟踪，立刻赶到游击队驻地去找宋子衿。但他很快就又犹豫了，事情也有些太蹊跷了吧，含含远在根据地，敌人怎么会把她绑架到泰西来了？而且看这个样子含含也不像是绑架，跟领着她的那个女人很熟悉的样子，还被照相馆的老板称为徐太太的女儿，这说明含含和徐太太的关系不是短时间建立的。

天快要擦黑的时候，耿守业再次从大门里出来了，女人送到门口，一副很难舍的样子，把脑袋长长地往前延展着，伸出手掌往上托起了女人的下巴，然后说了句什么就扭头走向了拴马的马桩。女人看着耿守业的背影从门前的台阶上消失，又警觉地朝四周看了一下，接着就把大门关上了。耿守业很快就套好了马车，然后就吆喝着从胡同里出来了。

肖东昌没有继续跟踪耿守业，原因就是为了含含，他分析这个时间耿守业不可能再赶回道郎乡。过去耿守业有时也在城里住几天，说是为了陪老婆孩子，现在他大概就回自己的家了。耿守业走了，看这个样子宅子里就只有女人跟含含了，这是一个难得的机会，肖东昌决定闯进宅子里看个究竟。

肖东昌学着刚才耿守业的样子轻轻敲了黑漆大门三下，很快里面就响起了脚步声，快到门口的时候就听到里面的女人说："是又舍不得老娘了？还是忘了什么东西？还真把老娘这里当成窑子了，说来就来说走就走……"一边说着一边把门打开，看到门外陌生的男人，女人把嘴巴张大刚要发出声响，肖东昌扑上来就把女人的嘴巴堵住了，同时手里的短枪顶在女人的后腰上，厉声喝道："别动，先乖乖地进去。"肖东昌回身插上大门，然后拖着女人来到堂屋。含含正在堂屋里拿着两个白瓷茶碗倒腾水玩，看着女人被人挟持着进来，吓得把手里的茶碗掉在地上，茶碗在地上裂成了几片，含含大哭起来。肖东昌命令女人说："赶紧劝劝孩子。"女人抖动着身子，哆哆嗦嗦地说："霞子，不哭，妈妈不打你。"霞子显然是含含现在的名字。女人的话对含含还是很有威慑力的，含含立刻就噤声了，只是睁着一双惊恐的大眼无措地看着他们。肖东昌拖着女人各个房间里看了一下，见这套宅子里没有其他人就把女人放开了。女人舒了一口气，问："大哥，你是干什么的？"肖东昌说晃着手里的短枪说："我是干什么的不重要，重要的是现在我可以随时能要你的命。赶紧把孩子放进里屋我要跟你好好谈谈。"女人看了肖东昌一眼，顺从地把孩子领进了里面的房间，然后走了出来。

这个女人果然姓徐，只不过不是什么太太，她原来在科山路上的怡红院。后来被耿守业花钱赎了出来养在这处宅子里，大概是两年半前耿守业带回了这个孩子，说是在路边捡的让她认作女儿。女人看孩子长得聪明可爱，又加上知道自己这一辈子不可能再生养就痛快地认下了。后来女人才感到有些不大对头，耿守业为这孩子给她定下了好多种规矩，这些规矩都是为了限制这孩子外出，好像这孩子不是捡来的倒像是偷来的。这曾让她大惑不解，她认识耿守业的时候，耿守业是侦缉队副大队长，如果不是这种身份，老鸨也不可能这么轻易地放人。除了日本人他耿守业在泰西城能怕谁？为此她问过耿守业，耿守业每次都说这样是为了她们母女安全，他干侦缉队肯定得罪了不少人，怕仇家找她们寻仇。当然耿守业对自己现在的身份也给女人做出了解释，说他目前开山货店是在执行一项秘密任务。

女人交代完这些，又说："大哥，俺也是个苦命人，打小就被狠心的爹娘卖进了窑子。找到耿守业寻思是个依靠，谁知他原来有老婆孩子，每次用完俺就回家跟老婆孩子团聚，俺算看透了，俺就是他耿守业随便使用的一头牲口。"说到这里女人的眼泪扑簌扑簌地落了下来。很显然她把肖东昌当成了耿守业的仇家，急于要跟耿守业撇清关系。

肖东昌此时没有心情理会女人的唠叨，他的内心正被一个又一个的疑问撕扯着。很显然女人交代的应该都是实情。按照女人的说法含含居然养在这里有两年多了，而这个时间正是宋子衿和含含身陷敌营的时候，也就是说含含应该在宋子衿出狱后从来就没有离开过敌营，那宋子衿为什么要说含含被送往根据地了呢？还有，敌人为什么只把宋子衿放走而把含含留了下来？这两个疑问连在一起就出现了一个可怕的推理，敌人有可能是把含含当作人质来牵制宋子衿，这个推理一出来肖东昌自己都吓了一跳。

按照宋子衿自己的说法，敌人放她出来的主要原因是身份没有暴露。可现在想来这个事情本身就有些不可能。泰济书局的沈老板不可能只供出于浩明。只是宋子衿当时来到乡下躲过了敌人的追捕，后来由于队旗泄露的事情宋子衿被捕，即使她此时的名字叫苏兰，敌人也应该很容易地跟那个漏网的宋子衿联系起来。所以从一开始宋子衿就应该暴露给了敌人。有了这个前提侦缉队是不可能这么轻易放走宋子衿，除非这里面有更大的阴谋。肖东昌越想心里越感觉悲凉，他对自己推理出来的结论不敢相信，但眼前的事实让他不得不相信，接下来的问题就是现在应该怎么办？肖东昌知道他目前的人生正面临着一个重大的变故，在信仰和爱情之间他必须做出选择。

骤然来临的现实给肖东昌的打击太大了，苦闷、彷徨、仇恨、愤怒……这些词汇在肖东昌巨大的痛苦面前都显得太弱小了，肖东昌的悲怆是毁灭性的，肖东昌的疼痛是撕裂般的。心灵的灯塔熄灭了，整个心灵都遁入了黑暗中。但人生的道路还是要继续往前走，庆幸的是后来肖东昌终于理智地走出来了。他知道他不能和宋子衿一起毁灭。

那天傍晚肖东昌带着含含悄悄地出了泰西城。此时天还没有完全黑透，黄昏的雾气渐渐聚拢过来，在周围枯落的树木上浮过，仿佛细纱挂在枝头，远处一片白茫茫的。肖东昌肩上背着含含混杂在刚出城门的人群中，然后抬头辨明了方向，很快就沿着向东的山路隐没在了幻化的细雾中。

八

三天后肖东昌回到了游击队驻地鹁鸽崖，和他一同前来的还有泰西区委副书记邱朝辉。泰西区委的主要领导亲临游击队，意味着这支饱受磨难的队伍将要发生重大的变故。

这三天里发生的事情对肖东昌来说比做梦更加匪夷所思。宋子衿是奸细这个概念过去还仅仅是虚拟的，肖东昌心中还是有些幻想的，也许自己带过来的女孩不是宋子衿的女儿，也许那个姓徐的女人在撒谎，但随着后来一系列证据的出现，肖东昌知道他不能再骗自己了，他绝望了，不可能的事情变成了可能，想不到的事情来到了眼前。肖东昌第一次感到生活有时候就是这么爱开玩笑，魔术般地戏弄着他的真诚与真情。

那天他先是在深夜带着含含来到了枣行村。枣行村地处泰山东麓，位置比较隐蔽，最近半年泰西区委机关一直在这里办公。肖东昌连夜向泰西区委领导作了汇报，宋子衿的事情把领导们都震惊了，为了稳妥起见，他们第二天晚上就派小分队赶到了道郎乡，擒获了刚刚回到山货店的耿守业，接着就对耿守业进行了突击审讯。从耿守业嘴里再次证实了肖东昌的推测，宋子衿早在两年前就叛变了。

宋子衿和女儿一被送到侦缉队郭庆堂就让姓沈的叛徒前来辨认，在证实

150

苏兰就是宋子衿之后郭庆堂如获至宝。此时针对当地抗日志士不断涌现的状况，郭庆堂和日本人正在制定一个恶毒的计划，计划的关键就是要找一个有影响力的实施者，宋子衿的被捕简直就是天上掉下来的馅饼。有了这种机会郭庆堂就没有了顾忌，把自己的想法向主子治雄次郎做了汇报，治雄对郭庆堂的安排大加赞赏。得到主子的赏识郭庆堂就开始了自己的行动。

郭庆堂先是把宋子衿母女关在一间漂亮的公馆里，期间派人好酒好菜地招待着，然后他出面跟宋子衿谈条件。宋子衿的强硬是他意料中的，他从于浩明身上就感到宋子衿也绝不是一块好啃的骨头，庆幸的是他有让宋子衿屈服的底牌，这个底牌就是宋子衿的女儿，他知道宋子衿现在首先是个母亲，其次才是一个女共产党员。

在宋子衿身上碰了钉子，郭庆堂并不着急，第二天他就让人把半岁多的含含带走了，带走含含的那天他也在场，在含含的哭声中他看到了宋子衿那撕心裂肺的表情，这让他有了更多的信心。失去女儿的宋子衿茶饭不思魂不守舍，她知道敌人这是把她往绝路上逼。女儿是她的生命，信仰也是她的生命，她无法做出选择，她迷茫痛苦得无法自拔，想以死来解脱自己，把自己的脑袋撞在墙壁上但却只把自己撞昏了过去，后来赶过来的看守及时把她解救了下来。

郭庆堂得知宋子衿的表现后感到是时候了，第二天他让人把宋子衿带到了侦缉队的大院，然后牵出了一头高大凶狠的狼狗，狼狗的耳朵直直地竖着，宽阔的嘴巴哈着热气，尖利的牙齿和红红的舌头袒露着。有人把含含抱了出来，含含一看到宋子衿就张着手哭喊起来，宋子衿的眼睛立刻就直了，心里感到刀绞般疼痛，挣脱着要冲上前去。郭庆堂这时走上前来说，想要女儿吗？那就要跟我们合作，不然我就让狼狗把你女儿给撕了。这可是治雄太君的爱犬，已经饿三天了。说着朝抱孩子的人招了一下手，那人抱着孩子就要往狼狗旁边送，那狼狗张开大口就朝向了孩子。本来含含的哭声已经弱了下来，看到凶恶的狼狗又尖叫着大哭了起来，宋子衿再也受不了，拼命挣脱着拼命喊叫着要郭庆堂放过自己的女儿，可身后的两个大汉紧紧地把她给摁住了。眼看狼狗的舌头就要舔到含含那细嫩的脸庞，宋子衿一边疯喊着"放过我女

151

儿”一边身子瘫软了下去。

宋子衿就这样叛变了。郭庆堂和日本人制定的计划叫“飞蛾扑火”，其具体内容是利用当地的一支抗日武装作为火种，让抗日志士自投罗网。一开始他们的这个计划仅仅是想法，宋子衿的被捕让他们的这个想法有了实现的载体。他们让宋子衿尽快地把这个火种点燃起来，操纵这个火种吸引更多的抗日飞蛾扑过来。其中最关键的环节就是火种的吸引力和连续性，为此他们对游击队采取了剿而不灭的政策，让游击队走扩编——剿杀——再扩编——再剿杀的路子，使游击队的数量总保持在一个低水平的状态，既不能对日寇造成大的威胁，又消灭了一批又一批的抗日志士。可战场上枪弹不长眼睛，怎么才能保证这种效果呢？郭庆堂为此也动了些脑筋，他们和宋子衿定下了暗号，在每次作战的时候看到游击队被消灭得差不多了，宋子衿就站出来鸣枪挥舞那条红围巾，敌人看到红围巾自会对游击队网开一面。为了便于跟宋子衿联系，郭庆堂还把自己的副大队长耿守业派到道郎乡开山货店，游击队去道郎乡公所搞枪就是专为结识耿守业安排的。

尽管事先郭庆堂进行了周密安排，但百密必有一疏，在运行的过程中还是出现了一个致命的问题，游击队连续不断地遭到剿杀，宋子衿是很难避免被人怀疑的，就是不怀疑她是奸细也会怀疑她的领导能力。正在郭庆堂为此一筹莫展的时候，政委杨波被派到了游击队，这让郭庆堂一下子就兴奋了起来，他感到自己手里的另外一张底牌也应该打出来了，他的这张底牌就是鱼鹰。

泰西区委确实在侦缉队成立之初安插了一个代号叫鱼鹰的内线，鱼鹰的存在只有泰西区委的几个主要领导知道。只不过鱼鹰在杨波被派驻到游击队之前就暴露了，与鱼鹰保持单线联系的联络员也几乎同时被抓捕。但敌人用尽了所有的方法也没有撬开鱼鹰和联络员的嘴巴，最后只好把他们都秘密杀害了。这一切的变故都是在极度秘密的情况下发生的，所以泰西区委这边根本就不知道。这正是郭庆堂想要的结果，他在破获鱼鹰之前就掌握了其对外的联系方式。有了这个先决条件他就冒充鱼鹰的身份继续与共产党联系，这其中也包括刚到游击队的杨波，在跟杨波联系时郭庆堂诡称原来的联络人有问题，让他另找联络地点，与此同时，他知道杨波刚到游击队对当地的情况不熟，要找联络地点必会问计于宋子衿。于是他又命宋子衿给杨波推荐耿守业的山货店，这样耿守业就成了计划中最重要的一环，得以双向发力，一方面他把郭庆堂的命令传达给宋子衿，另一方面他把假鱼鹰的情报提供给政委杨波，借杨波之手来执行飞蛾扑火计划。通过这种手段就有效地减轻了宋子衿的压力，让宋子衿隐藏得更深，变成了一枚长久的棋子。

一开始郭庆堂假冒鱼鹰跟政委杨波联络的时候心里还不太有底，几个回合下来他就踏实了。没想到这个刚出校门的书呆子会这么配合他的工作，这里的情报一送出去他就立马行动，简直比自己人还听话。宋子衿反而有些不踏实，有几次她都让耿守业传话说自己快要崩溃了，这让他很是恼火，为皇军效力就这么不情愿？何况你女儿还在我们手上，不行就让你女儿见枪子。最近这次他让耿守业给宋子衿捎照片的时候夹带了两颗子弹，听说宋子衿一见子弹眼泪立刻就下来了。

每三个月要看一次女儿的照片是宋子衿当时提的条件，照片每次由耿守业带给她。宋子衿当时提的条件当然不止这些，其中包括给日本人服务的年限，宋子衿提出来的是一年，但郭庆堂要求四年，最后变成了三年，郭庆堂答应她三年后宋子衿可以带着孩子远走高飞。这期间宋子衿要求不能把孩子养在侦缉队，耿守业正愁自己从窑子里赎出的姘头没地方安置，这才推荐了那位姓徐的女人。

耿守业把所有的问题都交代完了，房间里出现了长时间的静默，所有人都惊呆了，没人会想到泰西抗日游击队的命运从一诞生就注定是个悲剧，没人会想到敌人的阴谋会这么毒辣阴险，没人会想到曾一度被视为抗日女英雄的宋子衿会是剿杀自己同志的刽子手。这一天多来，肖东昌明显地消瘦了，此时极度的愤怒和痛苦使他的脸显得有些变形，眼睛里涌动着泪水在微弱的油灯光下闪烁着，他在极力地控制着压抑着自己，喉结在剧烈地上下蠕动着，喉咙里发出阵阵含糊不清的声音。区委书记上前拍了肖东昌一下肩膀，肖东昌再也控制不住了，凄厉的哭声如骤然响起的炮火喷薄而出。

邱朝辉副书记来到游击队下达的第一道命令就是部队要紧急调防，理由就是为了配合鲁中军区发起的徂徕山战役，泰西游击队要调防到鱼池蓝山一带，以防驻扎在平阴的日军前来增援。在鱼池安顿好部队的当天，邱副书记接着就召开了全体队员参加的大会，在大会上邱书记宣布由于工作关系，队长宋子衿和政委杨波调到泰西区委工作，由他兼任泰西抗日游击队队长，肖东昌继续担任副队长。宣布完毕游击队的几个负责人又在一起开了个小会，邱书记建议由肖东昌带着一支小分队护送宋子衿和杨波到区委报到。

真正面对宋子衿，肖东昌心头涌现出来的是一种复杂情绪。尽管他知道是宋子衿犯下了不可饶恕的罪孽，但他却感到无法面对的反而是自己，回到游击队这几天来他不敢看宋子衿，更不敢触及宋子衿那闪耀着温情的目光。是他在害怕吗？他觉得答案是肯定的，此时的宋子衿在他眼中简直就是魔鬼，是的，只有魔鬼才有这么大的反差，让他瞬间从人间滑向了地狱。宋子衿也似乎有了某种感觉，在去往枣行村的路上神情淡淡的，大多数时候都是在沉默。

怎么处置宋子衿泰西区委之前已经做好了安排，所以宋子衿一来到驻地就被隔离了起来，期间宋子衿没有表现出任何吃惊。当天下午肖东昌带着含含来见宋子衿，宋子衿一看到含含眼泪唰地一下就流了下来，她紧跑了几步想上前把孩子抱起来，含含却睁着惊恐的大眼睛往肖东昌身后躲，毕竟已经两年多没有见面了，含含对她已经感到陌生了。宋子衿流着泪叫道："含含，含含，我是妈妈，我是妈妈……"叫着叫着已经哽咽得说不出话来了。含含似乎被眼前这个情绪激动的女人吓着了，紧紧抱着肖东昌的大腿拼命往后拽自己的身子。宋子衿冲到肖东昌跟前，想把含含揽过来，但刚伸出手含含就瘪着小嘴巴哭出了声。宋子衿伸出的手臂骤然缩了回去，看看泪流满面的含含说："孩子，不要哭。我刚才认错了，我不是妈妈，我是个罪人。"说着扭身擦干了眼泪，平静地对肖东昌说："你把她领走吧。"

肖东昌不知道宋子衿的情绪为什么转变得这么快，连自己的女儿都不认了，要知道她走到这一步完全是因为女儿。此时宋子衿已经慢慢把自己的身子转了过去。"你把她领走吧，找个好人家，让她记住她爸爸叫于浩明。"宋子衿背对着肖东昌说。说着说着声音再次发出痛苦的颤音，肩膀也随着剧烈地抽搐起来。看着宋子衿那痛苦的背影肖东昌忽然有些明白了，宋子衿显然很明白自己的结局，含含既然对她已经陌生了，她不想让女儿再在心灵上留下阴影。

宋子衿是第二天一早被发现自杀的。按照事先的安排，头天晚上让宋子衿跟自己的女儿待一夜，然后就开始安排对宋子衿的审讯。可第二天负责看守宋子衿的战士一打开房门，就发现房间里出奇地安静，进来一看见宋子衿趴在房间靠西墙的小单桌上。战士一开始以为宋子衿睡着了，进门的时候故意脚步重了一些想把宋子衿惊醒，但宋子衿似乎睡得很沉，战士感到有些奇怪，走近一看，见桌上汪着一大摊血迹，血迹铺陈在凹凸不平的桌面上，原本鲜红的颜色已经变成了紫黑色。

宋子衿是用筷子插在自己的耳朵致死的。据说这是一种古老的自杀方式，只有身背巨大悲痛的人才选择这种死法。筷子是战士送饭是一块送来的，桌上还有从昨天中午到晚上给宋子衿送来的两顿饭，三个玉米面饼子摊放在原白色的笼布上，旁边是一小碟疙瘩咸菜，还有两碗玉米面粥，这些都纹丝没动。筷子是从两边的耳朵里直直插进去的，大半已经深入了脑部，剩下的方头横亘在耳朵外面，恰巧和脸部组成一个粗粝的十字架。这种死法应该是极度痛苦的，奇怪的是一直守在门外的值班战士居然没有听到一点动静，宋子衿的脸部也没有出现扭曲和变形，一直都是如此地安静。

在清理宋子衿遗物的时候，发现了宋子衿用油光纸钉成的笔记本，里面夹着含含的十多张照片，这些照片是含含被当作人质的不同时期照的，每张照片都已泛了毛边，显然这是多次摩挲留下的结果。笔记本里记录着游击队的一些日常工作，其中有几页写着很多人的名字，这些名字都是在历次战斗中牺牲的游击队员，里面还记录了他们的家庭地址和家庭状况。还有几页记录着对蝎子山上土匪的收编计划,看到这个未实施的计划肖东昌有些明白了，宋子衿当初执意要收编这股土匪就是想借日本人的手消灭他们。从这里肖东昌看到了宋子衿的迷茫与挣扎，尽管表面看起来是如此地安静，但她的内心却从来就是风云际会的所在，良知和信仰搅动起来的风暴让她没有得到过片刻安宁。意识到这一点，眼泪再次悄悄爬上了肖东昌的脸颊。

始 于 夏 日

一

　　楼下女人搬来的那天，司向阳过来得比平时晚了一些。进门就迫不及待地进了卫生间，一副旁若无人的样子，中间没有任何拖泥带水。付小玉心里不快，把这里当成厕所也就罢了，还把她也当成了可有可无的守厕人，连最起码的礼貌都没有。直到里面响起哗哗的流水声，她才渐渐醒悟过来，司向阳闯进来的时候裹挟着一股热浪，开阔而光洁的额头上滚动着晶亮的汗珠儿，身上浅蓝色 T 恤也已有了一种朦胧的湿重，仿佛有丝丝缕缕的蒸汽在上面氤氲着。这显然不是司向阳应该有的状态，由冷气充足的轿车上下来，从车位到房间也就几步路，谅是炎炎夏日也不该有这么狼狈。由此推断刚刚从楼下传来的那个疑似男声一定就是他了。这也就是说司向阳没有打破以往的规律，他应该踩着和平时一样的时间节点过来，只不过来到楼下开了小差，被楼下女人绊了一下。

　　前两天付小玉听到楼下有了动静，似乎有人在打扫卫生，当时就想楼下的空房恐怕是有了新的主人，随后门口出现的崭新踏垫更佐证了她的判断。真正入住应该是在今天下午。午睡醒来，她在后阳台上看到楼下停过来两辆车，其中一辆是轻型货车，货箱里装满锅碗瓢盆之类的生活用品，另外是一辆橘红色奥迪 Q3 越野。他们几乎同时下车，分别走下来两个男人和一个女人。那两个男人都是短打扮，穿着松松垮垮的大裤衩子，在烈日灼烤之下他们脑门子油亮，下车就拧着身子奔向后面的车厢。而从越野车上走下来的女人却紧致而摩登，大波浪披肩长发，带着长长流苏的飘逸短裙，往下延展是一双细脚伶仃的白色高跟鞋。女人先是瞥了一眼正准备从货车上往下搬东西的两个男人，然后打开了自己的汽车后盖，付小玉本来以为会看到一些生活的零碎，没想到里面却蹲着一条花脸大狗。付小玉吓了一跳，身子不由自主地后退了一步。女人弯下身子，身下的百褶短裙绽放开来，显现出一截亮晃晃的大腿，女人伸出胳膊揽住花脸狗的脖颈，随即把自己的脸也贴了上去。从上往下俯视，女人的长发几乎遮住了花脸狗的头部，花脸狗似乎有些不情愿，竭力挣歪着朝上仰头，一边还汪汪叫了两声。女人直起身子，左手掌按在花脸狗的脑袋上，安抚般地轻轻往下捋着，说："木木，别叫！咱们到家了。"花脸狗许是听懂了，果然安静了下来，往外张望了一下，然后就猛然跳了下来。乍来到一个陌生环境，花脸狗表现得很不安分，并不按女人的指令行事，一会扑向货车的车头，朝着那两个搬东西的人狂吠，一会又把前面的脚掌搭在旁边树木的树干上，试探着想往上攀爬……女人扯着嗓子喊叫了几声，花脸狗继续我行我素，女人最后做出了一副生气的样子，喊道："木木，你再这样，姑姑就不理你了。"说着不再搭理花脸狗，径直朝楼道口走。这一招还真奏效，花脸狗先是愣了一下，呆呆地望着女人摇曳多姿的背影，接着就像失控的箭镞一般腾空跃起，眨眼工夫就抄到了女人前面。

　　轻型货车很快就开走了，楼下的动静并没有消停下来，不断有拖拽的声音传来，中间还夹杂着女人对木木的呵斥声。付小玉打开电脑，最近她正在追一部叫《暴君》的美剧，已看到第三季的最后两集，本来想利用这个溽热的下午一气看完，情绪却怎么也集中不到剧情上，楼下这位新邻居夺走了她大部分心思。这真是一个奇怪的女人。穿着这么时髦却养了这样一条大狗。很多女人都自封为所养宠物的妈妈，她却自称为姑姑，还真把自己当成小龙女了。可是她的杨过在哪里呢？如果有这么一个"杨过"存在，搬家这样的大事是不会不出现的。难道这是一个单身女人？可看起来女人已经妙龄不再。一个开着豪车牵着大狗、刚刚住进高档小区情感生活不详的女人，所有这些标签都是张扬而暧昧的。男人和女人到了一定年龄大概都会在体内藏有一股暗流，一般情况下他们是不希望这股暗流得见天日的，比如她付小玉。而楼下的女人却似乎没有这种顾忌，一出场就很另类，没有任何掩饰与收敛，似乎是在等待别人去发现她身上的秘密。

楼下有了很大的动静，在客厅位置，这应该是女人一个人在移动沙发。门口的红色踏垫上凸显着"蓝星家具"四个大字，蓝星是悦城有名的实木家具品牌，有着不错的口碑。女人要独自挪动纯实木沙发应该很费劲。果然，那拖动的声音响了几下就停了下来，又顿了一下，传来了开门声。付小玉猜测，女人的力气似乎是用完了，打开门是想寻求救兵，可在这炎炎夏日的午后救兵又去哪里寻找？楼上的几家中午都不回来，整个楼道只有晚上才显得热闹一些。那条大狗好像又从房间里蹿了出来，女人喊叫着硬生生把它弄了回去，随即就把门关上了。可过了一会儿似乎还不甘心，就又把门打开，如此反复了几次。付小玉听着都有些着急，此时女人的样子一定很狼狈，满屋子的狼藉不堪，刚刚弄了半弄的沙发还别别愣愣地停放着，还有那条上蹿下跳的大狗……女人又打开了门，这次付小玉听到了一个模糊的男声，看来期盼已久的救兵终于到了。男人的声音多少有些耳熟，有些像司向阳，但又觉得不可能，因为付小玉感到司向阳并不像一个热心人。此后起初那种拖动的声音再次响起，这次传来的动静干净利落，并且很快就停了下来，然后又过了一会儿，司向阳就满头大汗地闯了进来。

卫生间里的流水声停了下来，付小玉却感到了无措，司向阳从未在这里过过夜，这里没有他的任何换洗衣物，司中术的倒是有一点，可明显尺码不对。付小玉正在迟疑，卫生间的门却豁然打开了，司向阳光着膀子裹着浴巾走了出来，手里攥着刚才还穿在身上的T恤衫，T恤衫显然刚刚洗过，被他拧成了一截粗壮的麻花。在阳台上晾好衣服司向阳返身回到客厅，一屁股坐在沙发上顺手抄起遥控器摁开了电视，液晶显示屏上很快就出现了晃来晃去的色块。

司向阳恢复到了过去惯常的状态，以往就是这样，基本不跟付小玉交流，在电视机前坐上两三个小时就走。付小玉是他法律意义上的妻子，他们的婚姻仅仅停留在那个大红本本上，作为名义上的丈夫他履行得很到位，每星期

158

回来一次或者两次，大多选择在周末，带着给"妻子"买的礼物，起初买过几次鲜花，后来就实际了很多，变成了孕妇奶粉或者新鲜的进口水果。这也符合婚姻演变规律，爱情是风花雪月，婚姻是柴米油盐。都说婚姻是爱情的坟墓，新婚燕尔的鲜花是爱情最后的仪式，以后的奶粉和水果就成了婚姻的具体内容。

从表面上看付小玉的生活无懈可击，丈夫、房子，还有正在体内孕育着的孩子。可实际上，由于排在第一位的丈夫是假的，付小玉面对自己的这份生活清单时常会有一种恐慌的感觉，感到自己的生活就是一个铺满鲜花的陷阱。那个大红本本和那个由程序操纵的年轻男人真实存在于她的生活，可又与她没有直接关系，它们只是她并入正常生活轨道的手段，是一种假想的所谓未来幸福生活的代价。但她是一个有血有肉的年轻女人，有着正常的欲望和情感，总会有些狂野的想法和蠢蠢欲动的念头。尤其是面对这个看起来和她很般配的男人，被大众所认可的和谐在她内心形成了强烈暗示，这就使得她在很多时候都会忘记他们之间的真实关系，有时她会产生一种恍惚的感觉，司向阳就是她真正的丈夫，他们是一对琴瑟和谐的夫妻，她在家等他归来，而他总是带给她惊喜。此时这种感觉更强烈了一些，她望着这个赤裸着上身的男人，心中有了一种抑制不住的冲动。男人的肌肤光润有力，未揩尽的水珠儿点缀在肌肉凸起的胸脯上，更增添了一种活力四射的感觉，她应该好久没见到这么年轻的酮体了。现在他就立在她眼前，他们同处于一个叫家的逼仄空间之中，他身上散发出来的气息清甜而诱人，仿佛来自儿时的田野，她被这种气息搅动得不能自持。

司向阳在看一档重播的综艺节目，名字叫《王牌对王牌》，里面有一群明星在嘻哈打闹。司向阳看得很投入，随着里面的纷乱也不由自主地咧嘴傻笑。付小玉故意在房间里闹出了一些动静，司向阳连头都没往这边扭，他似乎独自置身于一个陌生影院，周围的一切都与他无干，屏幕才是他此行的终极目的。付小玉心中渐渐不平起来，她没想到他会这么木然，她不知道他要把她的自尊置于何地？与此同时来自体内的那种感觉像闻风而动的蚂蚁一样越积越多，她曾专门上网查过，知道妊娠三个月是那种感觉最为强烈的时期，更

159

何况她对他的期望还不仅仅限于一时的身体满足。司中术早就靠不住了，和司向阳的假戏真做是她内心潜藏着的渴望。

那种原始的欲望显然是物质的，带着凌厉的哨声，在这种攻势面前，刚刚建立起来的那个脆弱堤坝早已溃不成军了。她想，她应该主动跟他说些什么。她抬头望了一下，那件浅蓝色T恤衫此时就吊在阳台上，和她的几件内衣排列在一起，组成了一道参差不齐的风景，这是她最喜欢的一部分贴身衣物，有一条带蕾丝花边的薄纱三角内裤，还有两个时下最为新潮的文胸。这段时间她一直用自己喜欢的内衣来安慰充满欲望的躯体，更何况她知道再过一阵子，等肚子大起来，这些衣物就再也不能上身了，所以面对它们，她常常有种顾影自怜的感觉，为自己即将变形的身体，也为它们即将遭受的冷落，现在使用它们应该是最后的机会也是最佳时机。她不知道刚才他晾衣服的时候有没有注意过它们，以他的冷面许是根本就没有，她想提醒他T恤衫晾在开着冷气的阳台上会干得慢一些，阳台外面有一条她早就扯起来的晾衣绳。他如果能再次起身是会看到那些内衣的，这些衣物都带着性的符号，无论如何都会帮她提醒些什么。又一想她还不能作此提醒，她不希望T恤衫干得这么快，此时面对这样一个半裸着的男人对她刚刚好。

既然不能让他起身那就只能改变自己了，刚才她穿了一条碎花睡裙，回到卧室她准备重新布置一下自己，刚才就没戴文胸，此时就更不需要戴了。她对自己的双乳基本满意，大小适中，光滑而坚挺，只是原本红润的乳头在怀孕之后颜色变深了，失去了原有的鲜亮，但这是新生命所带给她的，她就更不应遮蔽这种原始的风貌了，更何况多一些伪装也会阻碍下一步的进程。内裤还是要保留的，她不想在他面前表现得过于轻佻，在样式选择上她犹豫了一下，最终选定了一条大红丁字裤，这是司中术出访韩国时带回来的一个著名品牌，从来就没穿过，主要原因是司中术给她的机会越来越少了。她早就应该意识到，司中术当初选择这套性感内衣就说明他对她的身体有了更苛刻的要求，她本来就是以身体作为媒介走近他的，如果失去这个媒介他们之间也就没有了源头。事实证明她是一个缺乏危机感的女人，所以目下才着手打算以后，她想让司向阳成为她下一个真正可以停靠的码头。

换好内裤，她在穿衣镜里盯着这个几乎赤裸着的女人，忽然有了一种悲壮的感觉，她知道这个正处盛年的躯体马上就要开始衰败，她本来是可以自我陶醉在这最后的娇艳之中的，可现在她好像不得不再次出卖它。她为自己即将进行的行为感到绝望，为自己的放任自流而无奈，眼泪几乎就要流下来。可她很快就说服了自己，为什么不可以呢？外面这个男人是自己的"丈夫"，即使是仅仅停留在法律层面上，可这个层面该是多么重要啊！从各种法律意义上的判决书到任职文件，它已成为人们生活的现实依据，几乎所有人的命运都是由这样的层面来决定，所以她和这个男人的距离应该非常近，也许就是"丈夫"这个名称的书面本义，仅仅在一丈之内。

　　从卧室走出来她感到自己像换了一个人，身上穿着礼服性质的黑色吊带短裙，脸上打了薄薄的粉底，重新画了眉毛，几个关键部位都喷了香水，还涂了淡淡的眼影。她重新走向他的时候手里捧着刚刚从冰箱拿出来的半个西瓜，这还是上次他带过来的，直到昨天晚上才切开。她把西瓜放在他面前，半球状的西瓜在平滑的茶几面上倾斜着倒向他，他下意识地伸手扶了一下，西瓜还是倾斜，只不过姿态变得非常稳妥。她又从厨房拿来了盘子和两个不锈钢长匙，盘子深凹下去的部分跟西瓜底端的凸起契合在一起。她坐过来，他们同时面对着一个整齐的圆形西瓜平面，为了公平起见她把盘子往她这边拉了一下，让西瓜尽量居于他们中间，同时身体又往他这边靠了靠，还顺手把两个长匙插在西瓜上。这是她的习惯，她经常这样对待西瓜，她希望他能接受她的方式，以同样的手段来分食这半个西瓜。多年前她和自己的第一任男朋友就是这样，眼下的行为显然不是为了怀旧，更像是一次冒险的测试。

　　他可能真有些渴了，伸手拿起长匙恶狠狠地下手，嘴里很快就塞满了红彤彤的瓜瓤，浅红色的西瓜汁水也沿着嘴角往下流。他这种贪婪的吃相让她感到踏实，但她又不希望他这样沉迷。刚才她明明看到他朝她瞭了几眼，他显然已经注意到了她的妆扮，她感到他的表情还是有些变化的，朝向她的眼神儿有了故意躲闪的意味，这说明她已在他心中掀起了涟漪，眼前这种饕餮之徒的样子也许仅仅是假象，他是想以此来转移荡漾起来的春心。这种猜测给了她莫大鼓舞，她拿起勺子伸向西瓜的圆形边缘，跟他的大快朵颐不同，她的动作柔和细腻，挑起来的是一个呈蜷曲状的西瓜片，她把长匙端在手里，没急于往嘴巴里送，而是用眼角的余光瞟向他，纳入视野的恰巧是他胸脯的位置，健硕肌肉上那个红润的凸点挺拔有力，周围还耸动着几根俯卧着的黑色茸毛。她的手腕不由自主地抖动了一下，长匙里的西瓜片也随之倾斜着往下跌落，落在他腰部卡着的浴巾上。他"啊"了一声停止了手上的动作，她也慌乱起来，一边连声说着对不起一边把身子俯下来，同时伸手想把掉落的西瓜片捡起来，却触到了浴巾挽起的位置。浴巾在他腰部脱落了，他的身体早已有了明显变化，胯下的炮台昂头挺立着，一副急赤白脸的样子。她的热血往上奔涌，整个身体瘫软得无法收拾，可他并没有响应她的热切，她推断他应该处于引而不发的状态，因此开始了大胆探索。他的身体却一点也不配合，表现得异常僵硬，犹如一尊木然耸立着的雕塑，可明明有着炽烈的热度，这给了她一个明确的信号，高温之下的身体应该是在积聚爆发的能量。她继续着手上的动作，同时向上仰头想给自己的嘴巴寻找一个合适的归宿……他终于有了反应，似乎是动了一下，她浑身颤抖起来，以为会抵达那火热的期待。但他的动作却是逆向的，还夹带着莫名其妙的叹息声。她蓦然呆住了，有些猝不及防，不知道哪个地方出了差错。他及时抓住了这个机会一把推开了她，然后就扯着浴巾呼地站了起来。她还沉浸在一种无所适从的情绪中，直到身体落空才睁开眼睛，眼前闪过的是他结实而闪着亮光的臀部。

　　接下来司向阳的动作是急促而连续的，迅速裹好浴巾，从阳台上猛地扯下那件正在晾晒着的 T 恤衫，快步走进卫生间，窸窸窣窣地穿上衣服，然后以刚才同样的步伐出门，身子闪出去之后再嘭的一声关上房门。这中间他一句话都没说，只有呼哧呼哧的喘气声传出来。

　　爆裂的关门声消失了好久付小玉都没缓过神儿来，一种从未有过的羞辱统摄着她，同时她也感到无比困惑，司向阳的身体明明有了明确的信号，他为什么要这样压抑自己？各种各样的可能性在她脑海中盘旋缠绕，但归结起来可能只有两点：嫌弃与忌惮。她是一个偏离正常生活轨道的女人，也就是别人眼中的"小三"，这样的女人也许理应遭人嫌弃。司向阳当然也是应该有所忌惮的，许是忌惮她的有孕在身，但这不应该是主要的所在，他最忌惮的应该是那个和她真正有关系的男人。到现在，付小玉都没弄清楚司向阳和司中术之间到底是什么关系，她只知道司向阳在司中术面前很乖顺，他们不像上下级关系。虽然都姓司，但看起来也不像是亲属而更像是主仆之间。如果这种关系成立，司向阳刚才的行为就有了合理的解释：在司向阳眼中她是他主子的女人，忠实的奴仆是不能对主子的女人有非分之想的。

所有这些原因都只能加剧付小玉的恶劣情绪，此时她的心情已经沮丧到了极点，她感到自己是一个彻底失败的女人，她的人生混乱不堪，付出了做小三的代价，却没有得到应得的收益，本想做一下抗争却收获了这样的屈辱。她不知道自己这是怎么了？走过的每一步都是清晰的，似乎都没有错误，没想到这些脚印串在一起就抵达了一个巨大泥淖，现在她失陷在这个泥淖中已无法脱身。

二

真正和楼下女人开始交往是在两天之后。那天傍晚付小玉从外面回来，楼下女人恰巧牵着大狗开门，花脸狗乍一看到付小玉，对着她汪汪了两声，付小玉吓了一跳，身子猛地哆嗦了一下，就往后面楼道横墙上贴。女人呵斥了花脸狗两声，然后笑着对付小玉说："你是楼上的姐姐吧？"花脸狗并没安分下来，挣歪着身子朝付小玉直晃脑袋。付小玉还沉浸在惊恐之中，慌乱地说："你……你先把它弄走。"女人继续笑着："还是第一次见这么怕狗的人。来，木木，咱们别挡了姐姐的路。"说着就拉紧了套在狗脖子上的皮套，拖着花脸狗往前紧走了几步，擦过付小玉身体的时候，女人又甜甜地叫了声姐姐，说："等会去拜访姐姐好吗？"付小玉继续紧贴着后面的墙壁避让着，瞪大眼睛盯着身下这条毛茸茸的大狗，不置可否地点了点头。

回到家里付小玉还有些惊魂未定，同时心里也装满了气恼。无论怎么喜欢也不应该在小区内养这样一条大狗，不能把自己的爱好建立在别人的痛苦之上。付小玉从小怕狗，八岁那年被邻居家狗咬过，至今脚后跟还留有青白色的疤痕，在本村读小学的时候，她都要绕过那些养狗的人家，为此要比其他同学多走很多冤枉路。可现在进出的单元门只有一个，她已无法再绕行，以后的进出都成了问题，这让她更加烦躁起来，这个新邻居简直就是个麻烦，要不要去找物业投诉？这个念头一冒出来，她自己也吓了一跳，因为自从住进这套房子她从来就没招惹过任何人。她一直认为自己是个见光死的女人，身份的模糊不允许她有任何过分要求，即使有了法律意义上的归宿那种自卑感依然存在，这使得她早就掐断了与过去朋友的联系，和家人之间也建立起了一个特殊渠道，她对自己所面对的这个生存秩序一直都是逆来顺受，担心稍有抗争就会让自己大白于天下。再说即使投诉了，物业能够剥夺楼下女人的爱好吗？对养宠物目前应该还没有具体条文，分内的事情物业就能推则推，更何况是这种灰色地带了。

楼下女人在八点钟左右摁响了付小玉的门铃，这是一个在夏天可以接受的时间。女人穿了一件原白色亚麻长裙，套在身上松松垮垮的，可稍一走动就能显山显水，脖子上还挂着一个乳白色的玉石环，玉石的质地圆润剔透，在灯光下闪着微微的暖人光泽，应该是羊脂玉中的上品。付小玉没想到女人真会上来，想赶紧收拾一下乱七八糟的沙发，女人却笑着制止说："姐姐，你不要忙活！我喜欢这种样子，这才真正有家的感觉。"这话让付小玉放松了下来，随手挪开沙发上的坐垫招呼女人坐下。

女人带来了两个色泽艳丽的木瓜，每个木瓜上都贴着"台湾富硒"的标签，外面包装袋上写着"纤果日记"的字样。这是一家新开在小区门口的水果店，付小玉进去过几次，里面的水果都很高档，大都来自台湾和海南，还有一些东南亚国家。付小玉客气了几句，女人却大大咧咧地说："女人就要对自己好一点，都说这东西能丰胸，就顺手买了两个让姐姐尝尝。"说完故意朝付小玉的胸部看了一眼，语气夸张地惊叹道："咦！你似乎已经不需要了，本来就够大的了。"说这话的时候女人尽量瞪大了眼睛，使劲张开嘴巴，伸出长长的舌头，做出了一副很搞笑的神情。

这显然是个聪明的女人，知道女人的七寸在哪里，同时又拿捏得不着痕迹。付小玉的心情一下子轻松起来，麻利地去厨房切开了木瓜，又沏上了一壶玫瑰花茶。两个人真正的话题是由司向阳开始的，先说到了那天搬家，女

164

人说："你家大哥真是热心！几乎是帮我把家具重新安置了一遍。那些送家具的真是太不负责了，弄进门就算万事大吉了，要不是你家大哥到现在我也收拾不完，那天得把你家大哥累坏了吧？我一直想当面好好谢谢他。"

女人一口一个你家大哥地叫着，付小玉一开始还有些不太适应，但很快心里就感到受用了不少。这是她行走在人前的标签，她愿意让人认可这种标签。她不知道女人是怎么认定司向阳就是"你家大哥"的，是从司向阳嘴里说出来的？还是她一厢情愿的暗自猜测？答案是后者的可能性大一些，司向阳即使承认住在楼上也会说得很含糊，不会明确介绍自己有她这位"妻子"。不管怎么说，这都是一个拿得出手的身份，是可以大白于阳光之下的。

付小玉想沿着司向阳的方向说下去，眼前的女人不会知道她金玉其外败絮其中的生活，司向阳的高大帅气和人民警察的身份此时就是她外在的金玉，这是能够和眼前这个女人比肩的地方，至少也是她目前克服自卑的一剂药物。谁知女人仅仅是把司向阳当作了话题的由头，她问得最多的还是小区的物业管理以及周围的环境。初来乍到的女人是功利的，主动的拜访和那两个木瓜显然是在谋求看得见的价值。

此后的话题男人似乎成了两个女人之间的禁忌，女人止于"你家大哥"，付小玉也不能主动往下说，她不想让女人觉得自己是个浅薄的人，对于女人是否存在"杨过"就更不能往下探问了。付小玉有个预感，眼前的女人肯定是个有故事的人，她甚至担心女人跟自己一样也有着一份见不得光的生活，付小玉从心里不愿这样，如果真是这样那也不该楼上楼下住着。这种猜测让付小玉莫名其妙地紧张起来，仿佛眼前的女人已窥见到了她暗藏在生活里面的败絮。但她很快就又有些释然了，女人介绍自己是悦城大学的教师，悦城大学正是付小玉毕业的母校，在大学校园里这样的年轻教师她是知道的，她们读书读到一定的年龄拥有较高的学历，这是她们谋生的优势，但从某种程度上说也是婚姻中的劣势。由于有了这个身份，至此女人身上的很多疑惑就都有了一定程度的解读。可眼前的这个女人看起来却不像大学教师，至于哪里不像付小玉一时也说不清楚，也许仅仅就是自己的感觉不对。

送走女人，付小玉躺在沙发上查看一个叫若梦的新微信好友，女人的名字叫李若孟，微信号的名字却叫若梦。看来女人跟小龙女还真是有些渊源，最早演小龙女的演员叫李若彤，若彤和若孟仅仅是一字之别。李若孟肯定知道那个长相甜美的香港演员，那个版本的《神雕侠侣》也应该看过，只是不知道李若孟这个名字是否是受到了其中的启发。

"时光静流，与君语；细水流年，与君同。"这是若梦的个性签名，"君"为何人？这是付小玉的好奇所在，可若梦却似乎一直在跟她捉迷藏。排在第一位是昨天发在朋友圈的微信，是一组本小区的照片，一共有四幅，分别是楼前的小广场、人行道上婆娑的法国梧桐、小区进门处的喷泉以及欧式的小区大门。展现的都是小区的优尚之处，下面注明的文字却是另外一种风格：心若没有栖息的地方，到哪里都是流浪。这显然有些感伤的意味，也带有某种期盼。再往下更多的是女人的自拍，这些自拍有些是在悦城大学的校园里，有些是在城市街头，有时是独自一个人坐在树林深处，有时又是和几个女孩子一起在街上游荡。最有意思的是图片下面的文字，不但对图片有着很好的诠释，而且还有很浓的文艺味道。比如有一张她独自静坐的图片，下面写着：五月，风继续吹，不忍远离。还有几张和一个看起来是闺蜜的女孩子出没在街头的图片，下面写着：这么多年过去了，你依然是我愿意绕很远很远的路去接近的人。愿你启程的那个下午，是个晴朗有风的日子，愿你以喜欢的方式度过一生。在某些空白的日子里，还有一些独白的文字。有一天她这样写道：人的自由不是无拘无束，是经历足够多的场景。还有这样的文字：慢慢地我不再把那些负面情绪暴露于陌生人面前，一个人的时候看看书，做简单的运动，被偶尔惊艳的念头打动，并付诸行动。年少时喜欢把生活寄托给命运，现在我更相信时间和自己。

关于"君"的蛛丝马迹还是有的，付小玉猜想，所谓"君"应该还没有一个明确指向，更多的是一种内心的向往与期盼。在寻寻觅觅中充实丰满，在期期艾艾中等待闪现。所以不断有疑似的男人出现，同时也有大量关于疑似爱情的文字。最近的微信图片是一个虚化的男人背影，紧缀着一串脚印，然后下面的文字说：心不动则不痛。里面还充斥着很多截图，都是些片段式的文字，可能来自朋友圈内好友的经历，有些是鲜活的事例，有的还是很感人的。有一段话这样写道：我妈去年得了肿瘤，在测验属性那短短几天，我爸的头发全白了。结果出来的当天我们都吃了定心丸，我爸却默默去了卫生间，过了一会儿，我们都听到他抽泣的声音，这个声音持续了好久，大概流光了他这一辈子的眼泪。爸妈二十八年来的相濡以沫是我见证的最好爱情。最打动付小玉的还是这样一段文字，在这个日子下面没有照片，只有两个涕泗横流的图像，下面写道：今年过年回家，奶奶跟我说，上年纪了衣服穿得又厚，晚上睡觉脱衣服都不方便，以前都是俺和你爷爷互相拽棉裤，现在你爷爷走了，我自己可难受喽！

......

付小玉一路看下来，对楼下这个几乎与自己同龄的女子有了更深的了解。如果说刚才的交谈解开了若梦身上的很多疑惑，那么现在她已经能初步感知到了这个女子的内心。她们有心曲相通的地方，她的内心跟她一样都写满了渴望，渴望在这个世界上能得到真正的感情，得到相濡以沫的爱情，不同的是在历经沧桑之后若梦好像依然在相信爱情，而她却早已丢掉了这种幻想。爱情于她已是明日黄花，可眼前这些文字还是能让她怦然心动。她开始从心里佩服这个叫若梦的女子，把一份少女的怀春之心延续到接近三十岁，这真的不能不让人佩服。同时她也开始闭上眼睛梳理自己，她是从什么时候开始在爱情上走失的？是三年前？五年前？抑或是更早一些？在这个夏日的晚上她这样回望着自己，最初那个男人就又渐渐浮现出来。

三

最初的男人总是伴随着纯真的爱情，正因为纯真才有着不可磨灭的记忆，这就使得许多东西即使想忘掉也很难。比如那个男人的名字，付小玉早已不想在心里留存了，可却时不时会硬生生地蹦出来。

他的名字叫王文标，他们是高中同班同学，这个年龄的男女走在一起是不需要理由的。先是心有灵犀的默契，然后是相互试探的半推半就。催熟他们的是机缘。先是王文标考进了悦城大学，付小玉在复读了一年之后也进入了这所三流的高等学府，他们两个由不一般的同学关系变成了大学校园里的师兄师妹，在新的环境下他们的关系迅速发酵，很快就变成了一对形影不离的恋人。

当年他们的爱情是多么纯洁啊！整个高中时期他们甚至连手都没拉过，有的只是心照不宣的对视和羞涩，他们把那份感情深深藏在心里，仿佛表白就是酷暑中的阳光，会迅速蒸发掉那晶莹剔透的露珠。刚上高三的那年冬天，周末下起了大雪，通往付小玉家的公共汽车停运了，王文标用自行车驮着付小玉踏上了行程，四十多公里的路程，再加上雪天路滑，两个人在路上不知跌了多少跤，付小玉的膝盖都跌破了，王文标的手背被寒风吹出了一道道血口子，可两个人都没感到苦和累，相反心里却被一种从未有过的幸福塞得满满的。进入大学校园之后他们的恋情公开，王文标可以堂而皇之地走近她了，许多潜伏着的行为都有了明确的指向，真正的爱情由幕后走到了台前，付小玉感受到了更加浓烈的爱情滋味。有一段时间，她曾经认为自己的终身有靠了，这个几乎历经了她所有成长岁月的男人就是她这辈子要找的人。

变故发生在王文标刚刚毕业的那年，整个暑假季王文标都没找到工作，整天像一只飞在悦城尘埃里的苍蝇，专门叮咬那些散布在大街小巷上的牛皮癣。那时的网络远没有现在发达，牛皮癣提供的招聘信息才是王文标需要吮吸的养分，这些养分在王文标体内分解吸收消化，有的成为他投石问路的动力，有的则成为粪便拉了出来。粪便每天都要拉，而投石问路的动力却不是每天都有。更多的时候王文标就是在那间不足十五平方米的出租房里待着，抽两元一包的劣质香烟，等付小玉下课回来做爱。

夏天快要结束的时候似乎运气来了，一家大型上市公司的驻地代表相中了王文标，开出的底薪是一千五然后再加效益工资。这一剂鸡血打进体内，王文标立刻由一只病恹恹的苍蝇变成了辛勤的工蜂，把沉在箱子底的西装穿出来，每天一早就骑上那辆破单车像一阵风般卷进市内，晚上再碾压着昏暗的路灯光溜回来。一天下午，付小玉刚下课就接到了王文标的电话让她马上赶到龙潭酒店，付小玉以为王文标发了工资或是得到了什么外快要庆贺一下，过去这种情况也是有的。最近的一次是在王文标实习期间，他插空做了一个月的家教，挣到了五百块钱，当天晚上他们去皇家歌厅 K 了一晚上的歌。但这次却不是。

　　酒店的包房很大，客人却只有两个，一个是王文标，另一个王文标介绍是自己的顶头上司莫经理。莫经理长得很瘦，脸上的轮廓很分明，此时这些轮廓正聚合在一起现出很和善的模样。王文标把付小玉介绍得很含糊，说是自己悦城大学的师妹小付，既没有介绍全名更没有介绍是自己的女朋友。好在莫经理好像也不在意这些，一见面就把付小玉往紧挨着自己的座位上拉，付小玉很不习惯，脸腾地就红了，扭身看王文标。王文标的眼睛却已经挪到了墙上，正在盯着那幅叫《泉》的西式墙画。画的主体是一个全裸的妙龄少女，这也是它能进入大大小小饮食场所的主要原因，在这样的场所几乎没人把这幅画和恬静、纯洁、生命的起源……这些要素联系在一起，他们都是在以合理的借口意淫，以所谓艺术的名义来放纵自己的情色欲念。这样晚宴的格局就变得有些奇怪了，付小玉似乎成了莫经理重点关照的客户，而与之有亲密关系的王文标则成了一个尴尬的局外人，除了偶尔讪笑一下之外没有任何作用，更离谱的是菜刚上来不一会儿王文标居然借故离开了，而且离开得极为仓惶，出门的时候脚步踉跄，几近跌倒，好像后面有无数条恶狼在追赶。

　　"王文标……"付小玉的声音追着王文标，硬硬地砸在刚刚被用力带上的门板后面，想要起身但被莫经理一下揽进了怀中，付小玉挣扎着要喊叫，嘴巴却猛地被另一张嘴巴堵上了，一股腐臭的味道直冲肺腑，付小玉紧紧闭拢双唇，身子本能地挣脱着，回流的气息在血脉之间狼奔豕突，最终通过身体上端奔涌而出，她双手一奋力，那位芦柴棒般的莫经理如一根绷断的弓弦一下就张开来，毫无节制地往后倾倒，最后如一摊烂泥般击打在对面墙壁上，瞬间停顿之后再逶迤着跌落下来，付小玉这才乘机而逃。

　　当晚付小玉要搬回学生公寓。王文标对着她哭诉："你以为我想这样……我是迫不得已呀！……若不是为了这学期的学费我怎么能把自己最爱的人留给那个王八蛋……""迫不得已""这学期的学费""最爱的人"这些词串在一起就构成了王文标这样做的理由。莫经理在深圳已有家室，现孤身一人在悦城打拼，初来乍到的莫经理此时还算不上大老板，并没多少女人来投怀送抱，因此他的生活不像人们想象得那样热闹，床上床下都需要女人。几次暗示之后王文标自然明白了老板的意图，他一开始想糊弄过去，随便找了几个女同学去应景，怎奈莫经理都没看上，反而对王文标有了看法，时不时的用还没有到手的泥饭碗敲打王文标，说王文标态度不端正工作不积极，如果继续这样表现公司会重新考虑对他的聘任。饭碗即使是泥巴做的那也比没有强，王文标当然不会眼睁睁地看着刚有些影子的饭碗被打碎，万般无奈之下才想到让付小玉以身饲虎。

看着涕泪交加的王文标付小玉心软了，她亲历了王文标这段时间的艰难，心里多少有了一些同情。不难为到一定程度哪个男人愿意给自己的女朋友拉皮条？更何况他还是为了自己的学费。那一年付小玉准备上大四，但最后一学年的学费还没着落。付小玉的父亲死得早，性格刚强的母亲拉扯着她和两个哥哥长大，去年刚刚转业到地方的大哥又不幸遭遇了车祸，付小玉实在不能再开口向家里要钱了。母亲现在整天以泪洗面，大哥没了，二哥又娶了个河东狮吼，家里几乎没有什么收入。最重要的是她看不到自己的未来，即使张口也没有底气，为这张毕业证交出去的钱也许就只是在水里打个漂亮的水漂。

真正下决心离开王文标是半个月之后。这次王文标做了充分准备，先给付小玉洗脑，动员付小玉去陪莫经理吃饭，王文标是理直气壮的，其气壮的原因就是莫经理答应先预付三个月的工资让付小玉交学费，这也成为付小玉硬着头皮去酒店的唯一动力。学费不交就领不到毕业证，像王文标领到了毕业证工作还如此难找，领不到毕业证的境遇就可想而知了。甭管怎么说毕业证还是一定要拿到手的，不然之前的三年就真的打了水漂。就按王文标说的去应付一下吧。酒店也是公共场所，万一他再像上次那样还是可以报警的。

这次那位莫经理表现得更加不堪，早有思想准备的付小玉很快就脱身了，让她大感意外的是刚从房间退出的王文标并没像上次一样逃离，而是静静地守候在门口，这让她有些感动，心想自己总算没看错人，这个王文标还是有些人味的。听着在里面受挫的莫经理就要追出来，付小玉顾不得多想拽起王文标就要往酒店外跑，王文标先是不由自主地跟随着，跑了几

170

步却停住了。付小玉诧异地回身，王文标满脸通红，似乎刚才受辱的不是付小玉而是他，半天憋出来一句话："你就不能屈从一下吗？"这话让付小玉从头凉到了脚。感到站在自己面前相恋了五年的这个男人顿时变得陌生起来，原来自己在他眼中早已不值钱了，变成了一个他可以随意支配的工具。更为可恨的是他从一开始就是要让付小玉充当这样的肉弹，尽管他没有说出来，但这比直接说出来更为可怕，在这种他自以为是的默契中，把付小玉想象得跟他王文标一样龌龊。关键还有他用付小玉谋求的价值太低了，只有区区的几千块钱和一份不稳定的工作，付小玉怎么也想象不到自己在王文标眼中只值这么几文大钱。

决绝地离开王文标，那位莫经理却像鬼一样缠了上来，莫经理不是当地人，行事自然就少了许多顾忌。此时他也多少感到了付小玉的性格，不再霸王硬上弓，而是选择一条更含蓄和文艺的路线，给付小玉制造了很多的意外，鲜花和蛋糕这些在恋爱中本来寻常出现的东西，却被付小玉不屑的男人第一次呈现在面前。渐渐地，她对那个男人的死缠烂打不再反感，隐没在后面的那个单薄的身体也不再面目可憎。收到财务处的学费缴纳单据之后付小玉心里几乎没有了压力，王文标处心积虑地想用她的身体换来的东西就这样到手了，在这个过程中她没有做出任何让步。作为商人的莫经理和作为恋人的王文标自然在她心中就分出了高下，既然已变成了交易为什么还要多一个环节？付小玉不是学贸易的，但简化流通流程使利益最大化的常识她还是明白的。冬天就要来了，莫经理带付小玉去悦城最有名气的万德楼吃火锅，当天晚上付小玉终于变成了莫经理床上的女人。

刚开始的时候对于王文标她还有种心痛的感觉，她常常想，假如王文标不这样她会不会永远跟定他？有了这种种经历之后她已不知道答案，她真切感受到了爱情的不堪一击，这让她一度很是茫然，甚至不断地厌弃自己。这些残存的念头使她对王文标还有一份顾恋，或者说是歉疚，她让莫经理不要开除王文标，而且还给他加了薪。没想到的是王文标比她想象的还要不堪，在利益面前，王文标立刻把尾巴摇了起来。有次在公司大厅他们相遇，她看到的是讨好和巴结的眼神儿，她的内心对这张无比熟悉的脸庞突然厌恶起来，他怎么会这样？他本来是应该仇恨，甚至于鄙视她的。后来这个眼神儿在她脑海中无数次浮现，仍然有心痛的感觉，但这种心痛不再是为王文标，而是为那个曾经傻傻的自己。在埋葬爱情的同时，她也彻底把自己放下了，从此她混迹于莫经理的公司不再有所顾忌，王文标也已变成了一个与她彻底无干的人。

在感情生活中让女人放弃幻想简直比登天还难。尽管一开始同居莫经理就暗示她不可能正式登堂入室，可付小玉并没对这种暗示太在意，她坚持认为人是感情动物，时间一长说不定莫经理会转变想法，更何况自己显然比那位原配更有优势。但她的这种单纯怎能抵得过一个商人的精明？应该说莫经理对她很好，让她在公司里兼一个可有可无的职位，不用上班就拿不错的薪水，每到周末还带她出去吃喝游玩，不到一年的时间他们几乎吃遍了悦城所有特色的馆子。有一段时间她似乎对这种生活很享受，可静下心来又觉得眼前的生活太不真实，太过虚幻。她开始向往那种真正的夫唱妇随般的生活，每天都是一些平平常常的日子，在平淡中咂摸生活的滋味，体味生活的真谛。而莫经理对她的这种状态却缺乏浓浓的烟火气息，他们看起来更像是一种玩伴关系。

莫经理显然不仅仅把付小玉当成玩伴。第二年付小玉大学毕业，莫经理正式任命付小玉为公司办公室副主任，这时莫经理的公司已颇具规模，总公司准备在悦城设立生产分厂。厂址很快就选定了，但土地批文却迟迟下不来，有一个来头很大的部门也相中了那个地段。莫经理多次找东兴区有关部门的领导都没协调成功，最后是东兴区区长司中术亲自出面才把事情摆平。司中术当时看重的是莫经理背后的大公司背景，如果能引进这样的公司对当地的经济无疑是个很大的推动。当即找到了那个来头很大的部门领导，用区内更好的地段换下了那块地，这层障碍没有了，他又指示土地部门特事特办。在司中术的关照下，莫经理没用一个星期就拿到了土地使用手续。

工厂投产之前莫经理组织了一次范围很小的考察，主要邀请司中术访问位于深圳的公司总部，这显然是一次感谢之旅，陪同人员只有莫经理和付小玉。司中术也只带了自己的秘书。他们从悦城出发，先搭乘飞机到达重庆，然后在朝天门登船顺流东去直抵武汉，在武汉做短暂停留之后再弃舟登岸前往杭州、苏州……每到一座城市都由总公司设在当地的办事处负责接待，整个行程安排得周到而细致，吃喝玩乐自不待言。付小玉第一次与司中术这样的大领导同行，起初心里极不适应，更不适应莫经理对她的冷淡。从一踏上行程他们就分房而宿，向司中术介绍的时候用了很正式的副主任，还有意识地创造付小玉与司中术单独在一起的机会。付小玉渐渐有了某种感觉，莫经理把话讲清楚是在苏州的那个晚上，那天晚宴散得早一些，莫经理把付小玉约在酒店茶座，开宗明义地提出给她多少钱才能跟司中术上床。付小玉当时就蒙了，没想到认识了这么久的莫经理已无耻到这种程度，连最起码的遮羞布也不要。付小玉当即呼地一下站起来，用眼前的一杯茶水回应了他。

可她最终还是和司中术上了床。过了两天，他们来到上海，司中术的大学同学在市政府任副秘书长，在黄浦江畔那家五星级酒店，司中术和同学喝了很多酒，也说了很多话，除了怀旧他们聊得最多的就是各自的凌云壮志。付小玉第一次看到了司中术的另外一面，原来他不像平时看起来那样高不可攀，最重要的是通过谈话她多少了解了他的过去。他跟她一样都出身于农村，是靠着一步步的个人打拼才走上了现在这个位置。这对她触动很大，她不是每天都在想着改变自己吗？也许眼前就是个机会。当然她还看到了司中术的"大"与莫经理的"小"，这天晚上的一个细节深深印进了她的脑海。司中术吃螃蟹的时候，一滴醋汁儿溅到了嘴角，大家都没注意到那个微黄的小色斑，莫经理却注意到了，似乎连想也没想就拿起手边的纸巾给司中术擦掉了。这个动作让大家都呆住了，刚才还热闹的场面顿了一下。那位副秘书长毕竟是经历过大场面的，接着就用一个新的话题回避了这不应该有的尴尬。

这天晚上司中术看起来确实喝得有些多了，走出包间的时候脚步跄跄了一下，付小玉和秘书把他送回房间，一进门他就横卧在沙发上呼呼睡去。付小玉无措地回身发现秘书已经悄然离去。她也想离开却鬼使神差地靠近了沙发，她想叫醒他，理由当然是充分的。比如让他睡到床上，还有要提醒他酒后多喝水。她蹲下来柔声喊着司区长，用手轻轻摇晃着，他看起来睡得很沉，这有些匪夷所思，刚刚进门的时候他明明是醒着的，这么一会儿的工夫怎么就进入了梦乡？现在她离他是如此之近。她可以清晰地看到他眼角的鱼尾纹以及眉梢上淡淡的疤痕，疤痕一定是小时候顽皮留下的。她刚刚听他说过，他出生在一个偏僻的小山村，这样的所在对一个好动的少年来说跌撞自然难免。他的嘴唇肥厚而宽阔，早已没有了原来的光泽，呈现出来的是一种昏暗的绛紫色，这是一个让人安全的色调，这个色调此时对她产生了一种撩人的魔力，她竟然有种想把自己贴向对方的冲动。她俯下身，离他更近了。她感到了他身上释放出来的热辣辣的气息，她把手抚向他的脸颊，粗粝的胡碴在指尖荡漾，冲击着她震颤的心房。她正陶醉其间他却猛然睁开了眼睛，她吓了一跳，还没等反应过来就被他骤然压在了身下。

从此她成了他的女人，而他却不仅仅是她的男人。莫经理单独给她租了一间公寓房，再也没踏进她的门槛半步，莫经理一直就是一个懂规矩的商人。现在既然成功地把付小玉送了出去，他因出售这个特殊的商品获得了巨大利润，这个利润以及未来潜在的好处足以抵消他对她身体的欲望，所以他没有任何理由再消费她的身体了。

这么多年来，她一直在想那个晚上是不是司中术做好的一个局？不然他怎么会醒睡自如？起初她还想找他印证一下，后来就放弃了这种想法，因为她知道她不会得到明确的答案，司中术是个她永远也看不透的男人，在他面前她一直感到自己的弱小。他们的关系从一开始就是建立在不平等条约之上的，唯一相匹配的就是他的位高权重与她的貌美如花，她本来是可以利用这个对等关系做些文章的，可由于她起初的单纯丧失掉了大好时机，当她再重新建立这个意识的时候，那唯一的对等也变得有些倾斜了，司中术的职位越来越高，而她的年轻美貌是朝相反方向走的，在时光摧蚀之下连维持住原来的鲜亮都很不可能。

现在司中术已经是悦城最有权势的副市长了，分管城建环保这些重要板块。这与他的小心谨慎是分不开的，他在仕途上有更大的欲望，于是女人就变得不是非有不可了。付小玉明确感到了这一点，所以她给自己有个定位，自己在司中术眼中就是一块鸡肋，有时比鸡肋的价值更大一些。司中术每月过来几次，每次来都像做贼一样，进门不是忙着跟她上床，而是先说一些在她看来不着边际的话语，这些话语都与他身边的人和事有关，他自顾自地说，她眼神儿茫然地听着。他当然知道她对这些话题不感兴趣，可他还是要说出来，他需要的也许仅仅是一个听众。有时他会喝一点红酒，喝酒的时候他喜欢把自己的衣服都扒光，端着高脚杯在屋子里晃来晃去，晃得差不多了就搂着她上床。在床上的时候就会更放肆一些，翻来复起地拾掇她，说着很粗俗的话语，还用很下流的脏话骂人。

她清楚地知道他这是在发泄，把她当成了承载他污秽和阴暗的河道，她对此无论如何都不会感到荣幸，即使他贵为副市长。有时电视偶尔调到当地频道，看到他在主席台上正襟危坐的样子就赶紧调开，她很不适应他在人前的这种风景，这时常让她对"人"这个大词感到绝望，一个人怎么会把自己的两面性表现得这么淋漓尽致？

她认定他们之间是不存在爱情的，连疑似都没有。这让她常常反思她这样是为了什么？她每天都想着逃脱却一直没付诸行动。究其原因主要在于自己的懒惰，缺乏改变现状的动力。重新遭遇爱情应该是最好的动力，可在经历了王文标、莫经理、司中术之后，她还能再奢望爱情吗？她知道他永远不会为了她离婚，而她最终还是要改变的，年龄和未来都是不容回避的话题。三年前他为她买下了这套房子，两年前又把她安排进了东兴区文化局下属的文物所，全额事业单位，这是一份闲得不能再闲的部门，半年不上班也没人过问，工资却一点都不少。这是她对他所有付出的收益，也是这么多年来他对她百依百顺的回报。从另一个角度说，房子、工作这两样东西也增加了她开始新生活的筹码，她原本就是一只伤了翅膀的鸽子，是他帮她修复好了，现在她终于可以重新起飞了。

但这只是她一厢情愿的个人盘算，就在她下定了决心离开他的时候却发现自己怀孕了。这对她来说是个喜忧参半的消息，她知道他一直没有孩子，这是他最为伤怀的地方，经常在酒后哭喊"不孝有三无后为大"。这个未来的小生命也许会成为她晋身的台阶，可如果他已认命这就成了她的累赘。她心怀忐忑地把这个消息告诉他，万没想到过了两天他就把司向阳带了过来。他提出的方案一开始令她不能接受，他让她先跟司向阳结婚，待

175

孩子出生后他们再离婚。他说这样是为孩子的未来着想，找个同样姓司的人假结婚便于孩子上户口，还便于她隐藏自己。他总是这样，以所谓对她好的方式来谋求自己的好处，明眼人一看就明白，这是一个对他有百益而无一害的方案，可对她就欠缺公平了。随后他又说待孩子大一些他会处理好自己的生活的，他也渴望原汁原味的一家人生活在一起。她知道他这是想给她希望，可这希望是如此缥缈，她虽然没见过他的原配，但她却能感觉到那股强大的力量，假如好处理他不会这么多年都沉浸在这份没有子嗣的婚姻中，还有将来他的职位会更高，顾忌也会越来越多，而她还有青春跟他这么耗下去吗？倒是他后来的这句话更能让她踏实一些，他说："即使我不能处理好，也会给你一定的补偿。"

　　最终她还是接受了这个方案，承诺的补偿是一个方面，更重要的是她也想要一个孩子了。她在这世上太孤独，她需要从身体里分离出一个亲人来温暖自己。于是她只和司向阳见过一面就去了民政局，当那两个大红本本发到他们手中的时候，她不自觉地朝他看了一眼，她发现他的表情极不自然，看起来有些激动抑或是胆怯，她的心情也被一种莫名的情绪支配着，她想生活该是多么神奇啊！转瞬之间她已成了已婚人士，成了这个高大帅气男人的妻子。

四

　　但假的毕竟是假的，他们的合影虽然被钢印牢牢钉在一纸法律公文上，可司向阳仍然是付小玉同一屋檐下的陌生人，她对他的一切一无所知，警察身份是初次见面时那身警服透露出来的。这两个多月的时间里，司向阳过来了大概有十多次，每次付小玉都想从他身上探究些什么，她对他充满好奇，也许不仅仅是好奇，她总摆脱不掉对他的渴望，对一个真正属于自己的男人的渴望，机缘巧合他成了她的目标，她努力了一下，现在失败了，她并没有太过灰心，只是彻底死了心。在这件事情上她总算没留下什么遗憾，她知道对于此时的她而言，像司向阳这样的目标也许是千年一遇，所以她一定要抓住机会试一下。接下来的一段时间她心里很是忐忑，不是担心事情会败露，凭感觉她相信司向阳不是那种浅薄的男人，不会随便依此作为炫耀自己的资本。她担心从此之后司向阳连这样的陌生人都不会做了，会跟她就此永远别过。这是她不想要的，尽管再见面时他们会有些尴尬，她还是希望他能再来，她希望他不仅仅是躺在那个大红本本上，她要他真实地出现在她的生活中，她的生活已经千疮百孔，她需要他这道虚假的彩虹来伪装一下。

她很快就放下心来，一个星期后司向阳又出现了，还是那个时间节点过来，随手带来了两包绿茶。这有些奇怪，过去他带来的东西都很有针对性，起码是适合于她的，难道他不知道孕妇是不宜喝茶的？他发现了她诧异的目光，随口解释道："是朋友刚拿来的，放在车上好几天了，说是今年的新茶，你不喝也可以送人。"这个小插曲缓解了上次的尴尬，他们很快就都平复下来，她躲在书房继续看她的美剧，而他则和以往一样在电视机前耗时间。看起来他们跟以往一样，可每个人的心里都有了微妙的变化。他知道了她的心思，目光更加冷漠，行为仓促而潦草，仿佛是在赴一场来了就想走的宴会。而她已埋葬了关于他的一些念头，不想再像以往那样在他面前刷存在感所以看起来安静了很多。

这次司向阳待的时间比过去短了一些，付小玉刚刚看完一集美剧，下一集还没有开始就听到了他出门的声音。她本来想置之不理，最终还是没有忍住，追着他消失的声音站起来，她走上后面阳台，那辆橘红色的奥迪越野恰巧开了过来，跟刚刚走出单元门的司向阳碰个正着。他们就又这样相遇了，看得出来他们对这次意外相逢都有很高的热情，李若孟热切地向他伸出了手，他迅速握住还使劲摇晃了一下。他们都表现得和平时不一样，至少不是她想象的样子。他们站在楼下的空地上聊了起来。西去的阳光把一大片绿荫罩在他身上，对面的她却处于半明半暗之间，他主动往后退了几步，她会意地接纳了，把身子往前移了一下。现在他们置于同一片绿荫下，今天他仍然穿着上次那件 T 恤，浅蓝色 T 恤和白色连衣裙搭配在一起，就像是一道夏日消暑佳品，透着微凉的香甜。她应该是在完成曾经的愿望，为那天他帮她规整家具当面向他表示感谢。他客气着随口又聊了几句什么，然后就奔向她来的方向，走得很是匆忙像是有人追赶的样子。一开始付小玉以为他们结束了，后

177

来又觉得不像，他是不会这样潦草地向她告别的。他应该是去车里拿东西，他的车子一般是停在车位上。果然他很快就回来了，手里提着两袋绿茶，应该跟刚才的一模一样。李若孟顺手接过来，继续客气着，他却显得比刚才更加仓皇了，一边回应着一边拧着身子告别，临转身还不自然地向她招了招手。

付小玉在楼上看着这对男女这样分手，像吞下去一只苍蝇一样心里感到很不舒服。他们只见过两次面他怎么会送她茶叶？她本来是欠他情分怎么会接受他的礼物？他们萍水相逢他却有这样的热情，这无论如何都是对她付小玉的一种蔑视。还有李若孟，一个随便接受男人礼物的女人再怎么着也是危险的，真是一个骚货！她在心里这样骂着李若孟又觉得自己有些太无聊，因为司向阳根本就是个与她无干的男人。

到了晚上若梦的微信出来了，两张关于绿茶的图片次第出现：一张好像开水刚刚倒进透亮的玻璃杯子内，尖细的茶叶在开水中攒动着往上奔涌。另外一张微微张开的叶片在断断续续降落，碧绿的茶水已经透过干净的杯壁显现出来。下面写着：绿茶，浓淡相宜；人心，远近相安。这个说明显然是有深意的，也传递着若梦的某种情绪，好像有意外欣喜，更多的却是一种宠辱不惊的淡泊。联想到下午她对司向阳的热络，付小玉对这种情绪从内心产生了怀疑，于是她故意发微信问：真是养眼！这么好的绿茶谁送的？顿了一下若梦回答：一个只见过两次面的朋友。这个回答有些出乎付小玉的意料，既是诚实的但又透着某些狡猾，她应该是真的和司向阳见过两次面，可她没有直接说"你家大哥"，这说明她对他们的"婚姻"有了某种阴暗猜测，或者是内心有了巧取豪夺的想法。

她接着问：男人？女人？

这次的回答很干脆：男人。

她继续往下试探：一定很优秀吧？

若梦回答：一个看着让人舒服的男人！

她不想再试探下去了，再问下去就有拉皮条的嫌疑了。她知道到了这个程度李若孟最终也不会承认茶叶是"你家大哥"送的，她想让那两袋绿茶的来源成为外人不得触碰的秘密。付小玉的心中愤愤不平起来，恨不得现在就

178

要戳穿她，这个行为有些无聊但却是女人与生俱来的，她不允许司向阳与李若孟在她眼皮子底下有这种勾当。李若孟明知道她是司向阳的妻子，还隐瞒司向阳的献媚这是她所不能忍受的。什么浓淡相宜，什么远近相安，都是些骗人的鬼话！说不定李若孟对司向阳这个有妇之夫已动了心思，这是在视她这个司向阳的合法妻子如无物，是对她明目张胆地挑衅。

过了两天李若孟又来造访，这次带的是几个越南产的火龙果，同样是纤果日记的袋子。这次的话题是狗，李若孟说了很多养狗的好处，核心还是那个老生常谈的话题：狗是人类最为忠诚的朋友。看得出来李若孟是想影响付小玉，让付小玉也加入爱狗人士的行列。付小玉却明显对这个话题不感兴趣，李若孟表现得很执着，给她介绍了很多有关狗的电影，并给她写下了网址，建议她有时间上网看一下，并断言她"准会感动得热泪盈眶，从此不再害怕狗"！

由于付小玉缺乏热情这次她们聊得很短，李若孟起身告辞，付小玉没多加挽留，看着李若孟走到门口才像突然想起什么来似的说："哦！对了！看到你喜欢绿茶，我老公的一个朋友就卖这个，我们家有太多的茶叶，你带着两包吧。"说着就从客厅边上的厨柜里把那两袋绿茶拿了出来，硬塞到李若孟的怀里，李若孟看了看怀里的那两袋茶叶，刚想推脱却看到了熟悉的商标，接着就愣住了。付小玉明显注意到李若孟情绪的变化，心里有了某种解气的感觉。李若孟又看了付小玉一眼，眼神儿里有了更多的不自然，然后才讪讪地说："我有茶叶，这个你留着喝吧。"付小玉又往她怀里推了推，说："我现在是不能喝茶的，你将来怀孕了也不能喝，放在我这里就浪费了。"

这天晚上付小玉的心情好了起来，上网看了《忠犬八公的故事》，这是李若孟推荐的电影之一。李若孟所言不差，影片拍得确实很感人，一只叫八公的狗在主人去世后，仍然每天在那个车站门口等待那个再也不会回来的人，数十年如一日，直到自己死去。教授夫人在教授死后再一次在车站见到八公的时候，沧桑、悲伤、回忆、愧疚、惊讶，各种感情无比复杂地交织在了一起。八公所做的，是她内心也想做的。可是在现实里，作为一个需要生活的人，她不能，也做不到。她还不如八公，她愧疚。八公能做到她做不到，她羡慕。八公就像她内心的一个缩影，是她无法抑制的悲伤。最后走向死亡的八公让人更加心疼，它完全变成了一条无家可归的流浪狗，毛发稀疏，瘦骨嶙峋，身体孱弱，飘忽不定的眼神，但却能感受到它内心毫无动摇的坚定。

在看电影的过程中付小玉确实被"感动得热泪盈眶"，为了八公的那份坚守，为了人狗之间那份浓浓的感情。相比而言，我们人类就看似太聪明了，可这种聪明又有什么用？用这种聪明换来的物质让人类生活得更加污浊。我们失去了天性中的美好，内心变得骨瘦如柴，我们的人生还有什么意义？从这个意义上说，这世上某些人活得都不如一条狗！可是她并不会"从此不再怕狗"。八岁那年留下的阴影太过深刻，她本来是去邻居家喊同学一起上学的，可却看到了那只粉色发卡，那是邻居家那个和她同龄的小女孩的，是小女孩在城里工作的姑姑给她买的，小女孩已经戴了有一个星期，每天在她面前晃来晃去，招来很多人的目光。邻居家当时大门敞开着，屋子里却一个人都没有，她的目光被这只发卡粘了过去，她犹豫了一会儿，终于还是没能管住自己，伸手把发卡塞进了自己的书包里，她想也许她不能戴出去，可至少她的同学也不能再用它来招摇了。当时她有些害怕，惶惶地往外奔走，一条大黄狗突然蹿了出来，从后面袭击了她……

更何况她也觉得自己没有养狗的条件和心态，有钱和有闲应该是最基本的基础，这两样东西她看起来都有实际上却都很贫乏。钱就不说了，单就"闲"对她就不适合，她有大把的时间却没有任何闲情逸致。她一直在自己的人生中挣扎，从来就没有放松过，她咬定了那些看起来是对的目标，不惜涉过污浊的河流，不惜蹚过阴暗的洞穴，致使她的心灵没有了明亮，失去了空间。她知道也许她最终就是一片飘落深谷的落叶，命运对她不会发出任何回声，可她觉得自己已经踏上了这条不归路，已经没得选了，即使错也要走下去。只是在这个晚上她似乎不再仇视那条叫木木的狗，在心里也与那个叫李若孟的女人达成了某种谅解，她更加羡慕这个拿狗当亲人的女人。在微信上她找到了很多她发出的关于木木的信息："那年秋天我们相遇。"图片是她和木木抱在一起，时间是两年前，这应该是她和木木结合的开始，后面更多的是她和木木相亲相欢的场景，从生活的点滴入手，她很快就熟悉了木木的一切，包括木木的发情期。这是一个母亲才有的情怀！付小玉从心里感慨道，她也即将成为一个母亲，她现在整天想得最多的就是怎样做一个好母亲，这不仅仅是出于天性，最主要的是母亲的形象也许能帮她扭转生活的轨迹。

接下来的一段时间付小玉和楼下的女人及狗基本上相安无事，李若孟不用坐班，一般上完课就可以回家，在家的大部分时间都是和狗待在一起，每天一早一晚是她固定的遛狗时间。掌握了这个规律付小玉就有意识地错开，这就避免了与木木照面。本来以为生活经过这微小的波澜之后会照常下去，可有一天付小玉突然发现木木失踪了。

先是看到了女人的微信，微信是一条寻狗启事，文字却是这样写的：

寻找家人木木，年龄四五岁，花脸金毛，身长一米左右，高三十五厘米，活泼好动，善解人意。于六月二十五日傍晚在悦河公园走失。家人万分着急!! 有发现者请致电，一定重金感谢!

同时附了两张木木的彩色图片，图片下面是电话号码。随后这张启示就贴遍了小区的角角落落。以后的几天李若孟似乎都在为寻找木木奔波，有很多是在路上的图片，都是烈日下的路口和村舍，有时还带有一点文字：木木，你在哪里？假期来了，我却在为寻找你奔命。然后附着几个泪流满面的头像。……看得出来女人找得非常辛苦。付小玉看着有些心酸，正犹豫着要不要去楼下安慰一下，女人却上来找她了。

女人一改往日的优雅，穿着简单的短裤体恤，面带一脸的忧戚之色。付小玉没想到木木的丢失会带给她这么大的打击，想劝慰几句，可还没等开口女人就先独自诉说起来。那天晚上她照例出去遛狗，走到公园的木栈道附近，木木看到了一条和它身形很相似的公狗，径直就追了过去，她一看木木跑远了，就在后面喊叫着追赶，一直追到马路上，眼看着木木和那条公狗混入车流之中，然后就消失得无影无踪了。"木木不会遭遇车祸吧？"李若孟执着地问付小玉，一连问了好几遍。付小玉不知道怎么回答，最后才含糊地说："应该不会吧，木木这么机灵!"

这话让李若孟似乎找到了知音，脸上有了活泛的颜色，有些兴奋地说："木木是很机灵，平时比闹钟都准时，我有课的时候告诉木木时间，木木准会按时把我叫醒。平时我一回家就知道把拖鞋给我叼过来，看着阳台上脏了还知道给我拿拖把，有时我懒了，不愿收拾屋子它会用嘴巴把东西规整规整。我们在一起的日子很快乐，这两年我们相互依靠，我相信木木对我也很依赖，总感到如果不是遭遇了意外它是不会就这样抛弃我的，木木应该是知道家的。所以这两天我睡不好还总做噩梦，木木总是血淋淋地出现在梦中。"

　　说到后来李若孟的眼神儿逐渐暗淡下去，付小玉从心里感到了她对木木的牵挂，由于之前有了某些了解，此时她觉得李若孟的感情很真挚。李若孟继续说："知道我和木木是怎么结缘的吗？那年秋天，我的人生遭到了最致命一击，我的生活仿佛一下子被一块巨大而厚重的幕布遮蔽了，看不到一丁点儿亮光，我整天蛰伏在那间曾经温暖的出租屋里，感到了彻头彻尾的寒冷，终于在一个傍晚我走了出来，来到了附近的水库想就此了结这段尘缘，这时我突然看到了木木，它就蹲在我旁边的草丛里，当时的木木浑身脏兮兮的，看起来就是一条流浪狗，引起我注意的是那双黑黑的眼珠儿，正哀哀地看着我，眼神儿里满是跟我一样的悲伤，还有无限的痛惜。看到它这个样子我突然泪流满面，蹲下来和它抱在了一起。我突然意识到在这世间还有比我更孤独更卑微的生命，它们比我更没有理由活下去但却在坚忍地活着。从此我放弃了那个决绝的念头，和木木相依为命开始了新的生活。我们生活在一起，心灵很快就产生了相濡以沫的默契，我在它的温暖下渐渐走出了阴影并顺利拿到了博士学位，后来看到悦城大学的招聘广告，我报了名居然一切顺利，所以我很快就带着木木来到了这座陌生的城市。原本以为以后的生活有它陪伴会安安顺顺，谁知现在木木又失踪了……"

　　女人说不下去了，明亮的大眼睛里蓄满了泪水。付小玉是真的想帮眼前这个有些让人怜惜的女人，安慰说："不要难过！狗是最能记路的。说不定哪天木木就自己回来了。"

　　女人擦了一下泪水说："有时我也这么想，木木不会为了一条萍水相逢的公狗就狠心离开我。我现在最担心的是木木被人控制了，或者像刚才说的遭遇了不测。所以才想请你家大哥帮忙，他毕竟是警察，渠道比我们这种小老百姓多一些，更何况我对这座城市根本就不熟。"

　　付小玉本来是应该想到的，李若孟是来找"你家大哥"帮忙的，有困难找警察这是从儿时就建立起来的意识。知道李若孟这个意图之后她有些两难了，女人眼前这种情况确实让人同情，可她不能保证司向阳会买她的账。她犹豫了一下，还是给司向阳打了电话，电话很快就通了，司向阳留下这个号码本来就是应急的，司向阳不仅是她名义上的丈夫，在司中术的授意下他还担负着照顾孕妇的责任，因此每次过来才针对性地带些东西。司向阳显然知道她是谁，上来就说：请讲。这有点太不像夫妻了，付小玉觉得有必要提醒他一下，就说："楼下的李教授正在家里，她的狗走失了，你能不能帮着找找。"这么一说司向阳果然热情了许多，说："好，你让李教授把狗的情况发给我，我让他们打听一下。"

挂了电话李若孟看起来放松了一些，有些嗔怪地对付小玉说："姐姐直接叫名字就行了，对着你家大哥还称什么教授，况且我现在还不是教授。"

此后的几天付小玉更加关注若梦的微信，每天发出的还是寻找木木的信息，只是跟过去相比有了更多的目的性，去了几个狗贩子比较集中的城中村，还在几个重要路段蹲守，并不时循着有人提供的信息去追索。很显然，司向阳应该是在帮她，不然她的寻找是不会这么有针对性的，只是一直没有木木的具体下落。但收效还是有的，在走了几个正在拆迁的村落之后李若孟发现了很多流浪狗，这些无家可归的狗引起了她的巨大关注，她在微信上呼吁有关方面要关注这些可怜的生命，还去了民政公安等部门咨询，之后发了一张痛哭流涕的图像，并感慨道：人都管不好还来管狗？这个回答多么决绝，以这样的冷酷怎能管好人？有这样的心态够不够人的素质？对这些部门失望之后她开始转向寻求民间力量，并配发了多张流浪狗生存状况的图片，有几个图片中的狗都不同程度地受到了伤害，下面写了这样一段文字：尊重生命应该是一个人的底线，恳请各位朋友伸出援助之手给这些可怜的生命提供庇护吧，它们和我们一样都有血有肉，都在用生命感知着这个世界，不要让它们觉得我们这个世界是如此冰冷！

有天下午，付小玉突然听到楼下有了狗的动静，一开始以为木木回来了，心里不禁为李若孟高兴，后来又觉得不对，回家的木木是不可能这么狂躁的，认真听下去好像还不只是一条狗，应该是有好几条在一起撕咬狂吠。难道李若孟身体力行了，把流浪狗先弄进了自己的家？这个疑问很快就得到了证实，到了晚上微信就又出来了，是三条狗的图片，两条黑色的，一条黄色的，看起来都是一般的土狗，档次好像比木木还要低一些（付小玉到现在也不知道木木是什么品种），下面照常有文字说明：木木只有一个，但像木木这样的生命却有千千万，不仅仅是为了木木，也不仅仅是为了安慰自己……所有的付出都应该是值得的。

看那样子尽管木木一直没有下落，但收养流浪狗却让李若孟安静了下来，之后不断有无家可归的狗走进那所房子，弄出的动静也越来越大，不仅如此，由于是夏天，狗身上散发出来的气息更容易传播，一走近单元门附近就能闻到一股腥臭酸腐的气味。周围的邻居也渐渐有了意见。有次付小玉碰到了楼上的邻居，那位邻居对李若孟的这种行为很生气，义愤填膺地要联合付小玉一起去物业投诉。付小玉只好好言规劝，并解释说这种现象只是暂时的，李若孟正在积极联系，为流浪狗寻找另外的归宿。

话虽这么说，付小玉感到的困扰却比任何人都大，随着自己肚子的日渐隆起，行动越来越不便，每次上楼听到里面狗狗们的嘶叫都心惊肉跳，她觉得自己很有必要提醒李若孟一下。

李若孟的家比付小玉想象得更加不堪，除那令人窒息的气味之外，家里乱得简直不成样子，两室两厅的格局完全变成了狗的世界，到处都被狗占据着，付小玉一进门它们就都拥了过来，争先恐后地发出自己的声音，付小玉感到害怕，只得又退了回来。

回到家里付小玉用微信跟若梦交流，说出了邻居们的反应，若梦解释说自己也意识到了，小区毕竟是人的世界，不能让狗来侵扰，她已经在近郊租了一个大院子，人也找好了，准备办一个流浪狗收养中心，完全是公益的。付小玉没想到李若孟已经有了这样的打算，这应该是个很大的动作，一定需要大量的人力物力，一个外地女子能有这么大的牺牲真是不容易。心里越来越觉得这个李若孟不简单，单看眼前的付出一般人就很难做到，短短两三个月的时间里，从她身上已看不出一个大学教师的任何影子，当初的优雅也荡然无存。一个女人为了狗居然连自己的形象都不管不顾了，这该是一种怎样的牺牲？

获知了李若孟计划，付小玉的心安了许多，她和那些邻居们一样盼着狗狗们有个妥善去处。有所不同的是她更多的是为了牵挂肚子里的宝宝，再过一段时间孩子出生，更需要一个安静环境。付小玉有了盼头，以为生活很快就会风平浪静，可意外很快就发生了。

出事那天付小玉本来是去医院查体的，这是一次例行检查，这样的检查她已经做过多次，大多是她自己一个人去的。初次建档是由司向阳陪着的，由于是第一次，检查的项目很多，司向阳的手机一直在响，连旁边的医生都直皱眉头，付小玉知道司向阳毕竟不是真正的丈夫，肚子里的孩子与他无关，他没有切肤之痛般的亲情，可既然来了就应该装装样子，没想到司向阳根本就是个不会做戏的人，没有向医生主动询问任何问题，也不参与任何讨论，完全就是个局外者的姿态。这种不痛不痒的感觉给付小玉留下了阴影，让她在医生面前感到难堪，似乎她已成了真正的弃妇。所以后来所有检查她都是尽量自己去，尽管司中术在电话里说过多次让她有事尽管去找司向阳。

和医生约定的是下午三点，不到一点付小玉就准备往外走，公共汽车在这个时间节点最为宽松，空座位很多，不用那个每天都重复多次的声音来提醒让座。她锁好房门小心地往下走，刚踏上楼下的大理石台面，对面的门却突然打开了，猛地蹿出来两条黑狗，朝付小玉扑来，付小玉猝不及防，一个趔趄身子往前冲向了楼梯口，随即沿着楼梯滚落了下来。

五

躺在病床上尽管感到身下不断有东西流出来，付小玉还抱有一丝幻想。她感到眼前有很多晃来晃去的人影，这大概都是来帮助她的，她感到自己从来没有遭受过这样的重视，内心充满了感动，她想使劲喊出来，她要谢谢他们，她请求他们保住她的孩子。嘴巴却怎么也不听使唤，只感到泪水汹涌而下，把眼前的世界冲刷得澄澈而透亮。

孩子最终没能保住。六个月大的胎儿只用简单的呼吸感受了一下这个世界，甚至还没来得及睁开眼睛就永远地离开了。付小玉坚持让医生把孩子的尸骨保存了下来。

一个星期之后付小玉出院了，她做的第一件事就是给孩子找了一块墓地，在悦山南麓，一个向阳的大山坡，这是悦城最好的墓地。还专门订制了一个小棺材，她亲手把孩子放了进去。孩子下葬那天，她只请了李若孟。这段时间李若孟一直在陪她流泪，她能感受得到李若孟的泪水不仅仅是内疚，更重要的是对一个生命离开的痛惜，这让她从心里原谅了李若孟。这段时间她有时会想，这也许就是孩子的宿命，也许他已经感受到了等待他的是一个模糊不清的父亲，一个似是而非的家庭，因此他才拒绝来到这个世间，拒绝了妈妈的期待。这个想法让她更加自责，她想自己该是多么自私啊！只想让孩子来温暖自己，没想到孩子本身更需要温暖，更需要一片阳光普照宽阔从容的天地。

司向阳还是来了，应该是李若孟告诉他的。付小玉模糊地记得，出事那天是司向阳开车把她送到医院的，她在医院期间司向阳每天都来，有时还带着鸡汤和一些营养品，他可能意识到了自己的刑期即将结束，因此在照顾付小玉这件事上表现得格外卖力，他要做出一种姿态，站好最后一班岗，像一个真正的家人，行动比过去更加小心翼翼，脸上的情绪却比过去放松了很多。司中术也在一个晚上悄悄地来了，跟医生一样，戴了一个大大的口罩。坐在病床前的司中术情绪低落，除了叹气几乎没说什么话，临离开留下了一张银行卡，写给付小玉密码的时候，轻描淡写地说："里面有二十万，是我的一点儿小意思。"付小玉知道这不是小意思而是大意思，随着孩子的离开他们所有的一切都完结了，二十万就是他画给她的句号。

这是秋日一个晴朗的早晨，远处的山峦近处的树木，在透亮的晨光中都呈现出了浓绿的色调，几乎还没有落叶，但绿色已穷尽到极致，微黄已经显现出来。天上澄碧如洗，鸟的歌声和万千只昆虫的嘤嘤声，充满在空中。墓园旁边的围栏里挤满了颜色丰富的菊花，也许还有一些别的野花，它们在阳光下闪耀着，像是铺满了灿烂珍珠的花床。付小玉特意选在了这个时间，孩子太小，有一大段路程要走，要早让他上路。新土纷纷落下，墓碑上的金字闪着亮光凸显出来：爱子付玉生之墓。这是她给孩子新起的名字，原本他应

186

该是姓司的，可现在她不想让他跟这世上的任何人有联系，他只属于她，他只是她的孩子。以后这里就成了她的寄托，她探亲的地方，她需要这么个地方，这是一片纯净的土地，下面埋葬着她一尘不染的亲人。生前她没有给他阳光，现在她要让他每天都沐浴在阳光中。

一个星期之后，付小玉和司向阳去民政局办了离婚手续，斩断了强加在自己身上的最后一道枷锁。又过了一个星期，李若孟上来跟付小玉道别，说流浪狗收养中心已基本就绪，她要和狗狗们住在一起，这天晚上她们谈了很多，都有些赤裸相见了。付小玉讲了自己的过往，让她吃惊的是李若孟似乎都知道了。更让她想不到的是李若孟更有一段不堪回首的经历，这也就是她之前提过的"最致命一击"。李若孟原本有一个相亲相爱的男友，他们从大学到研究生都是同学，相恋了七年之久，本来说好一起考上博士之后就结婚，可谁知就在那年秋天男友却突然跳楼自杀了，之前没有任何征兆，头天晚上他们还在一起规划未来的人生。这让李若孟感到万分痛苦的同时也百思不得其解，她不明白他怎么可以这样对待她？他应该知道她是爱他的，难道他作此举动的时候就没想过她？难道她对他的爱就没有一丝一毫的力量？那段时间她崩溃了，每天躺在那间出租屋里以泪洗面，想尽快结束自己的生命，不是为了追随他，而是无法面对这阳光下的现实。若不是遇到木木，她也许活不到现在了。后来她终于活了过来，曾写下了这样一段话：你出了一道我永生无法破解的谜题，我日夜思索、探求。但你没留下任何痕迹。现在我只好接受你的决定，把你关在心灵的小屋子里封闭起来，昂首挺胸地面对，以后的日子里我会重新来过，往死里幸福。待我历经世事，阅尽繁华，再说给缺席的你听，可好？

付小玉是记得这段话的，她在翻阅李若孟过去那些发在朋友圈里的信息时看到过，记得还配了一张暧昧不明的图片，背景是一大片朦朦胧胧的花丛，正中是一个模模糊糊的女人背影。当时还以为李若孟是在述说别人的故事，没想到故事的主角正是她自己。所以单从表面是很难看到一个人的内心的，谁也想不到外表优雅的大学女教师身后会隐藏着这么一个悲怆的故事！

她们当然也谈到了以后，李若孟想把收养流浪狗的事业做下去，只是收养中心的投入过大，她现在已收养了将近二十条流浪狗，每天光喂养这些生灵就需要很多钱，她的工资几乎不够，已经在考虑卖楼下的房子了，同时她也正在积极联系，争取能拿到一些民间投资，她想让收养中心踏上良性循环的轨道，她想通过自己的身体力行，唤起大众对生命的关爱，让爱心在每个人心中永驻。

对李若孟的这个打算付小玉一点儿也不吃惊，因为她也每天生活着，感受着，知道自己心灵的缺憾，知道我们所面对的这个世界的不足。人生有时不是非此即彼，不是泾渭分明，不是用来钻营和盘算的。它应该是一种顺流而下的行走，在这期间爱是我们的动力，我们离不开爱，爱应该就像我们赖以生存的空气，看不见摸不着，好像可有可无，可真正离开了就会窒息而亡。

六

过后不久李若孟收到了二十万的捐款，同时还有一个简短的附言：长的是磨难；短的是人生，活在当下，且行且珍惜！下面落款是付小玉。李若孟接着给付小玉打电话，结果电话已成了空号，当天晚上她回到小区去敲付小玉的家门，却怎么也敲不开。李若孟心中焦急，拜托司向阳寻找。半个月后司向阳给她回电说付小玉已经辞职了，人也不在悦城，说是去了一个偏远的山区小学，成了一名志愿者。那里没有信号，所有的电子设备几乎都不能用，传送信息仍然依靠古老的邮路。

当天下午一股强劲的东北风吹来了一场秋雨，地上飘满了发黄的落叶，有些落叶即使在风的侵蚀之下也不肯静静躺卧在潮湿的地上，而是蜷曲着寻找着可以依托的所在。细雨一直持续到晚上，可已减弱到悄无声息了。这个夜晚李若孟感受着细若游丝的秋雨几乎一夜无眠，到了很晚她发出了这样一条微信：图片就是当天在风雨中满地飘零的落叶，文字是这样写的：可能我们终要接受故人的离去，然后在一个落叶飘零的晚上随便和一个仇人冰释前嫌。有些人认识很久始终不痛不痒，有些人见不了几次面就莫名成了朋友，变成了生命中最重的人！我最亲爱的姐姐！你现在在哪里？我很想你！

还 债 记

一

刚过路口，俞寒就看到了安华，抻着头斜着身子朝前张望，还不时闪回一下，硬是给公交港增添了一个可以移动的逗号。相对于这个灰暗阴冷的清晨，安华的衣着似乎显得过于夸张，暗红色呢外套，外面绣着撒着金线的大朵牡丹，头发高高地挽起来，盘出来的发髻像肿胀的柿饼垛在顶上，胸前还飘着一条颜色鲜艳的丝巾。离早高峰还有一段时间，等车的不多。站牌下长凳子上那位，长羽绒服兜头裹下来，如雕塑一般。前面那几个，有些散漫地错落着，也都包裹得严严实实。快到近前，俞寒本想摁一下喇叭，但还是随手打了右闪。安华已明显看到，先往前探了探身子，又猛然往后拽了一下，肩上的黑色皮包随之游荡着，右手提着的塑料包也晃了几晃。

安华打开车门，凉风裹挟着某种尘封的气息席卷而至，这应该早就不是那种叫雪花膏的面霜了，但却依然唤醒了俞寒。一个曾经被热捧的大众用品，经过几番时光淘洗，终至成了个人的独特记忆。当然，现在在一些乱糟糟的公共场合，挤在身边的那些女人有时也会提供这种廉价福利。

我他妈的也就只有这种待遇了。即使在自己的车里，俞寒这样想着，心下不禁一阵悲凉。安华不知道俞寒的心思，刚在副驾驶上坐下，就把手里的塑料包提到胸前，热切地说，我给你买了肉夹馍，还热乎着，找个地方先吃了吧。俞寒没吃早饭，但内心并无感激，不动声色地往前推动着档位，随即用力踩了一下油门，老式捷达发情般轰鸣着拧着头蹿了出去。

　　经过高速路口俞寒犹豫了一下，最终还是直直地闯了过去，他正经历着人生的冬天，三十元的过路费目前对他不是小数，足够他好几天的生活费用。331省道倒也很好走，就是有些绕。刚出城的这段车辆少，走起来更顺畅一些。俞寒看前面开阔平坦，就把车速调到了四档，扭头对安华说，就这样吃吧。安华抬眼看了看俞寒，回道，就怕不安全。俞寒抽回头，继续盯着前方说，没事，这样两不耽搁，不是跟刘燕说好九点吗？咱们赶过去得将近两个小时。安华说，晚一点儿应该也不要紧，昨天都说好了，她不会躲起来不见。话虽这么说着，一边却打开了怀里的塑料包，把肉夹馍拿出来捏在手里，搓动着下面的手指往下褪外面的包装纸，那白白的面皮很快就拱了出来。俞寒腾出按在档位上的右手想把肉夹馍接过来，安华暗暗摇了一下头，然后欠身把肉夹馍往俞寒嘴边送。俞寒迟疑着，趁机扫了一眼张嘴就能啃到的食物，以及食物后面的这张脸。当年饱满的汁水儿正在流失，开始走向委顿的花朵上已布满细密皱纹，眼睛不再清亮，眼白映现着一种浑浊的淡黄色，还有几根线路混乱的血丝盘桓其间。颧骨被红晕点缀着，凸成了显眼的高地，发根参差着没搓开的增白霜。这些为了留住时光所做出的努力，此时反而让俞寒有了另外一种慨叹。

　　俞寒使劲咬了一口，白吉肉夹馍的外皮凉了，有些发硬，但肉汁儿的味道尚好。在安华的帮助下，俞寒很快就把馍填进了肚子里，安华又变魔术般从袋子里拿出来一个软塌塌的塑料杯，俞寒以为是豆汁儿，嘬了一口才知道是咸糊豆。这是墨镇一带比较常见的农家饭，在玉米面粥里加上黄豆和花生，熬好后再放入菜叶、姜末和盐。俞寒小时候最爱喝这种咸糊豆，这也是墨镇留给他为数不多的美好记忆之一。

　　安华把吃剩的垃圾收拾好，顿了一下，偷眼看了看正专注开车的俞寒，有些迟疑地说，俞寒哥，等见了刘燕我称呼你王总，你不会不高兴吧？说完再次侧转身，认真看着俞寒，一副拿捏不准的样子。俞寒知道安华在顾虑什么，故意不顺着往下说，而是反问道，干嘛这么正式？安华说，这样才能让刘燕重视，她一个山里出来的孩子，没见过什么大世面，最害怕见大人物，我跟着她的时候，刚开始连公家来一个小科长都不敢见。俞寒说，叫王总我也成不了什么大人物啊。安华说，那不一样，当初准备把钱要回来的时候我向她介绍过你，为了让她有所忌惮，我把你的鞋业公司说得很大，分支机构遍布全国，尤其是劳保用品这一块，甚至是很多公、检、法部门的供应商。安华说到公检法的时候语气格外重，还特意停顿了几下。俞寒心里感到好笑，想说就是这样说也没能把钱要回来不是？可又一想，这样就太刻薄了。安华好像也看出了俞寒的意思就又说，她后来是真没办法了，连吃饭的钱都没有了。贷出去的钱收不回来，没法给客户兑现，几辆装门面的好车被人开走抵了债，最后连首饰和皮衣都让债主硬生生从身上扒了下来。

安华还在为刘燕这种人开脱！俞寒心里就有了些埋怨。刘燕不过是一个小混混包养的姘头，小混混把融资公司由林紫县开到了悦城，让刘燕在这边负责，刘燕融资之后再把钱打给小混混搞投资。所谓投资也不过是再往外放利滚利的高利贷，可当时他们都被蒙蔽了。安华作为刘燕的财务人员，对这些情况应该早有察觉，如果一发现苗头就把那笔钱抽回来，也不至于闹到现在这种地步。说起来这事也怪俞寒自己，都是为了贪图那点儿小利。

去年春天，刘克丽要把儿子送到美国读书，先期费用需要四十万，让俞寒凑二十万，那时候鞋业公司已病入膏肓，不但不能赚钱还要往里贴钱，这钱上哪里去凑？可刘克丽催得急，几乎一天一个电话，还把给儿子报名的发票通过微信发给俞寒，后来又把儿子高考模拟成绩发过来，那个不满二百的数字也把俞寒深深刺痛了。俞寒去学校找了儿子几趟，儿子还是那种无所谓的态度，又跟儿子的班主任沟通了几次，班主任明确告诉俞寒以儿子目前这个成绩，连职高都很难进入，出国也不失为一种明智的选择。俞寒一看没有退路了，只能把自己住的房子卖了。由于卖得急，再加上当时市场有些疲软，一百二十平方米的房子只卖了五十五万，俞寒把二十万给了刘克丽，剩下的三十多万本打算继续维持住生意，但他很快就清醒了过来。鞋业公司已变成无底洞，再往里投钱已没任何意义，原来那宏大的梦想应该重新归零。创业梦再次失败，可也不能让手头的钱光躺在银行里。这时他想到了安华，前不久的那次墨镇偶遇，得知安华正在一家融资公司做会计。俞寒联系了安华，询问她所从业的那家融资公司。安华当时刚进公司不久，也被公司表面的繁荣迷惑了，向俞寒保证说公司很有实力，不但有一家物流公司还在林紫县开着好几处沙场，每天的流水都在几十万以上。也许是有着过去渊源的缘由，对安华俞寒有种本能的信任，也没做更进一步核实，很快就把三十万打到了她提供的账号上，说好月息为贰分，半年一结。

可还没到半年安华就跟俞寒说情况不妙，公司放出去的好多贷款都收不上来，连他们这些办公室人员都被迫去讨债，往往带着被窝儿过去准备常驻沙家浜，却连对方的面都见不上。俞寒一听头就大了，他可就剩这点儿指望了，让安华赶紧想办法把钱抽回来。当天下午安华又来电话说，户头上已经没钱了，看着账上还有几百万，可那都是假账，户头上早就空了。

俞寒的三十万就这样没了着落，手上只剩下一张安华转过来的借条，上面写着：今借王俞寒先生现金三十万元。这应该就是刘燕的字迹，歪歪扭扭的，很不成样子，笔画中带着稚嫩和生疏，后面还附有刘燕的身份证复印件。后来反复看这张借条，俞寒才感到自己当时真是昏了头，如果谨慎一些，单凭这张复印件就能发现很多信息，刘燕的户籍所在地为林紫县驿马镇刘家庄村，出生日期为一九九二年七月二十三日，这么年轻的女孩子，一直没脱离农村，还几乎没上过学，能有什么实力？还有她那模模糊糊的影像，虽是复印件，但也能明显感到目光中所流露出来的空洞和茫然。

安华随之也失业了，成了专门的讨债人员，不仅为俞寒讨，也为自己讨，这一年多来她也陆陆续续地投进去二十多万，这里面有她从自己牙齿上刮下来的十多万，还有从银行贷的十万。这个账傻子都算得明白，从银行贷款利息最多也就是五厘，而金融公司给二分，有四倍多的利润。可也就只有安华这样的傻子才会这么算。

俞寒知道自己现在不能把埋怨的情绪表露出来，安华在追债这件事情上还是很努力的，就隐忍着说，你看我现在这情况，还开着十五年前的老爷车，身上也没件像样的行头，哪里还有老总的样子？安华说，现在是越没钱的越要显摆，脖子上戴大金链子开宝马的都是些小混混，屁股后面不知道欠了多少债。有钱的反而会低调，就像你这样看起来不显山不露水，才真是老总的样子。俞寒说，可惜我是不得不低调。安华沉吟了一下，说，俞寒哥，你不要灰心，我觉得你能行，还会东山再起的。这次如果能把钱要回来，我的钱你也先用着，找个好项目投进去，说不定很快就会发达起来。这些年你过得不容易，老天不会永远亏待你的。

俞寒心里一热，扭头看了一眼安华，安华的眼睛里竟然蓄满了泪花。前方的道路笔直，周围是开阔而空旷的田野，偶尔也有车辆从对面驶来，发着擦肩而过的啸声。

二

还没进县城安华就联系刘燕，打了十多个电话，刘燕才接了。这期间俞寒已把车停在了路边，周围的街道开始繁华起来，能看到很多刚建好或正在建的高楼。这几年房地产很热，就连恒大和碧桂园这样的巨无霸也开始进驻县城，县城再也不是过去的概念了。

刘燕先让俞寒和安华到福满楼饭店去等，但等俞寒设置了导航好不容易找到福满楼，刘燕却又让他们去翠苑酒店，还没到翠苑刘燕又指示他们去县政府门口，这样来回倒去地转了好几圈，才确定让他们去林紫天秤法律服务所找赵所长。

天秤法律服务所倒好找，就在法院对面的商业街上。二楼，顺着边角楼梯上去就是，前走廊栏杆上挂着大牌子，挺大的一间屋。大班台后面正接电话的中年人显然就是赵所长了。赵所长在电话里正急赤白脸地跟对方吵架，声音很大，撇着带有怪味的林紫腔，还不时爆一两句粗口。俞寒和安华一看这阵势，没敢打扰，悄悄往里面溜。边上有个很清爽的女子招呼他们在沙发上坐下，一边还有些难为情地扭头看着自己的老板，随后用一次性纸杯端过来两杯热腾腾的开水。通话以赵所长带有地方特色的国骂而收场，然后就气咻咻地走过来。俞寒看着赵所长余怒还未消正琢磨怎么开始，安华却站起来直接说我们是刘燕刘总介绍来的。赵所长接着就气色平和了，看着他们说，哦，刘燕，刘总。我知道，她来找过我，情况也跟我说了。俞寒的心稍微安稳了一下，安华的神情也似乎放松了，抓住时机继续说，这是金川鞋业公司的王总，王总的事业做得很大，在悦城有三十多家分店，员工多达上千人，现在是赵永利的债权人。赵所长听着，把目光转向了俞寒，笑眯眯地说，王总找我就对了，所有赵永利的那些债主现在都来找我，商业街是赵永利留下的最后一块奶酪，我就是那个发现奶酪的人。

关于赵永利，安华在路上也向俞寒做了简单的介绍。刘燕所依傍的那个小混混过去就是赵永利的马仔，这个在林紫叱咤风云的人物鼎盛时期资产好几个亿，曾经是林紫县的纳税大户，名下有十几家公司。本人从去年就从人们视野中消失，没有人知道他去了哪里，也没有人知道他究竟欠下了多少债务。

见这个发现奶酪的人对自己笑得那么可亲，俞寒也只好应付道，赵所长要多费心，这事就全仰仗您了。赵所长也不客气，回道，王总不要见外，你把这案子交给我，咱们就是一家人。咱这案子没悬念，证据链完整，又有资产在那里放着。这官司咱们是老太太擤鼻涕把里攥。说完还为自己的幽默笑出了声。

笑声把俞寒心中的希望火焰燃得更旺了，他不禁有些感激地看了安华一眼，安华也正在盯着他，目光中也多了些鲜亮的色彩，他们内心应该都在为这顺利的开局而欣悦。

刘燕的金融公司垮了之后，俞寒跟着安华去了两次，第一次人去楼空，两间大屋只剩下了一些破烂桌椅，这是劫后余生的结果，值钱的东西都被讨债人拿走了。第二次门口已被法院贴上了白色封条，连门都进不去了。关于刘燕的去向有好几种传言，有说她被债主关起来的，有说她逃到国外的，还有的说她被公安局抓了起来的。最新的消息是前几天安华传过来的，通过过去给刘燕开车的小马仔联系到了刘燕，刘燕答应想办法还钱。俞寒乍听到这个消息并没在意，都要坐牢了还有能力还钱？但昨天下午安华再次联系俞寒，带来了一个新情况，说刘燕手头有一张四十万的欠条，欠债人是赵永利，上面没有债权人的名字，银行打款凭证显示收款人是赵永利，支付者是刘燕的财务人员安华。当然最关键的问题是目前赵永利虽然消失了，但他的另外一个债权人已通过法院查封了他名下的一条商业街。据说这条商业街有三万多平方米，保守估计价值也要在一个亿以上，而赵永利只欠这个债权人三千万，至少还有七千万的余地来支付其他的债权人。

安华问俞寒想不想以这四十万债权人的身份来打这场官司？俞寒几乎没多加考虑就答应了。尽管这事有些绕，但对俞寒来说却是有百利而无一害，能把自己的钱拿回来当然皆大欢喜，拿不回来也不会再有损失，最多就是白搭一些时间，而目前对俞寒来说时间最不值钱。

刘燕很快就骑着电动车赶了过来，俞寒第一次见自己的债务人，跟身份证复印件上的图像还是有差别的。酒红色的头发紧贴头皮往后拢成一个大大的马尾，走动时马尾大幅度跳颤，如同舞台上穿古戏装的老生在困厄中的甩发，跟孕妇笨拙的身形显然不搭。神情木然而疲惫，目光泛着胆怯以谦卑的光影，只有与人交流时脸庞才突兀地绽放一下，这些应该是败势之后增添的内容。眼角儿处已有了明显的皱纹，眼睑下是一大片深色的妊娠纹。据安华说，刘燕本来已被公安机关以涉嫌非法集资的罪名关进了拘留所，但后来却发现她是个孕妇，这才得以取保候审。所以刘燕要感谢那个特殊的生理印记，让她暂时获得了自由。俞寒也要感谢那颗莫名其妙的精子，让他唯一的财产有了追回的可能。

虽然穿着厚厚的棉衣，刘燕的肚子已经凸显了出来，但走路的速度并没有慢下来，与此相对应的是一直持续不断的手机铃声，似乎成了她步伐的节拍。刘燕带来了赵永利的欠条，俞寒拿过来看了一下，感到这张借条更草率，横着只有八个字：今借现金四十万元，下面写着赵永利的名字。连个日期都没有，可见刘燕的金融公司当时管理得多么混乱。

没有抬头的借条重新厘清了他们的关系，俞寒成了赵永利的债权人，也变成了这起诉讼案件的原告，安华成了俞寒的财务人员。在赵所长的支持下，刘燕和俞寒之间也签订了债务转移协议，明确了责权利关系，刘燕欠俞寒三十万，如果四十万通过法院追回，是要打到俞寒账上的，多出来的那十万就要返还刘燕，同样作为刘燕债权人的安华又不失时机地补了上来。

从书面程序上看，这算是一个对俞寒和安华极为有利的官司，两个人都很高兴，配合着赵所长完善诉讼的手续。最后还交了一万多块钱的费用，包括案件代理费和保证金。这钱名义上是俞寒出的，实际上却是安华自己的钱。在这个事情上俞寒多了个心眼儿，别说他现在拿这一万多有难度，就是没难度他也不会拿，多年生意场上的历练使他愈加清醒地认识到，攥不到自己手里的钱那还不能叫钱。

这么一忙活就十二点多了，赵所长虚情假意地要请俞寒他们吃饭。刘燕身上手机的响铃到现在也没停，她似乎也麻木了，继续木然地站着。安华拿眼睛直看俞寒，俞寒明白安华的意思，本想一走了之，又一想这事要想办顺畅赵所长还很关键，自己人生地不熟的，刘燕是指望不上，说不定什么时候就会给你出个幺蛾子。于是，横下心来对赵所长说，哪能让你请呢，你给我们帮了这么大的忙，今天中午我请客。说着又转头对刘燕说，刘总，林紫你熟，找个像样的地方，让赵所长好好放松一下。

饭店是赵所长找的，名字叫皇家鱼翅皇，看起来很豪华，应该是县城比较高档的地方。赵所长带上了他办公室的那个女子，让俞寒称呼她为计律师。五个人找了个小包厢，最低消费是每位一百三十八元，走到这一步俞寒干脆就豁出去了，按一百九十八每位上菜。赵所长在主宾位置上坐下，俞寒问上什么酒水，并声明自己要开车回去不能喝酒。赵所长眼睛盯着转桌上的那几个凉拼，黑着脸没反应，安华看出了端倪，赶紧说，王总下午回去还有个重要应酬，北京来了两个客人要谈合作，事关公司下一步的发展，他就不能陪您喝了。赵所长如果不嫌我级别低，我来陪您。赵所长听了，脸上接着开了花，笑着说，大公司的财务总监怎么会级别低？中午咱还是都别喝了，反正这事一时半会也完不了，以后再找时间吧。安华说，那怎么能行，好不容易请到您，您总得给个机会吧，要招待不好您王总会批评我的。说着目光唰地就转到了俞寒身上，俞寒一看，不能木着了，也把话接过来说，这次先让安总陪您，我晚上确实有事，等哪天您不忙了，我把您请到悦城咱们再好好喝。俞寒这么一说，赵所长也变得大度起来，挥着手说，咱们没那么多讲究，既然两位老总这么盛情，中午咱就少喝一点。

白酒先上了一瓶，是当地最好的一款酒。茅台五粮液酒店也有，但安华说现在这些名酒假的太多不如喝当地酒放心，赵所长很认可这种观点，俞寒就更不用说了，开始从心里佩服安华的应变能力。赵所长明显是个好酒之徒，一瓶酒喝完也不说结束，安华只好招呼服务员又开了一瓶。此时安华的酒量已明显有些不支，第一瓶酒还没有喝完就出去了一趟，回来时眼睛红红的，应该是出去吐酒了。酒杯再次满上，安华却不再像刚才那样跟赵所长平喝了，开始提议玩一种"抢酒喝"的游戏，并讲明了规则，采用轮流坐庄的方式，庄家用一副洗过的扑克牌从自己开始依次往下摸，点最小的那位喝酒，如果感到自己点不够可以喝口酒再摸一张，都没有人摸了，庄家喊亮牌，这时点最小的就要喝一大杯，庄家也就转到了这位喝酒者身上。赵所长此时已经有些兴奋了，一听这么热闹接着就嚷嚷着上扑克牌，并要求在座的都要参与，不能喝酒的可以找人替，这正中了安华的下怀。赵所长替计律师的酒是没有悬念的，男人都有一种英雄救美的情结，同样是女人既然替了计律师的，刘燕的他就不能不管了，安华最多也就是替俞寒几杯，而久经沙场的俞寒相比计律师和刘燕输酒的概率会很低。事实正如安华所预料的那样，这个游戏把赵所长的情绪充分调动了起来，不但替了计律师和刘燕的酒，甚至还主动替俞寒挡了几杯，第二瓶酒还剩下大半瓶就显露了醉态。再看安华却是越战越勇，完全变成了整个场面上的主宰。

俞寒没喝酒，一直清醒着，看着在酒桌上长袖善舞的安华，心里不住地感叹，想在眼前这个女人身上搜寻当年那个扎着羊角辫、流着清鼻涕的小姑娘的影子，哪里还找得到？时光已流逝了三十多年，他们漂游在各自的河流中，早已把最初的自己丢失了。

俞寒本来出生在胶东一个叫里岔的镇子上，父亲是镇供销社主任，母亲是镇中心小学的数学老师。那个年代供销社是非常吃香的，有很多紧俏物资都是通过供销社专营。俞寒记得，当时自己的亲生父亲很风光，穿四个兜的中山装，里面的衬衣雪白，骑亮闪闪的凤凰牌自行车，手腕上还戴着明晃晃的上海牌手表，过年准备下的东西到来年五一节也吃不完。可这样的好日子并没有持续下去，在那个雷鸣电闪的傍晚，父亲回来得比平时晚了一些，母亲已做好了晚饭，他们一家正准备围坐在圆桌前吃饭，突然闯进来几个戴大盖帽的警察，不容分说就把父亲带走了。过了两天才传出消息，父亲以流氓罪被批准逮捕了，说是父亲猥亵了一位叫李兰的女同事。关于这个李兰，父亲前几天才提到，刚接班进供销社不久，她父亲本来还不到退休年龄，但为了能让她接班就提前办了病退。父亲曾说李兰性格有些内向不适合站柜台，办公室里的工作似乎也拿不起来，正考虑先把她送到市里的供销学校培训一段时间。

母亲不相信自己丈夫是这样的人，想找李兰去问个清楚，可李兰早就被她的家人送走了。母亲不甘心，又带着俞寒找上级领导申诉，领导一开始还答应过问一下，后来就干脆避而不见了。父亲很快被判处了死刑，不久就执行了枪决。

这一变故彻底改变了俞寒和母亲的人生，母亲失去了民办教师的工作，公家分配的家属院也被收回了，俞寒和母亲彻底变成了无家可归的人。他们离开了里岔镇，开始了漫无目的的流浪，那一年俞寒只有八岁，对整个世界的认识都还是懵懵懂懂的，同样懵懂的还有母亲，命运把他们母子推到了这个坎上，她也不知道以后的路该怎么走？直到在这年冬天遇到王有道。

王有道是个铁匠，每年农闲都要来胶东一带打铁，渔民一般都比较豪爽，见王有道的活做得比较细致，为人也很实诚，通常在支付一定报酬之外还要带来些吃食，于是铁匠铺里就经常有鲜鱼的香味儿飘出来。那时节，俞寒和母亲寄居的地方离这个叫铺集的镇子不远，是一间废机井旁边的破房子，靠母亲捡拾海滩上那些被丢弃的破鱼烂虾果腹。铁匠铺里飘出的味道对年幼的俞寒显然有着极大的吸引力，母亲白天外出的时候，俞寒就跑到铁匠铺里打牙祭。时间长了，王有道对俞寒母子的情况也就有了些了解，觉得这对母子不容易，不时接济他们一下。俞寒母亲心里对王有道的善良很是感激，感到自己没什么可报答的,方便的时候经常来铁匠铺帮王有道师徒收拾一下卫生。王有道每年都来打铁，跟镇子里的很多人都非常熟悉，知道王有道一直在打光棍，有些热心人就开始撮合他们。王有道心里一百个愿意，可对俞寒母亲不太有把握，悄悄地央求热心人去问对方。俞寒母亲起初没这个想法，经历过那种劫难，她对自己的生命本身已没有了任何期望，唯一让她活下去的动力就是俞寒。她知道他们母子不能这样继续流浪下去，俞寒需要安顿下来，要继续上学。意识到这一点俞寒母亲不再犹豫，就把这门亲事答应了下来。

当年阴历年底，王有道带着俞寒母子回到了墨镇。王有道之所以三十多岁还在打光棍不是因为不务正业，而是性格内向所致，他的日子过得并不差，在墨镇有五间青砖到顶的大瓦房，自己的责任田也收拾得井井有条，俞寒母亲一看这种状况也就安分了下来，准备安安稳稳地跟王有道过日子。而幼小的俞寒却不能理解母亲的这种选择，一直忘不掉曾经风光无限的亲生父亲，从心里排斥王有道这个继父。

说起来王有道对俞寒很好，比亲生儿子还好，吃的用的都是全村同龄孩子中最好的，为了能让俞寒重新上学，王有道在墨镇最好的饭店请了镇上管教育的干部，还专门给俞寒置办了上学的行头，可俞寒对此并不买账，犟着头不认王有道这个爹，拒绝在自己的姓名前再加上"王"这个字。

转过年新学期开学，已经九岁的俞寒被送进墨镇小学重读二年级，第一次上课俞寒就给老师出了难题。老师按花名册点名，叫到"王俞寒"的时候没人喊到，连叫了三遍都没听到回音，老师有些生气了，大声命令俞寒站起来，但他仍然木然坐在自己的座位上装糊涂，最后老师走到他身边问是不是叫王俞寒，俞寒理直气壮地回答自己不姓王，而是姓俞，名字叫俞寒。

谁也没想到这样的难题会一直贯穿俞寒的整个学生时代，这也不怪老师们死板，墨镇小学的老师大多是本村的，对王有道很熟悉，都知道王有道对俞寒视如己出，从心里想让俞寒认下王有道这个父亲，因此有时故意在课堂上叫俞寒全名。课堂上的矛盾时有发生，俞寒也渐渐变成了最不受待见的学生，他在学校里几乎没有什么朋友，只有同桌安华时不时能给他一下安慰。

当时的安华跟俞寒有些同病相怜。安华父亲最大的生存动力就是能要个儿子，可老婆的肚子好像成心跟他作对，连续给他生了五个女儿，第五个女儿是超生，交了三千元罚款才落下户。安华排行老三，在家里是个受气包角色，时间长了就变得有些自卑，再加上长年患有慢性鼻炎，经常流着清鼻涕。尤其是冬天，棉袄袖子都被鼻涕抹得油光锃亮，大多女同学都不愿跟她玩，也没人愿意跟她同桌，她几乎跟俞寒一样孤独，老师也就顺水推舟，把他们安排在了一起。

199

最厉害的那次发生在俞寒读四年级的时候，老师是新从外村调过来的，不知道俞寒的情况，一本正经地按花名册来点名，叫到"王俞寒"的时候没有听到回应，老师诧异地抬头搜寻，发现班里所有人的目光都集中到了最后排的那位男生身上。老师慢慢从讲台上走下来，教室里分外安静，老师来到俞寒身边，一字一顿地大声喊王——俞——寒。俞寒的身子在轻轻地颤动，但仍然木然坐在自己的座位上。老师才参加工作不久，年纪很轻，不能容忍自己的学生持有这种轻慢态度，上前揪住俞寒的耳朵想把他提溜起来。俞寒起初拼命往下沉，往上的力道却越来越大。俞寒渐渐有些不支，只好用两只手使劲抓住住屁股下面的板凳。身边的安华跟俞寒坐在同一条板凳上，此时几乎跟俞寒一样紧张，嘴唇紧紧往里收，身子也在隐隐地往后坠，在暗中在替俞寒用力。老师自是不肯认输，继续加大手上的力度，可仍然不能撼动俞寒丝毫，直到有血迹顺着耳根趟过耳垂滴落下来，老师才有些怕了，不得不把手松开。

那天中午放学后俞寒没有回家，他不愿看到母亲眼泪兮兮的样子，更不愿见王有道那张满是讨好的皱脸。他想回里岔镇，梦想着还能再见到父亲，梦想着再回到过去的生活中。

十一岁的俞寒很快就拿定了主意，他身上还有几块零钱，他不知道这些钱能把他带到哪里，他只知道那些来回倒去的大公共汽车能把他带离墨镇。他沿着学校大门前的小路往车站的方向奔去，很快就感到后面有条小尾巴在跟着自己，那条小尾巴就是扎着羊角辫、流着清鼻涕的安华。

三

回到悦城天已有些黑了，俞寒把车停在安华楼下的空地上，把火熄掉，车内暂时陷入寂然的黑暗之中，这是一份难得的宁静，跟刚才的状态完全不同。在整个返程途中，安华的兴奋持续被酒精点燃着，话头明显多了起来，都跟过去他们共有的那段时光有关。安华说俞寒很爱上美术课，因为只有美术老师点他名字的时候前面不加"王"字。每次上美术课前俞寒总是把黑板擦得分外干净，即使不是他值日也会那么做。也因此俞寒很爱画画，有时候上其他课也在偷偷地画，画得最多的是各种会飞的鸟。有一阵子，镇上的电影院开放了，同学们不知从哪里学来的技巧，都在用红色圆珠笔悄悄地仿制电影票，俞寒仿制得最为完美。有天晚上，安华用俞寒送给她的仿制票，顺利混进了电影院。那晚的影片叫《杜十娘》，主演是潘虹，是她这辈子印象最为深刻的一部电影，尤其是对杜十娘那段撕心裂肺的最后独白，她至今记得清清楚楚，每每想起来还会泪流满面。

一路上俞寒几乎都在沉默，他是不得不沉默，因为安华所讲述的这些事情他大多都忘记了，他不记得自己曾经那么喜欢上美术课，不记得送过安华仿制电影票。这样的偏差足以说明记忆是个利己主义者，有所选择地保留了那些自己喜欢的底片。可他明明是喜欢过安华的，也许真的是岁月太过久远了，包括当年的喜欢都像是上辈子的事情。

但此时车内却有着一种不正常的安静，从一进入安华所居住的这个小区开始，车内的空气突然就凝滞起来，两个人的情绪也变得有些不太自然。尤其是安华，一副无所适从的样子，双手先是绞在一起，一会儿又把放在胸前的黑色皮包开始往自己背上划拉，还没背起来（坐着也不可能背起来）就又放回到胸前。俞寒一时也找不到合适的话题，紧紧地抱住方向盘，瞪着眼睛看着前方，好像把所有注意力都集中到了开车上。去年开始追债的时候俞寒曾经来接过安华，记得安华所居住的楼栋，因此不需要询问，当然他也可以装作忘了，随意问上一句，可他没有，他不想破坏眼下这种略带暧昧的紧张氛围。

两个人在车里闷头待了一会儿，最后还是安华先打开了车门。安华默默起身往车外走，下车后任车门敞开着，似乎是忘了，也可能故意想这样，然后径直走向自己所居住的楼道，一副义无反顾的样子，期间连头都没回。俞寒坐在车上犹豫着，这个时节小区里很安静，没有人进出，路灯还没闪耀起来，楼上有亮光的窗口如电影幕布般悬挂在空中，时有炒菜铲子与铁锅的碰撞声传出来，夹杂着喧腾的烟火气息。安华的背影在朦胧的暮光中显得有些婀娜，她走到单元门前，从容理了理额前散落下来的头发，像过去任何一个归家的时刻那样，随即把黑色皮包提在手里开始翻找钥匙。

安华的身影很快就在单元门后消失了，俞寒仍然看似安静地坐在车里，他有些胸有成竹，又有些瞻前顾后，脑海中萦绕着一个不太恰当的比方：猎人在审慎地对待快要到手的猎物。现在看起来安华是他的猎物，他担心的是自己会变成安华的猎物。在已经蹚过的人生之路上，俞寒遇到了太多的陷阱，今天的失败都与这些陷阱有关，他不想再次陷入这样的陷阱里，所以他才变得如此警觉，即使是面对自己的初恋情人。

如果没有那三十万元的债务纠纷，俞寒是不会有这么多顾忌的，客观上也具备重新捡拾过去的条件，他和安华都是离异之后的自由之身，早晚都得再重新找个归宿。刚刚与安华建立起联系的时候，俞寒萌生过这种想法，安华眼睛里的温情他也能感觉得到，安华应该仍然爱着他，这会让他从心底浮荡起一种从未有过的踏实感。但后来随着刘燕的消失，俞寒就不能不有所顾虑了，这个钱他是打给安华的，经的是安华的手，他连刘燕的面都没见过，他认定安华应该对这笔钱负责。正是基于这样的认识，俞寒开始在跟安华的关系上退缩，网上有个段子是怎么说的，谈钱伤感情，谈感情伤钱。一直在奔跑，早已筋疲力尽的俞寒不想把自己置于一个尴尬绝境，他的人生已不足以支撑一个两全的结局。

俞寒最终还是走向了安华刚刚消失的那个楼道口，今天出现的转机消除了他的顾虑，那三十万已看到了希望，站在实用主义者的角度，安华几乎已变成了一个对他有百益而无一害的女人，重温旧情的风险系数降到了最低，更何况此时的他也需要这份慰藉。

楼道门没锁死，这让俞寒变得更加自信起来，他悄然地溜进来，只是不知道楼上那扇门是否也在为他留着？刚才在车里，他已经进行了仔细观察，安华上楼不久四楼西户的灯就亮了，那应该就是安华的居所。来到四楼，那扇门果然虚掩着，门缝儿里若有似无地透着几丝光束，里面没有任何声息，就像在静待某个重大时刻的来临。俞寒站在门口，稍微踌躇了一下，然后果断地把门拉开。

安华正老僧入定般端坐在沙发上，门口的响动也似乎没能侵扰到她。俞

202

寒悄然无息地进来，还没等开口安华就猛然扑了上来。

俞寒抱着安华奔向卧室，安华咬着俞寒的耳朵喃喃地说，你知道我有多想你吗？说着眼睛已经湿了。俞寒被安华身上那种特殊的气息所包裹，浑身膨胀着，根本无暇回应。把安华放在床上，俞寒开始除去安华身上的武装，他显然不谙此道，仅脚下的中筒皮靴就费了好大的劲儿，惹得躺在床上的安华咯咯地笑，还有胸罩的纽扣，前后摸遍也没能找到，最后还是在安华的引导下才打开。这个看起来漫长的过程显然跟俞寒急吼吼的状态太不同步，待到安华玉体横陈在面前，俞寒自己却怎么也发动不起来了。

俞寒没想到自己会在安华床上失败。离婚之后他先后有过两任女友，第二位女友已于一年前离他而去，从此他的身体就一直荒芜着，本来以为自己会势不可挡，不承想在该有用武之地的时候却一败涂地。

几番努力失败之后，俞寒懊恼地从安华身上下来，安华随即也坐了起来，一边还安慰着说，你可能是太着急了，没事，下次就好了。在橘黄色的床头灯光下，安华裸着的皮肤呈现一种橙色的金属光泽，可能是没生过孩子的缘故，两个乳房居然没有下垂，尖挺得不像这个年龄的女人该有的状态，顶端的凸起已有所收缩，但周围的乳晕仍然发着透明的粉色。这本来应该就是我的，现在我把她拿了回来却不能享用，这世界真他妈的操蛋！当年失去了不该失去的，但生活却没有给我任何补偿，难道这就是宿命？俞寒恨恨地想着，有关跟安华的往事也在骤然之间纷至沓来。

事后回忆，十一岁那年的出走是一道分水岭，之后他们的关系才开始有了一些别样意味。

那天中午，他们从墨镇出发，先坐上长途公交车来到悦城，然后再来到悦城火车站，这半截路线是清晰的，俞寒八岁那年就是通过它逆向到达了墨镇，但再往上就有些迷糊了，他模糊记得里岔镇属于胶县，在来的时候他们去胶县坐的火车，中间是否倒过车他已不记得了，当时他懵懵懂懂的，又是晚上，只是被母亲使劲攥着手紧紧跟在王有道身后。

在悦城火车站买不到通往胶县的火车票，再说即使有他们也买不起，俞寒手里只剩下不到两块钱，安华也只有三块，加起来也凑不够一张火车票钱。

到了下午，安华有些怕了，要硬拽着俞寒回去，俞寒让她自己走，安华却又不肯。此时的俞寒还相对镇定，去里岔镇的决心一直没有动摇，而且还冒出来一个更为大胆的想法，他要徒步去里岔镇。要实现这个计划首先要先甩掉安华。他们来到街上，俞寒谎称自己改变主意了，要跟安华一块儿回去，安华很高兴，跟着俞寒重新回到汽车站。俞寒让安华独自待在候车大厅，一个人去窗口给安华买了返程票。俞寒把安华安顿在客车的座位上，墨镇离悦城只有不到半小时的车程，安华的家就在墨镇汽车站附近，下车不几步就到了，想必也不会有什么危险。客车快要开的时候，俞寒说自己要去厕所很快就会回来，他刚溜下车，没往前走几步就发现安华也跟着下来了。

俞寒火了，大声对安华吼道，我要去男厕所，你跟着我干嘛，赶紧回车上。看着俞寒震怒的样子，安华有些怕了，小身子抖了几抖，却并没有退缩，仍然远远跟在俞寒身后。眼看客车就要开了，俞寒着急，跑回来往车上拉安华，安华身子恰巧靠在进站口的栏杆上，双手紧紧抓着栏杆，身子往后拼命地挣歪，任俞寒怎么用力都不能把她拖走，他们就这样僵持着，眼看着身形巨大的客车晃晃荡荡地开出车站大门。

俞寒又气又急，不但没弄走安华，还把车票钱白白地搭了进去，大声地质问安华为什么老跟着自己？安华一开始不敢回答，后来就嗫嚅地说是不放心俞寒自己离开。俞寒决定不再管安华，不管不顾地往前走，想尽快甩掉这个跟屁虫。俞寒要再回火车站，刚才他已经看好了地形，火车站旁边有一条小路直通轨道，边上只架着低矮的木栅栏，越过去应该很容易，他要沿着火车轨道去胶县，这条轨道既然能通过火车把他带到悦城就也能把他送回去。

俞寒走得很快，周围的店铺，拥挤的人流，像是被风吹动的浮云一样急速往后退去。快接近火车站的时候，俞寒忍不住回头搜寻，没有发现安华那瘦小的身形，突然就有了某种担心，心里骤然紧张起来，想急忙返回去寻找，但又一想，这不正是自己想要的吗？横下心来继续往前走，可再也没有刚才的劲头了，又往前走了几步，心里越想越怕，猛然就把身子转了回来，不想却一下子看到安华从后面那家小吃店的门廊里冒了出来。

这次没有成功甩掉安华，俞寒并没死心。天渐渐黑了下来，他们也又累又饿，幸亏刚过了中秋节不久，天气还不算冷。俞寒带着安华在火车站前的广场上转悠，期间他用身上仅剩的一块钱买了两根火腿肠，两个人各吃了一根，又去公共卫生间的水管下喝了半肚子自来水。后来他觑了机会拉着安华悄悄溜进了候车室，找到了最边上两个空着的长联椅。候车室里候车的人不是太多，他们才得以在联椅上躺下来，躺了一会儿，俞寒佯装在联椅上睡着，发出了略显夸张的鼾声。这样过了一段时间，在确定安华睡熟之后俞寒坐了起来。安华就躺在对面，俞寒上前看了一下，见安华的身子侧着蜷缩在联椅上，羊角辫松散了下来，遮住了上面的脸颊，早先流下来的清鼻涕干在嘴唇上面，在人中的位置形成了片状的薄霜，嘴角还有一丝涎水溢出来，拉着透亮的长丝，滴落在垫在脑后的衣服袖子上，洇成一大片深色的渍迹。俞寒心里有自己的盘算，他知道安华身上还有返回墨镇的票钱，道路想必也熟悉了，等醒来找不到他自然就会坐车回去。想想还是不放心，就从旁边找来一张破纸片，又借来一只圆珠笔，趴在联椅座位的横条上，歪歪扭扭地写下：安华，你自己回去吧，不要担心我。再见。写完认真看了一遍，然后把它塞进了安华的衣服口袋里。走了几步又感到有些不踏实，迟疑地把那张纸片从口袋里掏出来，卷成一个长条，把它插进安华放在身体上面的那个手掌里，手掌呈半握状，一触到长条纸卷就用力攥住了，似乎在睡梦中感知到了某种收获，嘴巴还咧了两下，像是要笑出来。俞寒这才放下心来，他想让安华醒来就能看到这张字条，不想让她为他担心。

俞寒悄悄地从候车室里走出来，然后从广场西面的小路拐向铁道的方向。越过那个低矮的木栅栏，往前就是月台边缘，月台上的灯光亮着，此时正好没有火车进出，也没有工作人员在旁边守着，俞寒一看有机可乘，赶紧沿着月台下面的土路蹿进了隔离网里面。

隔离网里是一道往上的斜坡，斜坡上堆积着碎石子，铁路轨道就铺设在上面，根本就没有路可以行走，俞寒只好沿着下面的沟坎往前走。后面月台上的光亮消失了，前面陷入了黑暗之中，俞寒并没感到害怕，他想沿着这条轨道走下去，一定就能到达胶县。那根火腿肠早已消化干净了，肚子还是感到饿，可他并没有过分担心，只是盼着天尽快亮起来，这样他就可以去附近人家讨些吃的。

前面传来轰隆轰隆的声响，还伴有刺耳的汽笛声，一列火车从对面开了过来，耀眼的光柱随即也照亮了半个天空。俞寒没见过这种阵势，有些害怕了，待在那里不敢动弹，火车越来越近，强烈的震动通过轨道传递过来。俞寒感到脚下的土地在逐渐咧开，双腿不由自主地哆嗦起来，他站不住了，不得不蹲在沟坎里。车头拖动着长长的车厢呼啸着往这边碾来，俞寒埋下头，不敢正视那个黑暗中的庞然大物，身子竭力蜷缩着，恨不得找个地洞滚进去。直到那个咣叽咣叽的声音消失了好长一段时间俞寒才敢把头抬起来。周围再次暗了下来，但刚刚撞击出来的味道还没有消散，似有浮动着的烟尘在眼前飘摇。俞寒定了定神，正准备站起来继续赶路，却猛然感到有只大手从后面抓住了肩头，他惊恐地回头，见有个戴大盖帽的叔叔立在了身后。

天还没亮俞寒和安华就被一辆警车送回了墨镇，是安华报的警。安华醒来发现俞寒不见了，随即就看到了那张字条，知道俞寒一个人走了，着急地哭了起来，哭声惊动了车站的值班人员，是他们带着安华去找了铁路警察。

回到墨镇，俞寒日子开始难过起来。母亲和王有道倒好说，只不过一个不停地抹眼泪，另一个蹲在地上闷着头抽烟。主要是安华家人，任凭安华怎么解释，她的家人坚持认为俞寒是个坏孩子，是他诱骗了安华。基于这种认识，他们兴师动众地上门找俞寒算账，王有道和母亲只好低三下四地向他们道歉，还买着大包小包的东西带着俞寒去他们家慰问，这样去了几次，本来以为这事就这样过去了，不想他们又要求王有道出钱带安华去医院检查，直到拿到安然无恙的化验单他们还不罢手，又要求学校开除俞寒。王有道不知作了多少个揖，跑了多少次腿，请了多少次客才勉强把这事给压下，但从此俞寒再也不能跟安华同班了，一回来上课就被调到了另外一个班级。

安华家人的无理取闹加重了这一事件的舆情，"拖油瓶"本身在村里人眼中已属另类，十多岁就能带着女孩子私奔就更让人刮目相看了。俞寒每天都能感受到这些异样目光，内心越来越封闭，他看起来比过去更加孤独了，跟安华的关系也发生了微妙变化。他们开始相互躲着对方，这种刻意反而让他们更加关注彼此，虽然不再在同一个班级，可他们也会时有照面，每每目光绞合在一起，都会让对方为之一颤。他们都清楚地知道，他们不再是同学和同桌了，可他们之间有了比这更进一步的关系，至于怎么界定他们自己也说不清楚。

四

一九九二年六月，俞寒初中毕业，没有出现奇迹，中考成绩几乎跟之前的预想一样差，要想继续学业只有两条路可走，一是复读，争取来年再考，另外就是交钱去普通高中读高价生。这也是母亲和王有道坚持要让他走的路，可他却并不想走。此时尽管他只有十六岁，但已经有了自己的主见。现在的家和学校都是让他感到厌倦的地方，他急于想独立出来，出去闯荡一番。当然，俞寒之所以有这样的念头也跟当时的外部环境有关，就是这年春天，有个老人在南海边画了一个圈，促使全国各地把改革开放的步子迈得大了起来，到处都在喊着要实现经济的大跨度、超常规、跳跃式发展。农村在大力发展乡镇企业的同时，强力推行种植业结构调整，要使经济作物的种植面积超过粮食作物。已知升学无望的俞寒早就注意到了这些，这让他更加坚定了自己的选择，他有着无所畏惧的闯劲，也有着不着边际的自负，从心里认定自己一定会在这片"广阔天地大有作为"。

告别学校的那天下午，俞寒来到老地方等安华。老地方位于墨镇村北一个偏僻的小树林，一段废弃的扬水渠把它跟南边的村庄隔开。两年前俞寒无意中发现了这里，觉得很安静，就经常一个人过来待一会。但他很快就在这里跟安华"偶遇"了，从此这里就成了他们悄悄相会的地方。

过了不一会儿，安华就赶了过来。平时他们要约会也是有些信号的，他们的教室分列后面那排房子的两端，安华的教室在最边上，如果俞寒想见安华就会在那个教室挂脚上站一会儿。而安华却要直接得多，采用的是那时常见的方式——递纸条。随着年龄的增长，安华的鼻炎早就好了，鼻涕自然也不再流了，已经出落成了一个有模有样的大姑娘，没有同学再嫌弃她，有的是甘愿给她充当信使的玩伴。但今天他们却没有任何约定，对此他们心照不宣，因为这是他们共同离开学校开始新生活的日子。

安华的一个表叔在墨镇任分管乡镇企业的副镇长，他们原本说好要通过这个表叔先到镇造纸厂干一段时间，然后再另做打算。可这次安华带来了一个新情况，镇上刚成立的多种经营办公室缺人手，表叔问安华愿不愿意去？这当然是好事，俞寒为安华感到高兴，可安华却有些不舍，她想和俞寒在一起。俞寒就安慰安华说，造纸厂离镇政府很近，他们要想见面还是很容易的。安华纠正道，听说多种经营办公室在工办那个院里办公。俞寒不知道工办在哪？安华说就在汽车站那个路口的北边。俞寒说那就更近了。虽这样说，俞寒心里还是感到了失落。他渐渐发现安华已不知什么时候成了他的主心骨。

此时他们都还未成年，上天偶然让他们相遇，他们遵从自己内心的召唤，不自觉地走在了一起，他们的靠近源自最初的惺惺相惜，之后的青春骚动和对未来生活的迷茫，也源自心灵深处最自然最单纯的那种情愫，也因此，将来的规划和男欢女爱的释放都离他们很遥远，有时他们在一起只是为了寻找一种不一样的感觉。偷偷约会一年多来，他们甚至连手都没拉过，只是说些不想对别人说的话，说完就好像夜行的旅人找到了温暖的驿站，浑身放松了下来，内心立刻就被幸福的颤栗塞满了，再看眼前的世界，仿佛也变得广阔无边。

俞寒回到家，本来也是有些思想准备的，可没想到母亲的反应会这么激烈。母亲起初没流泪，反而出人意料地对着他咆哮起来，并历数他种种顽劣的表现，以及她为他所做的牺牲，这样诉说着，眼泪才无声地流了下来，之后就只是呆呆地坐着，大睁着双眼，看似往前直直地盯视着什么，流露出来的却是空洞和绝望。旁边的王有道反而话多了起来，跺着脚质问，你说，你不上学能干么？能干么？……此时的俞寒对母亲和王有道的态度还不能理解，体会不到他们对自己的关爱和担心。俞寒认为他们像外面那些人一样小看自己，当时就跟他们大吵起来，明确表示自己已经是大人了，再也不需要他们来为自己指点江山。

一个星期后，俞寒正式去墨镇造纸厂上班，安华也进了多种经营办公室。那时这样的乡镇机构很不规范，又有那位表叔打招呼，没有人计较他们的年龄，更何况他们又都是临时打工。让俞寒想不到的是造纸厂的活很累很脏，他被分配到造纸的流送车间，主要任务就是把造纸用的麦草通过传送带传送到粉碎机里，传送带不停他就不能停下来，就得跟着连轴转。麦草都是从大田里直接收上来的，里面有很多灰尘，一天干下来头发眉毛都像是在土里滚过的，谅是戴着口罩，还是有很多通过喉咙吸进肺里，往往到了第二天咳出的痰还是黑色的。干了两天俞寒就想打退堂鼓，但想到自己当初的决心，想到安华还在不远处看着自己就忍着坚持了下来。

生活看似走上了正轨，可意外总是突然而至。俞寒还没拿到第一个月的薪水，母亲却没有任何征兆地走了，走得有些奇怪，是因为吃了没煮熟的芸豆而中毒。那天王有道也没在家，中午是母亲一个人吃的饭，俞寒下午从造纸厂回来，发现母亲已经直挺挺地躺在了王有道的怀里。俞寒对那个结论颇为怀疑，母亲应该知道煮不熟的芸豆有毒性，平时做饭的时候还提醒过家里人，她自己怎么会犯这样的低级错误？难道母亲是有意要这样？……他不敢再想下去。他知道他是母亲唯一的指望，现在他已经明白，母亲当年是为了他才嫁给王有道的，但他却让母亲失望了。可无论怎样母亲也不该自寻这条路。

我要和你埋在一起，一定要照看好寒儿。这是母亲在王有道怀里留下的最后遗言，俞寒至死都会记得这话，这让他永远都感到羞愧。他没有想到母亲已经把王有道当成了亲人，而自己却还一直在排斥着。更让他羞愧的是王有道对母亲去世原因的再度解读：芸豆是煮得欠一些，但也不是主要的，主要是因为院子里的石榴树招虫子了，昨天晚上我给石榴树刚打过农药，已攀上墙头的芸豆架也粘上了农药。她不知道我打过农药就顺手摘来吃，不想就中毒了。这个解释显然比单纯的吃生芸豆中毒更合情合理一些，面对这样的解释，周围没人再对母亲的死因产生疑问。可俞寒知道那都是王有道瞎编的，院里的石榴树倒有，芸豆就种在石榴树下，可家里从来就没存过农药，更别说打了。

王有道的虚假说辞更加让俞寒在心里认定了那个猜想，母亲应该至死都在保护着自己。王有道是母亲的得力从犯和有力传承者，他们用这样一个看不见的接力在共同隐藏一个不想为人所知的秘密，他们担心俞寒行走在人间会再度遭受诟病，担心俞寒会背负很重的心理负担，才不得不这样处心积虑。

尽管这样，在母亲的葬礼上，俞寒还是在心里默默怨恨着母亲，他恨母亲否认了他的未来，他不明白母亲对他为什么会如此没有信心？他本不想流泪，但看到母亲那黑白的影像在阳光下飘摇，眼泪还是如遏制不住的泉水一样，汩汩地流下来。

处理完母亲的丧事，俞寒接着就回造纸厂上工了，把被窝儿也带到了厂里，跟十多个小青工挤在一间大宿舍里。这次离家跟之前的想要逃离不一样。在这个家里，他第一次感到无地自容，觉得自己愧对王有道，更愧对已进入天堂的母亲，他不想时时面对他们，不想时时面对自己的过往。

乡镇企业的发展本身就有诸多局限，很多企业自打投产就从来没营利过，只是勉强维持着撑门面，墨镇造纸厂就是这样。俞寒进厂的时候已经到了第四任承包商手里，随着这最后一任厂长的卷款外逃，墨镇造纸厂在这年冬天也不得不宣告破产了。俞寒也随之失业，只好回到了只剩下了王有道的家中。与此同时，安华的多种经营办公室却日渐红火起来，大棚蔬菜的种植经验已在墨镇得到广泛推广，也获得了很多农户的认可。

安华鼓动俞寒也建大棚种蔬菜，并带俞寒去几个大棚种植专业户那里参观学习。俞寒很快就心动了，回来就跟王有道商量着建大棚。

当时建个用土坯垒起来的大棚需要二千元左右，如果用水泥块就要将近五千。王有道支持俞寒的想法，但建议先建一个简单的，摸索下经验。俞寒觉得王有道说得在理，第二年开春，王有道拿出钱来，又通过安华请来了指导师傅，在自家责任田里建起了第一个简易大棚。大棚开始运行后爷俩尽心尽力，从下种覆膜，到育苗移栽不敢有丝毫懈怠。夏天无论多热都会在大棚里给秧苗分蘖，冬天无论多冷都要晚上出去给大棚盖草苫子。当年大棚就产生了良好的经济效益，也赶上这年冬天蔬菜价格奇高，一篮子黄瓜就能换来一块像模像样的猪后座。吃上甜头的俞寒第二年就扩大了规模，又建起来两个简易大棚，本想大干一场，不想这年夏天一场超乎寻常的大暴雨把三个大棚都冲塌了。

经此失败，俞寒并没有认输，他感到自己选择的路子是对的，失败的原因是由于自己的思想太过保守，如果当初用水泥块建大棚，就能抗住自然灾害的侵袭。于是他再次筹款，准备建几个高标准的大棚。王有道已经拿不出钱来了，总共不到一万块钱的积蓄前两次就都花光了，俞寒只好去镇上的信用社贷款。

高标准的大棚建起来了，俞寒却并没有得到理想的结果。头一年冬天，还没进三九就下了大雪，又连阴了半个多月，蔬菜光照不足，不但产量没上去，品质还差，很多外地收菜的贩子根本就不来他们地头，致使蔬菜卖不出去。第二年倒是风调雨顺，蔬菜获得了丰收，但蔬菜的价格却下来了，最后一算，除去各种成本也没落下几个钱。

这样混了两三年，俞寒不但没实现当初辍学时的抱负，反而使自己的生活陷入了困境，包括王有道的积蓄和信用社的贷款，他已经欠下了近两万元的债务，这在当时可是一笔巨款。尽管王有道一直强调他们是一家人，他的钱是就是俞寒的钱，可俞寒却在心里记着这笔账。初出茅庐时他年少轻狂，自以为世界可以把握，可以随意驰骋，用不着任何人帮助。可现实给了他一个又一个的教训，至此他已多少有些清醒，人生并不像他想得那样简单。

一九九六年冬天，经跟王有道商量，俞寒以极低的价格把大棚转了出去，然后跟王有道来到胶东，开启了一段铁匠生涯。

五

一个月之后，俞寒和安华再次踏上了去往林紫的旅程。跟上次的毫无把握不同，他们此行信心满满，目的明确，是要去林紫法院领判决书，要重新收回自己的财富。

天气已有些转暖，安华这次穿了一件紧身夹克衫，下面是一条黑色牛仔裤，把身材的曲线毫无保留地显现了出来。她还是像上次一样给俞寒带了早饭，是自制的煎饼果子，改良版的，鸡蛋饼里加的是用油煎过的培根，还放了葱花和香菜。安华一上车就默不作声地把装着煎饼果子和酸奶的塑料袋放在调速器后面的凹槽里。热腾腾的气息立刻弥漫了车厢，俞寒感到有些内疚，不禁有些歉意地看了安华一眼。他就担心安华又会给她带饭，所以今天出来的时候特意吃了点，本来他想说自己吃过了，可却怎么也张不开嘴。

自那晚跟安华分手后俞寒一直没再联系安华，床上的挫败让他心生惭愧，使他对自己和安华的未来再度产生了怀疑，这么多年过去了，他们当初的爱情找不到可以储存的银行，只是任无情的岁月侵蚀，早已陈旧如一页发黄的纸张，任何风浪都会席卷而去。从某种意义上说，那段最初的感情早就被纷扰而污浊的尘世给清空了，他们已重新变成了陌生人。

三年前的那个清明节，他们在俞寒母亲的墓前相遇，是村里的集体墓地，安华也是来上坟的，也是母亲。安华那边人多，五朵金花再加上她们的子嗣，看起来呜呜泱泱的，而俞寒这边只有他自己，按照风俗王有道是不能来的。安华显然早就看到了俞寒，待自己的姐姐妹妹们陆续离开，她径直来到了俞寒面前，俞寒看到安华有些吃惊，稍微迟疑了一下，就主动开口问好。对俞寒的反应，安华似乎感到了意外，接着也礼貌地回了一声。不该寒暄的寒暄出现了，在一个不适宜的场合，他们却有着看起来最适宜最无可挑剔的表现。最后他们互留了电话号码，然后再友好地分手。这多像一场普通朋友之间的久别重逢。他们没有更进一步地探讨彼此，他不知道她已离婚多年，她也不知道他刚刚结束婚姻。此后双方的电话号码就一直沉睡在对方的手机里，直到俞寒被迫卖掉房子，有了把那剩下的三十万想做投资的想法。

这样的回顾让俞寒越来越清醒，在处理跟安华的关系上他似乎从来没有越矩，包括之前和最近的这次未遂。他们已经有了各自坚不可摧的生活轨道，想要融合已变得极为困难，不然，再次相遇后为什么又会各自沉默了这么久？

赵所长本来说好要陪他们去法院的，但临到关头却说自己正忙着脱不开身，法院那边都说好了，他们只需去签个字领出来就行。接着又联系刘燕，电话却怎么都打不通。俞寒和安华只好直接去了法院，打听着找到负责这个案子的法官，法官很年轻，本来很平滑的额头，硬生生拧出来个疙瘩，看人的时候眉毛往上挑，眼睛瞪起来。俞寒按照法官的指点签了字，把判决书拿到手问下一步该怎么办，法官继续硬撑着那伪装出来的威严，有些反感地反问，我怎么知道你们该怎么办？俞寒也知道有些干司法的人都很横，可没想到会这样，心里窝着火，想跟眼前这个毛蛋孩子理论理论，是安华在旁边扯着他离开了。

后来是法院门卫指点俞寒和安华来到法院执行局，执行局的人一看这个判决书就说他们已收到了，也已找了评估机构对赵永利的房产进行了评估，接着就拿出了评估报告，俞寒接过来翻到最后，看到那组数字一下子就瞪大了眼睛，那条几万平方米的商业街只被评估了不到一千万。俞寒吃惊地问，这怎么可能？执行局的人看了看俞寒说，怎么不可能？南寨镇本来就是靠煤矿繁荣起来的，现在煤被挖空了，也就没有人气了，别说商业用房，现在那里什么房子都不值钱了。安华听了这话很不甘心就说，再不值钱也应该够我们那四十万的吧！执行局的人撇了一下嘴巴说，老赵一定没给你们说，你们是在第一个债权人之后查封的，用个术语说叫留候查封，商业街就是拍卖成功也要先还排在你们之前的债权人，光他就是三千万，你觉得还有你们的吗？

从法院出来，俞寒恨不得一下子把手中的判决书撕碎，苦苦等了一个多月，等来的这种判决又有什么用？钱没拿到还空搭了这么多时间！平添了这么多烦恼！安华落在后面打电话，口气严厉，言辞激烈，一听就是打给那个自称发现了奶酪的人，可这又有什么用？那个人本身就是下三滥，他应该从一开始就知道这个所谓的商业街一文不值，可他还是用它做诱饵设了一个圈套。为了那笔代理费，他可真是丧尽了天良，但偏偏俞寒就傻不愣登地被套中了。有人说，人不能两次踏进同一条河流，但他俞寒偏偏连续上了两次当。此时他已恨死了自己，恨死了刘燕，恨死了那个好酒好色心术不正的赵所长，恨死了世界上所有的人！

俞寒和安华一前一后地坐进车里，老半天两个人都没说话，却能明确感受到对方的气息。过了好一会儿，安华才说，咱们去南寨看看吧，我总觉得这事有些蹊跷，一条街怎么就值那点儿钱？俞寒心中的怨愤还没有平息，刚才他已把评估报告认真地看了好几遍，明明知道去南寨探访也不会有好的结果，但眼下就这样走了又实在不甘心，闷头想了一下，最终还是发动了车子。

导航显示南寨镇离林紫县城不远，但路却难走，老旧的泊油路，布满了坑洼，很多地段路面的沥青颜色已被尘土所覆盖，沿途还有一处设有限制大车的路障，两边垛着水泥半墙，中间只留下能容一辆小车通过的空隙。

商业街位于南寨镇镇政府东端，没想到居然是个半拉子工程，只有入口处的牌坊看起来相对完整一些，有几栋商业楼的主体起来了，但打现浇时用来支撑的木桩还没撤掉，外面的水泥块都裸露着原色，窗口连门框都没放，黑洞洞地敞开着，里面的大部分都只打好了地基，一段段锈蚀的钢筋从土里钻出来，长短不一地朝天上戳着，地面倒足够大，三万多平方米应该不虚，真是浪费了这么好的土地。俞寒知道很多开发商做项目只是为了圈钱，眼前这番景象应该就是很好的例证。赵永利们的目标应该是银行的钱，祸及刘燕纯粹是搂草打兔子顺捎，而波及他和安华则完全是个意外。

安华也有些傻了，这跟想象中的商业街完全是两码事，别说眼前只是些破败的楼花，就是完整起来也没多大意义，周围几乎没有人气，在这里建商业街完全是无稽之谈。

两个人很快就坐上车往回返，此时已近正午，外面的阳光很亮，脆嫩地洒下来，田野里的麦苗勃发着一种深绿色的油亮。车内的气氛却跟这灿烂的春天极不协调，沉重而压抑。快到林紫县城的时候，俞寒率先打破了沉默，问道，咱们在县城吃点饭再走？俞寒想让自己的语气竭力平静下来，可这怎么可能？已跌入冰点的情绪再怎么掩饰也是冷的。

跟来的时候不同，安华这次选择坐在了车后座上，俞寒的征询意见发出去很久安华都没回应，她一直沉默着。车子飞速地往县城深处爬行，很快就拐上了贯穿县城东西的那条大道，再往前就是回悦城的路了。俞寒有些耐不住了，但他再也没心思来打破车内的僵局了，不自觉地把车速降了下来。直到此时，安华似乎才醒悟过来，缓缓地说，你先回去吧，我想留下来找刘燕再想想办法。俞寒有些意外，有些激愤地回道，还能有什么办法？都到了这一步了？安华顿了一下，还是以那种平缓的语调说道，先找到刘燕再说吧，毕竟钱都是她败出去的，她手上应该还有其他线索……安华的声音越来越细小，似乎气力不够的样子，可语气却异常坚定。

俞寒刚才还坚硬着的情绪开始有些松动，心中有了某种不忍，语气尽量平和地说，别再做这样的无用功了，刘燕都自身难保了，她还能做什么？先回去再说吧。说着顺手又挂上了快档。车子呼呼地往前加速，安华的声音也突然高亢了起来，疾声道，你赶紧找个地方停车，不然我要跳车了。说着就要伸手去拉车门。俞寒透过后视镜感受到了安华的暴烈，也有些火了，心说，这事还不都是你闹的，你反而还横了起来，你要下就下吧。

俞寒赌气把车子停在路边，安华立刻决绝地下了车。俞寒不好接着去阻拦，就从倒车镜里观察安华，一边考虑自己下一步的行动。只见安华往后走了几步，越过马路中间横栏下的人行道，来到马路对面。安华刚站稳就有一辆出租车开过来，安华招手上了这辆出租车，接着就快速地离开了。俞寒有些傻了，他没想到这辆莫名其妙的出租车跟安华会衔接得这么迅速，赶紧打安华的手机，可安华说什么都不接了。

俞寒呆呆地坐在车里，心情糟到了极点，他不明白自己究竟哪里错了，就连安华也这样对他。手机震动了一下，是安华的微信信息：俞寒哥，我去找刘燕了，一定会给你个交代的。不要担心我，你先放心回去吧。再见。

看到这条信息，俞寒心里稍微安稳了一下，但仍然感到空落落的。这段时间，他考察了一个全国连锁的餐饮项目，单等这笔钱过来就进入实际操作层面，这是他东山再起的唯一机会，现在看来这事又成了泡影。也因此他并没把安华的话当真，整个事件再次陷入了死局，还会有什么样的交代？他想给安华回复一下，但在手机屏幕上写了好几次又都删掉了，他不能把自己此时的情绪完全祖露给安华，又不想假惺惺地发些言不由衷的说辞，最后只写下了：保重，再见。

在回悦城的路上，俞寒把车开得很慢，心里一直默念着刚刚发出去的那四个字，"保重，再见。"多么正式，又多么悲壮！这也许应该是他跟安华的最后告别。事情到了这样的地步，大家应该都明白，不然，安华又何以执意地留下来继续追债？她清楚自己的责任，她要对那三十万负责。他们的关系从他把钱打给安华的那一刻起就是清晰的，是债权人和债务人的关系，站在这样的角度理解，现在以这种方式跟安华告别也不失为一种选择。

现在想来，他和安华的事情好像从来就没个明确的说法。二十多年前，他们似乎是恋爱了，彼此之间也会思念，也有不一样的感觉，也时不时去那个老地方见上一面，但他们确实又不像青年男女之间的那种恋爱，他们从来也没有过那种亲昵。有时单独在一起，他也有过冲动，可往往事到临头他又把那种欲念及时地遏制住了。说起来当时他还太过年轻，读不懂爱情，读不懂安华，更为重要的是，面对安华的时候，他时常感到惶恐，感到自己难以逾越心中那个强大的障碍，这个障碍就是自卑。

　　亲生父亲留给他的创伤，母亲留给他的阴影，拖油瓶的身份这些都是他自卑的根源，辍学之后他拼命努力，进工厂，建大棚，想通过努力来获取自信，赢得尊严，可没想到命运对他如此残酷，越努力就越失败，他在安华面前就愈加自卑，始终不敢对安华有任何的越轨行为。再加上，此时他感到安华已离自己越来越远，这不仅仅因为安华在多种经营办公室越干越红火，打扮得也越来越洋气，还有他们相会的时候，安华总给他讲谁谁谁给她介绍对象了，谁谁谁又要请她吃饭了……安华的本意可能是想让他对她重视起来，而他却反向地理解了安华的用意，反而变成了惊弓之鸟。那几年他跟安华处得很累，经常在深夜失眠，脑海里会蹦出各种稀奇古怪的想法，大多都是围绕安华而展开的，可等到天亮，这所有的想法就都会在光明下隐遁。

　　那年冬天他决定跟王有道去胶东是有多重考虑的，一方面是因为经济压力，他想回到那个地方，另外寻一条生路，还有一个隐秘的原因就是他想离开安华，至少要离开一段时间，让自己安静下来好好想一想。让他意想不到的是，这次逃离却再次改写了他的命运，他遇到了李千惠和刘克丽，她们母女二人不但成就了他后来的事业，而且还给了他几乎让所有人都羡慕的婚姻。

　　仅仅几年的时光，铁匠生意在胶东已经没多少市场了，主要原因在于这几年改革开放的步伐加快了，渔民用来捕鱼的船只也更新换代了，大多换成了带有发动机的大型帆船，鱼叉、铁锚这些适用于小渔船上的工具越来越少。既然出来了，生意不好做也得熬，好在还有一些渔民们日常使用的生活物品。他们去的地方还是王有道的老根据地——铺集镇，当初俞寒和母亲就是在这

216

里与王有道相遇的。铺集镇离里岔镇不远，来到这里不久，俞寒就悄悄回了一次里岔。记忆中的供销社大院还在，只是已没有了当年的繁荣与热闹，靠街的那个最大门面房已变成了饭店，旁边几个小门头也都改换了门庭，所有的一切似乎都变了，也不可能不变，十多年过去了，他已由一个懵懂无知的八岁孩童，变成了一个一米七八的大小伙子。现在他踯躅于对面街头，不会有人猜到这个陌生年轻人的身份，更不会想到他跟身后的这个大院子会有这么深重的关联。

六

李千惠最初是带着一把菜刀来到铁匠铺的，刀面上锈迹斑斑，圆锥形木质刀柄上布满了灰色苔痕，刀刃还崩掉了一个小缺口，王有道接过来看了看，又用砂纸打磨了几下，刀面上原本被锈迹填满的凹痕清晰了起来，是三个汉字：王麻子。王有道的眼睛立刻就亮了，啧啧地赞叹道，真是一把好刀！

李千惠感到奇怪，说，这是最近才从一堆杂物中找出来的，都这么旧了，怎么会是好刀？

你一定听说过王麻子吧，我听我师父说都有好几百年的历史了。这把刀虽不是个古老玩意儿却也年岁不短了，应该是一九四九年后的第一批产品，那时刚开始公私合营，还没有机器，继续用纯手工锻造，能留下来的都是稀罕物。

经王有道这么一说，俞寒也发现了这把刀确实跟一般菜刀不同，拿在手里的感觉就不一样，刀柄跟刀面的线条非常流畅，前后刀刃的几何角度也有些区别。同在现场的李千惠却没继续做这样的探究，她的心思似乎不在带来的这把菜刀上，目光一直在在俞寒身上踅摸，看得俞寒都有些不好意思了。

俞寒很快就了解到这个装扮入时、风韵犹存女人的底细，根本就不用特意去探听，铁匠铺有时就是新闻发布现场，来拾掇家什儿的居民总会带来你需要的信息。十多年前，李千惠由外地嫁过来，给当时的铺集公社党委副书记刘代明做了填房，同时也成了那个七岁女孩刘克丽的后妈。她先是被刘代

217

明安排在公社粮所工作，后来下海经商，目前是铺集镇最成功的商人，不但有自己的鞋业加工厂，还经营着一家规模很大的批发市场，生意已不限于铺集镇，在整个胶东一带都非常有名。

王有道的手艺没得说，菜刀很快就整好了，不但把那个缺口补得天衣无缝，还被打磨得像新的一样，可李千惠却迟迟不来取。托人给她捎信也不见踪影。进了腊月，眼看他们就要回家过年了，那把菜刀还没被取走，这要是把一般的菜刀也就算了，这么好的东西，王有道担心给弄丢了，就让俞寒给送过去。

李千惠的家倒很好找，跟镇政府相邻，是一栋二层小楼。外面的铁皮大门虚掩着，俞寒在门前用手拍了几下里面都没反应，犹豫着推门往里走。里面的院落挺大，还种着几株果木子树，前厅建有门廊，门廊的门也敞着，继续往里，一个女歌手掐着嗓子的颤音随着音乐丝丝缕缕地飘出来……愿意为你，我愿意为你，我愿意为你忘记我姓名，就算多一秒停留在你怀里，失去世界也不可惜……歌声很动听，俞寒隔着客厅的玻璃门往里面打量，里面有个年轻姑娘正背对着门在摇头晃脑地听歌，姑娘穿着粉红色紧身毛衣，胸脯明显地招摇着，跟披散在肩头的长发形成一道别有韵味的景致。俞寒对着玻璃敲了几下，姑娘听到动静后转身，猛然看到提着明晃晃菜刀立在门外的俞寒，立刻吓得尖叫起来。幸亏李千惠随后赶了回来，不然，俞寒当时的这副形象还真有可能把警察招过来。

这是俞寒第一次见刘克丽，还差点被当成入室抢劫的罪犯。那天俞寒本来想放下菜刀就走，不想却被李千惠硬拖进了客厅，里面很暖和，俞寒穿了一件脏兮兮的军大衣，很快就感到浑身像爬满了蚯蚓一样不自在。刘克丽已逃到了楼上，很快就又被李千惠重新喊过来招待客人，刘克丽似乎有些不情愿，嘬着嘴巴再次走下来，李千惠让她喊俞寒哥，她却抬头看着俞寒只想笑，最后还是没憋住，笑着喷了出来，接着就捂着嘴巴嘎嘎地笑着又跑回了楼上。

李千惠盯着刘克丽的背影嗔怪着，又无奈地看了一下俞寒，轻轻叹了一口气，说，看这孩子，都让我给惯坏了，都成大学生了，还是没个大人样。

语气自然而随意，丝毫没有后妈的感觉。俞寒随后了解到，刘克丽居然正在悦城读大学，是悦城医学院的大二学生，读的是药剂学专科。那个下午李千惠问了俞寒很多问题，俞寒一开始还有所保留，后来就干脆放开了，他说了自己的身世，也把这几年种大棚的遭遇和目前的困境讲了，他感到李千惠对他有一种莫名其妙的关爱，这让他从心里感到温暖。

在离开铺集镇的前一天晚上，李千惠把王有道和俞寒请到了家里，摆了一桌子丰盛的菜肴，说是要给他们饯行。王有道和俞寒本来不想去，但架不住李千惠的热情，反复去铁匠铺请了好几次。他们有些惶恐，也有些意外，搞不明白这个身份不一般的女人为什么要对他们这般好？李千惠知道他们是有些不好意思，就说也不光是给他们饯行，她还找他们有事要商量。

家里只有李千惠和刘克丽，刘代明是个闲不住的人，刚退休就被朋友开的企业聘过去当顾问了，隔个十天半月才回来一趟。晚餐虽然只有他们四个人，但王有道和俞寒仍然感到了紧张，平时他们也是有些酒量的，可眼下却不敢放开。李千惠一直劝他们多吃，他们反而越来越拘谨。刘克丽还是那副没心没肺的样子，可能是又想起了上次的事情，看着俞寒只是偷笑，又怕李千惠凶自己，只得忍住闷着头吃饭，不一会儿就吃饱了，接着就噔噔地跑到楼上去了。

看刘克丽离开，李千惠才讲出了自己的打算，她想把自己的鞋业公司发展到悦城去，并想请俞寒做她的代理商，之所以这样考虑完全是事业发展的需要。胶东一带小型鞋业加工厂很多，竞争压力很大，利润空间越来越小，她送女儿上大学的时候去过悦城两次，对那里的市场已有所了解，觉得这边的产品过去应该会受欢迎。当然，她之所以选定悦城还有对地利上的考量，悦城是津浦线上的重要码头，交通便利地理位置优越。至于为什么想到让俞寒当代理商她也说出了原因，首先是因为俞寒年轻有闯劲，再就是她看好了王有道和俞寒父子的人品。

王有道有些发蒙，他不知道这里面的道道，干脆闷着头不说话。俞寒心里却开了锅，他感到他的机会来了，命运女神正微笑着向他招手。

春节过后不久，李千惠就来到了悦城，带着俞寒跑工商租门头谈租金，很快就在悦城黄金地段租下了一间将近八百多平方米的商铺。到了这年五一节，金川鞋城正式开张，主要经营男女皮鞋，货源由李千惠从胶东那边提供，"金川"是李千惠自己鞋厂的品牌，主要针对中低端消费群体，价格相对低廉，鞋城开张之际更是打出了一些列的促销广告，鞋城一下子就火了起来。

俞寒成了名副其实的年轻老板，这让他找回了失落已久的自信，到了这一步他跟安华的关系本来可以水到渠成了。可没想到，就是这年夏天，刘克丽却阴差阳错地走进了俞寒的生活。

李千惠把鞋业公司开到悦城，另一个受惠者就是刘克丽，悦城医学院建在西郊，离城中心还有一段距离，刘克丽又喜欢热闹，金川鞋城就成了她进城的落脚点。公司走上正轨之后李千惠回了胶东，俞寒就成了接待专员，刘克丽就更肆无忌惮了，随着接触的增多，刘克丽跟俞寒已经很熟了，也认下了俞寒这个哥。这时候的俞寒为了联系生意方便，已用上了移动电话，是比砖头略小点的那种，信号是模拟的，拨完号码之后，声波要响好久才能联系到对方。这给刘克丽带来了极大的便利，校园里的公共电话又方便，一有事就给俞寒电话，有时是让俞寒给她送吃的，有时是直接把俞寒喊过去请她吃饭。俞寒对刘克丽的这些要求不敢怠慢，总是有求必应，他早已感觉了出来，李千惠虽然看起来严厉，但在骨子里对这个继女很溺爱，李千惠是他的恩人，对刘克丽好就是在回报李千惠。更何况，俞寒还很喜欢这个热情爽朗长相甜美的女孩子，当然这时的俞寒还没有非分之想，只是那种带有遥望性质的喜欢，他知道自己跟刘克丽根本就不是生活在一个世界里。

这年暑假刘克丽没回胶东，说是要找同学去玩，直接由悦城坐火车去了上海。几天之后的一个夜晚，鞋城刚刚打烊，俞寒也准备上楼休息，手机却吱吱地叫了起来。显示的号码是当地的，摁下接听键，老半天没动静，喂了好几声，里面才传出刘克丽撕心裂肺的哭声，俞寒吓了一跳，不知道发生了什么，赶紧问怎么了？刘克丽在那边哭喊着说，我什么都没有了，我不想活了，我什么都没有了，……俞寒更害怕了，问你在哪里？我这就过去。刘克丽最初嘤嘤地哭着不说，后来才说在火车站后面的一条街上。俞寒立马骑着摩托车赶了过去，

220

刘克丽这时已经离开了那家小饭馆，俞寒沿着那条名字叫元宝的商业街找了好几个来回，才在一个昏暗的角落里发现了浑身酒气的刘克丽。

俞寒把摩托车停在旁边，蹲下身子靠近刘克丽。刘克丽乍一看到俞寒，张开手就扑了上来，然后就又开始号啕大哭。

俞寒被动地接受着呼天抢地要死要活的刘克丽，一开始还以为她遭受了坏人的凌辱，后来终于问出来了，她是被一个负心的男人给甩了。一进医学院，刘克丽就喜欢上了一位比她高两届的师兄，是在学生会组织的一次活动上认识的，后来就开始明里暗里地追求，女追男总是容易一些，那位师兄很快就范了。今年三月，师兄通过关系找到上海一家医院实习，准备下一步就留在这家医院工作，中间回来过几次都说得好好的，单等刘克丽毕业后也去上海就业。由于表现出色，师兄刚领到毕业证就被这家医院正式聘用了，两个人还为此庆祝了一番。可前几天刘克丽追过去，本来想重续鸳鸯梦，不料却撞见师兄在宿舍里正搂着别的女人。在刘克丽的逼问下，师兄只得承认那个女人是上海本地的，也在那家医院上班，早在实习的时候他们就已暗通了款曲。

遭此打击，刘克丽本想跳进黄浦江里一走了之，但毕竟还有些不舍，又不愿回家，只得重新回到了悦城。火车到达悦城站，刘克丽从出站口走出来，才知道在悦城她只有俞寒这一个依靠，可她又不想以这副样子去见俞寒。后来她进了旁边的一家小餐馆，一个人喝起了闷酒，喝醉了才壮着胆子给俞寒打起了电话。

那天晚上，俞寒好不容易才把刘克丽弄回自己的住处（鞋城二楼的一个房间），把她放到自己的单人床上，房间里没有可以躺卧的沙发，俞寒又不敢离开，只得找了几把凳子连在一起，权当自己的临时休息场所。也可能是折腾累了，刘克丽起初还睡了一会儿，但很快就又醒了过来，哭闹着又要喝酒，接着就开始往外呕吐，弄得俞寒整个晚上都没眨眼。

第二天刘克丽昏睡了一整天，到了晚上俞寒熬了白粥，又用电磁炉做了两个青菜。刘克丽蓬头垢面地在床上坐起来，看着眼前热腾腾的饭菜，眼泪又止不住地流了下来。俞寒以为刘克丽又在想那个负心汉，就劝慰道，别想那么多了，赶紧喝点粥吧。刘克丽似乎是僵住了，坐在那里老半天一动也不动，只任眼泪在苍白的脸上静静地流，俞寒也不敢继续往深里劝，只能无措地站在旁边叹气。过了好一会儿，刘克丽突然往上撩了一把头发，抬起头，瞪着盈满泪水的眼睛对俞寒说，我怀孕了。

　　三天后，俞寒带着刘克丽去附近的乡镇医院打掉了孩子，之后的一段时间，刘克丽就在鞋城二楼安顿了下来，俞寒把货物归整了一下，又腾出来一个小房间，置办了钢丝床和被褥，自己搬了进去，把自己原先住的那个房间留给了刘克丽。刘克丽刚做完手术的那几天，俞寒不知从哪里学来的方法，淘换来了一只老母鸡炖汤，还买来红糖小米大枣熬粥。在俞寒的照顾下，刘克丽很快就恢复了过来，他们之间的关系也发生了某些变化。转眼就到了开学季，临回学校的前一天晚上，刘克丽从外面买来了几样菜，还带回来一瓶张裕解百纳红酒，一大杯红酒干下去，刘克丽脸上立刻开满了桃花，然后有些羞涩地对俞寒说，你若不嫌弃，就把我娶了吧。

　　俞寒做梦也没想到刘克丽会以如此直白的方式来推销自己，对刘克丽的那种想法倒是在脑海中偶尔闪过，但也仅仅是闪过，他总觉得不可能，这么好的家世还是大学生，即使是有了那种遭遇之后也是不会看上自己的。他有些不相信自己的耳朵，瞪大了眼睛吃惊地看着刘克丽。刘克丽却没理解俞寒当时的状态，见俞寒不回答，就讪笑着说，算了，我是开玩笑的，看把你吓得。听说你在老家也正谈着一个。这下俞寒清醒过来了，赶紧否认说，我没有，没有谈着的。

　　那你就是嫌我不干净了。刘克丽继续讪笑着说。

　　俞寒顿了一下，盯着刘克丽说，你在我心里一直就是天上的仙女，是永远圣洁而干净的。

　　两个人好了之后原本以为李千惠会是障碍，刘代明已患脑血栓卧床不起，他的意见已经不重要了，反倒是李千惠不仅是实际上的家长，还对刘克丽视如己出，应该不会同意这门亲事。刘克丽性格里有天不怕地不怕的一面，认准了事情八头牛也拉不住，她已下定了嫁给俞寒的决心，就是李千惠不同意也要死撑到底。相比而言俞寒倒没这么坚决，李千惠是他的老板，他现在的一切都是李千惠给的，他不能不顾忌李千惠的意见。刘克丽说自己要嫁给俞寒，李千惠果然被惊着了，老半天没反应过来，过了好大一会才问刘克丽，你想好了？刘克丽说想好了。李千惠又说，你不是小孩子了，应该明白婚姻大事不是儿戏，对女人来说，嫁人就相当于再次投胎转世，一旦选错了对象这辈子就没指望了。你现在还上着学，我觉得这事不急，建议你再考虑考虑。当然，如果你确实想好了，我和你爸也会尊重你的选择。刘克丽第一次面对李千惠正经起来，突然感到有些伤感，趴在李千惠的肩头真诚地说，妈，谢谢你！我这辈子就认准俞寒哥会对我好，再也不会有其他想法了。

事情到了这一步，俞寒就剩下安华这个顾虑了，静下心来梳理了一下，又觉得这也没什么可担心的，他跟安华一直没捅破那层窗户纸，尽管他们在情感上已有所交融，但在行为上并没有超过普通朋友的限度，从表面上看他不需要跟安华做什么交代。

利用国庆节假期俞寒带着刘克丽回了一趟墨镇，正式拜见了王有道，这在墨镇立刻掀起了轩然大波，一度被人看不起的拖油瓶找了个富家女，而且还是医学院的大学生，这是一个让人惊掉下巴的新闻。俞寒春风得意，借这趟热闹的返乡之旅重新树立了形象，也收获了他想要的结果，至于安华会有什么感受他已无暇顾及了。

刘克丽第二年从悦城医学院毕业，接着就被安排到悦城中心医院药房工作。与此同时，金川鞋城的发展也越来越好，接二连三地在悦城开了五家分店，俞寒成了名副其实的老板。这年年底，俞寒和刘克丽走进了婚姻殿堂，第二年他们的儿子出生。

俞寒的好运气一直持续到二〇〇五年，这一年他们的儿子六岁，他跟刘克丽结婚七年了，进入了俗称的七年之痒阶段。其实先"痒"的还不是婚姻，而是生意。

随着改革开放的深入，城里人的腰包鼓了起来，吃穿用度都提升了档次，而金川鞋城的货源仍然是胶东那些小型工厂做出来的，这些大路货渐渐不再受待见，南方进来的品牌鞋开始受到热捧，他们的专卖店已遍布悦城的大街小巷。南方人会做生意，同样的原料在他们手里就能给你弄出花来，生产的鞋不仅看起来洋气，还很注重个性开发，推出了适合于不同年龄段的皮鞋产品，再加上铺天盖地的广告，硬件和软件都远远超越了金川鞋城，俞寒的生意渐渐开始走下坡路。

李千惠这时已经信了佛，基本不过问俗事了。前几年李千惠偶然接触到一位据说道业很深的居士，居士说她有佛缘，她居然真信了，跟着这位居士出去转悠了半个多月，回来就开始吃斋念佛。去年刘代明病逝之后她更没顾忌了，焚香诵经成了每天必不可少的功课，后来她干脆把所有生意都转了出去，在家专心修炼。俞寒和刘克丽说也不听，反而劝他们不要再在俗世里执迷不悟，要"勤修戒定慧，熄灭贪嗔痴"。

俞寒不甘心鞋城就这样衰败下去，重新考察了市场，觉得自己硬碰硬地跟那些大鞋商竞争根本就没那个实力，只能避其锋芒剑走偏锋。他很快就调整了思路，决定去农村开拓市场。为此他投入了大量的精力，有时几天不着家，家务和孩子的教育就全都落到了刘克丽身上，家庭战争时有发生，怨言很快就升级成了漠然。当然他们的矛盾还不仅限于此，刘克丽后来才认识到了自己当年的草率，她根本不爱俞寒，两个人没有共同爱好也没有共同语言，当初之所以做出这样的选择，只是想让自己尽快地从那段伤心的感情中走出来。

这年年底刘克丽提出了离婚。俞寒以孩子为借口表示死活不离，两个人又勉强维持了几年。

二〇一〇年刘克丽有了外遇，再次向俞寒提出离婚，并明确告诉俞寒自己爱上了医院同事，一个比自己年龄小五岁的男人，同时还列出了对俞寒极为有利的离婚条件，除了孩子，家里的任何财产她都不要。俞寒没感到吃惊，他知道刘克丽没爱过他，他对刘克丽应该也不是爱情。这个已经三十五岁的男人，直到此时才开始被动地思考自己的爱情。他想到了自己的第一个思念对象，那个扎着羊角辫、流着清鼻涕的小女孩。当年王有道家大门前有个牛槽，牛槽已被磨砺得非常光滑，摸上去有一种柔软而冰冷的滑腻。晚上他经常躲出来，坐在牛槽里仰望着星空，静静地思念那个几乎每天都要见面的同桌，那时天空要比现在清朗很多，繁星会在深蓝色幕布上闪烁出璀璨耀眼的亮光，月亮出来的时候，月光会如丝般披散下来，把眼前的村庄都缠绕在空中。年幼的他无比钟情于这种时刻，着迷于这种渐渐飞离的感觉。那种感觉该是多么纯净，可又多么脆弱！经不起任何世俗风浪。在以后的生活中，他走得跌跌撞撞，他充满了各种各样的算计。当初跟刘克丽的结合，考虑最多的还是她的家世和身份，似乎根本就没想过"爱情"这个字眼。他一直认为，像他这种先天不足的男人是没有资格谈论爱情的，爱情对他们从来都是奢侈品。

这样一想，俞寒就准备放手了，他不能再难为刘克丽了，更不能让自己的这一辈子一直都生活在这种假象里。

他们离婚之后，李千惠难得地从胶东赶了过来，并找俞寒单独谈了一次，揭开了一个让俞寒感到震惊的秘密，李千惠就是当年害死他父亲俞世伦的李兰。

乍听到这个消息，俞寒浑身发抖，眼泪唰地流下来，心中翻滚着无边的哀恸，还有诸多的疑问在相互冲撞，这么怎么可能？我为什么会有这么沉重的过去？自己的命运又为何这样波诡云谲？又为什么是她？……

说出这个多年来压抑在心头的秘密之后，李千惠原本平和的神态也不再平和了，低下头，过了好一会儿才说，那本是一个错误。当年我一进供销社就不可遏制地爱上了你父亲。那年我还不到十八岁，正是情窦初开的年纪，我自己隐秘地悄悄地守着那份爱情，不敢对任何人说。那天中午有个应酬，你父亲喝了不少酒，回到办公室就躺在沙发上睡着了。下午的时候起风了，乌云也堆彻起来，要下雨的样子，我去办公室关窗户，看到你父亲熟睡在沙发上，步子突然就挪不动了。我看着你父亲那坦然的睡姿，听着他均匀的鼾声，心里涌动着一种莫名其妙的温暖，我爱这个男人，他现在就在我身边。当时我像被人下了蛊，不能控制自己，不由自主地靠了过去，趴在了那宽厚的胸脯上。你父亲骤然惊醒，扬起身子，睁开睡眼惺忪的眼睛，看清是我，接着就挥起了巴掌。那一巴掌结结实实地打在了我的面颊上，我有些蒙了，瞬间也就清醒了，捂着嘴巴就往外跑……

……那天的雨好大啊！我跌跌撞撞地在雨中奔跑，不知道自己将要奔向何方？也不知道你父亲为什么会出手打我？我明明是爱他的呀……后来回到家里，家里人看我这个样子，追问怎么了，我起初不肯说，被逼问不过才说出了你父亲的名字。我没想到他们会报警，是真没想到，更没想到那年的形势会那么严峻，更更没想到自己会成为杀死你父亲的凶手。这事出了之后我在里岔镇待不下去了，就改了名字嫁给了比我大二十多岁的刘代明。之后的日子虽然看起来还算随顺但我心里片刻也没获得过安宁，我不知道如何来赎我犯下的罪孽？我一直在打听你们的去向，听说你随母亲去了悦城，就去悦城找，跑了几个地方，还去周围几个派出所查过户口，都没有找到。刘克丽填大学志愿的时候，是我主张她选择了悦城医学院，这一方面是觉得女孩子学医本身就是在行善积德，另一方面是考虑自己去悦城也有了冠冕堂皇的理由。

刘克丽打算嫁给你的时候，我本来是要阻止的，可又想到这也许是种宿命。她虽然不是我的亲生女儿但我们已经有了母女情谊，她能继续帮我照顾你，能替我去赎罪，也算给我带来一种福报，谁想你们最终还是分手了。现在我把这一切讲出来，说明我已经放下了，万事万物所固有的，因此我们不要去苛求，不如放手，放下的越多，越觉得拥有的更多。现在你和刘克丽已经这样了，生意也越来越不好做，也希望你能像我一样彻底放下，想你所拥有的，用清晰的头脑看清当前的道路。

李千惠后来讲的这些道理俞寒一句也没听进去，他的心在滴血，在不住地哀叹自己的命运。看似了无痕迹地闯过了一道道坎，谁知每一步都暗含着因果。命运到底是什么？有人说是你想摆脱又摆脱不掉的那些，就像他明明觉得已摆脱了自己的父亲，可父亲却从未离开，一直在与他相伴，现在拥有的一切似乎又都是父亲所赐予的。可他原本是不该遭受这些的，如果在那个电闪雷鸣的下午父亲不睡在沙发上，如果那时还叫李兰的年轻女孩不去关窗，如果不是……统统这一切又该如何来解释？此时的俞寒心如刀绞，面对眼前这个制造了自己悲惨命运的女人他已恨不起来了，只任泪水止不住地往下流。

226

七

那天中午，安华决然地跟俞寒在林紫县城的马路上分手，坐进出租车里仍然感到浑身发冷，这是刚才那种情绪的延续。从林紫法院走出来，俞寒就把这种感觉传递给了她，让她噤若寒蝉。应该是金钱让这个男人在转瞬之间发生了惊人的变化，让这个原本对她还残存温情的男人，眼睛里忽然就充满了怨恨，男人的态度表明，跟金钱相比她安华什么都不是。她感受到了这个男人隐忍着的愤怒，失望之余她无比惶然，她心目中的俞寒明明不是这样的，当年那个倔犟而又重情重义的少年又去了哪里？

那个少年应该在很早就走进了她心里，起初是朦朦胧胧的，先是被他那有些神秘的身份所吸引，他不承认自己姓王，但又从来不提他的亲生父亲。他们是同桌，他却对她分外冷漠，他似乎对谁都冷漠，可她却明显感到这种冷漠是伪装的，在冷冰冰的外表之他有一颗寻求温暖的火热的心灵，尤其是在那次仿制电影票的事件发生之后。

那一阵子，班里的很多同学都热衷于仿制电影票，做得好的几个男同学成了班里的香饽饽。安华的家离镇上的电影院不远，每天来回上学都经过电影院门口，她不知道里面有什么样的奇洋景，很想进去看看。那天下午的课外活动时间，听说电影院要放新片子，有此手艺的那几个同学立刻就行动起来，也不出去活动了，趴在课桌上制作电影票，俞寒也在做，都知道俞寒做得最好，可是他不合群，起初也有几个脸皮厚的同学试探着来向他求票，可他一概拒绝。他把自己做的票都小心地收藏起来，压在铅笔盒的底部。

那几个活跃的男同学做完了就开始炫耀着往外分发，班里的大部分同学都得到了电影票，尤其是那些家庭背景相对较好的同学，得到的还不是一张。得到票的同学欢呼着，雀跃着，仿佛是捡到了一个大宝贝。可没有人会想到安华，她只能躲在角落里眼巴巴地看着眼前的一切，眼泪几乎都要流下来了，她有些可怜自己，心里塞满了痛苦与失望。上课铃响了，教室里安静了下来，安华回到自己的座位上，老师开始上课，安华把面前的课本翻到了老师提到

227

的页码，一张电影票赫然出现在了眼前。她一看就知道是谁做的了，全班也只有俞寒才有这么足以乱真的水平。她偷眼朝旁边的俞寒看去，俞寒的脸居然红了，显然他已注意到她发现了电影票。

从此她把这份情谊记在了心中，她把他当成了离自己心灵最近的那个人，她开始更加留意关注他。那天他受到了老师的严厉惩罚，他的耳根开裂了，她感到心疼可也毫无办法。从教室出来，她就一直尾随着他，看到他犹豫着向汽车站走去，她知道他要干什么了，想上前把他劝回来，最终却稀里糊涂地跟着他上了车。

"安华，你自己回去吧，不要担心我。再见。"这张纸片她一直保存着。每每看到它往往泪水还会盈满眼眶，那歪歪扭扭的字迹在她眼中成了最美的风景。当年他明显是不放心她，溜走之前才留下了这个印记，这也成了她这辈子最为温暖的一份回忆。

这些年，就是这些他留给她的点点滴滴织成了一张密密的大网，牢牢地把她网在了中央。她从没想过要从这张网中逃脱，她跟所有怀春的少女一样都在憧憬着美好的爱情能开花，直到知道自己的身体不能结果为止。

她到多种经营办公室上班的第二年，患上了疝气，在医院做手术的时候，从医生那里得知她的子宫发育得很不好，很有可能将来不能生孩子。这无异是一个晴天霹雳，她的母亲仅仅是因为不能生男孩就遭受了一辈子的凌辱，以至于过早地离开了这个苦难的人间。母亲的前车之鉴让她不敢想象自己的将来，她以病假的名义在家里憋了三天，最终还是决定要亲手埋葬自己的初恋，这份感情止于此还是冰雪般纯洁，如果继续下去无疑就会沦为俗世中最为不堪的婚姻。那段时间也是俞寒最为忙碌的时期，天天泡在外面处理大棚的善后，根本无暇顾及她，她还没找到机会，俞寒就去了胶东。再后来俞寒就开始在悦城开鞋城，生意做得风生水起，她也渐渐感到了俞寒对自己的变化，似乎一切都不需要说了。紧接着俞寒带着刘克丽高调返乡，这让她明白了之前俞寒变化的原因，但在心里并没有怨恨他，她了解俞寒的心性，那是他最想要的。

她本不想再谈对象，自己身体这种情况一般男人都不会接受，可怎能扛得住周围人的目光？一直到三十岁那年，她才不得不找了一个带女孩的离婚男人。她本以为，这个男人已有了子嗣，不会再有那种麻烦，谁知男人跟她自己的父亲一样向往男孩，不厌其烦地要跟她制造一个可以传宗接代的工具。后来，她烦了，明确告诉男人自己不能生育，结果可想而知，这唯一的一次婚姻很快就画上了句号。

她一直没放下过俞寒，那份感情已经深入骨髓了，不可能被轻易剔除掉。俞寒风光的时候她相对放心一些，可后来生意下滑、离婚、转战农村市场的失利……这一切都让她感到揪心，可她又能为他做些什么呢？一个离了婚的女人，又一无所长，自己还活得很艰难。多种经营办公室早就关闭了，嫁到悦城后，大部分时间她都在从事一些家政保洁餐厅服务员之类的工作，后来才在刘燕的公司找了一个现金出纳的活，正是这份看起来还算体面的工作让俞寒栽了进去。

在这个事情上，她一直没想逃避责任，觉得是自己误了俞寒，因此才想尽一切办法寻找刘燕。她已做了最坏打算，这笔钱如果从刘燕那里追不回来，她就是赔上性命也要还给俞寒，以前觉得这是份责任和信任，她不能辜负了俞寒。而现在觉得是她欠俞寒的一笔债务，她不想让他看轻了自己。她现在所居住的这套房子在她名下，是她跟前夫争取来的唯一财产，可惜是回迁房没有房产证价格卖不上去，可怎么也能卖个二十多万，剩下的再凑凑，三十万的目标还是能实现的。

出租车司机问她去哪儿？这已是司机的第二次发问，她不能不回答了。刚才在俞寒车上，极度失望之余她只是把刘燕当成了尽快离开的借口，根本就没盘算该去哪里才能找得到刘燕，再说即使找到了又能怎样？刘燕应该是没有任何私财了。可现在既然坐上了出租车，就只能死马当成活马医了。她忽然意识到，上次来的时候刘燕的孕身已经很沉重了，过去了一个多月，说不定已经生了。于是，她试探着问司机，这里离驿马镇刘家庄远不远？司机说，离驿马镇倒不远，出了城过去柳河大桥再往前一点就是，只是不知道刘家庄在哪。不过，这也好办，到驿马镇一打听就知道了。司机的热心让她放松了下来，她客气地说，那就麻烦师傅把我送到刘家庄吧，

229

我去看个朋友。

刘燕的母亲，一个老实巴交的农村妇女，起初说什么也不肯说女儿的下落。安华只得骗她说自己曾经是她女儿的出纳，原来借出去的钱要回来一部分，如果找不到刘燕钱就还不回来。她才有些信了，说去医院生孩子了。问她怎么没去照顾？嘟着嘴老半天才说，这个丢人妮子的事儿，我可不管了。又问是哪家医院？具体名字她说不上来，又想了一下才说，好像是在城东，是那家比较早的医院。

刘家庄离驿马镇有四五华里的样子，走到驿马镇就有去林紫县城的车了。这一路上安华都在琢磨那两个关键信息：城东，比较早的医院。在一座县城，有这两个信息应该足够了。果然，到了县城一打听，就有人指点说，城东最早的医院是东关镇医院，现在叫林紫县妇幼保健院。

来到林紫县妇幼保健院，安华几乎没费多大劲就找到了刘燕。在妇产科二楼的走廊里，刘燕正侧卧在钢丝床上往下俯着身子给孩子喂奶，孩子显然刚出生不久，小脸皱巴着，眼睛紧紧闭着在用力嘬刘燕的奶头。比婴儿脸要膨胀很多的那只乳房显然徒有其表，孩子嘬了好长时间还看不到下咽的动作。刘燕不自觉地调整了一下身体，奶头从孩子嘴里滑了出来，接着就爆发出了嘹亮的哭声。刘燕一边哄着孩子，一边再次努力着把奶头往孩子嘴巴里送。孩子刚才在这只乳房上没有任何收获，不愿再次上当，继续闭着眼睛放声大哭。刘燕无奈地叹了一口气，疼惜地把孩子紧紧搂在怀里，一抬头就看到了站在旁边的安华。

刘燕叫了声安姐眼泪随之就下来了。安华心里也酸楚起来，忙俯下身子问，你怎么会住在走廊里，里面没床位了？刘燕擦了一把眼泪说，这已经很不错了，像我这种人在哪里已经无所谓了，只是我这孩子可怜……说着眼泪又忍不住地流下来。

刘燕是前天下午被弟弟送到医院的，弟弟帮她住上院，扔下一千块钱就走了，临走还撂下狠话，说生完孩子你也不要再回家，家里人都被你丢光了，从今天开始家里再也没你这个人了，我再也没有你这个姐姐了。说完扬长而去。刘燕这个弟弟安华是知道的，过去刘燕没少帮了他，出钱给他翻盖了新

230

房，还给他买上了轿车，没想到现在会这样对待自己的亲姐姐。

即使在小县城，顺产生个孩子最少也得五六千，一千块钱怎么能够？昨天上午护士就催着交钱了。中午羊水破了，医院还算不错，照样把她拖进了产室，孩子生出来就把她和孩子安排在了走廊，也不能算安排，她的病床已有了新的病人，是护工万姐看她可怜，帮忙找了护士长，护士长才开恩在走廊里加了张床。

安华问，孩子的父亲一直没出现？安华知道刘燕跟那个小混混是领过结婚证的，可她明显感到孩子的父亲不应该是那个小混混。公司还没完全垮的时候，讨债的人就多了起来，那些男人可都不是善茬，有次居然把刘燕弄出去待了好几天，刘燕回来都瘦得脱了形。后来那些接二连三的讨债人对她的凌辱就可想而知了，恐怕连刘燕自己也分不清孩子的父亲是谁了。

刘燕似乎没听懂安华的问话，就说，别提那个挨千刀的了，我到这一步全是他害的，他算对我丧了八辈子的良心了，他早就不知道死到哪里去了。

刚才刘燕把另一个奶头塞进孩子嘴巴里，他们说话的时候孩子老实了一会儿，但嗷了一阵仍然一无所获，就干脆主动吐出奶头，继续闭着眼睛不管不顾地大哭。刘燕的眼泪一直没断过，再次把孩子抱起来，贴近了自己说，好孩子，别哭，都怪妈妈，妈妈知道俺孩孩饿了，妈妈这就去给你弄吃的……

安华的眼睛往钢丝床周围踅摸，只看到床头下面堆着个大尼龙袋子，袋子上搭着刘燕的几件衣服，就问，你没给孩子准备点奶粉什么的？刘燕说，哪有钱买，我今天的早饭还是万姐给买的呢？本来我给他留了一点稀饭，刚才用勺子往里喂了点，可这小家伙嘴巴刁得很，说什么也不往下咽。

妇幼保健院门口不缺母婴商店，安华出来给孩子买了奶粉、奶瓶奶等一应物品。赶回来的时候，看到有个长得黑胖的中年妇女正在洗刷间洗拖把，扭身看到了安华，扭住水龙头问，你是刘燕的亲戚？安华见这个女人穿着浅蓝色的工作服，想必就是刘燕说的万姐了，就回答说，我是刘燕的朋友，听说你对她很照顾，我替刘燕谢谢你了。万姐说，用不着客气，一个女人独自出来生孩子，家里也没个人陪着，又没钱，可怜啊。接着就又

231

回身扭开了水龙头。

孩子一气喝下了大半瓶奶粉，很快就睡着了。安华问刘燕下一步有什么打算？刘燕低头看了看怀里的孩子，泪目潸然地说，还能有什么打算，跟你说实话吧，我也不知道这孩子的父亲是谁，那些来要账的男人太坏了，没有不想沾便宜的，我本想让他们沾一下钱就会缓缓，谁知他们沾了也白沾，照样追着要债。你说这样一个没名没分的孩子我能留吗？再说即使留下我又怎么来养？娘家是指望不上了，有那么一个无情无义的弟弟，我爹也被我气得住了院。还欠人这么多钱，早晚我还是要去监狱里待着。

安华倒没想到这一节，就问，那你想怎样？刘燕似乎犹豫了一下，说，中午的时候万姐倒给我出了个主意，说她的一个亲戚是做生意的，很有钱，就是没个男孩……安华没听刘燕说完就明白了。安华也曾在医院做过护工，她知道有些在医院干了一二十年的老护工神通广大，根本不指望护工那点工资，专门利用医院资源给人当掮客，万姐显然就属于这种护工。什么有钱的亲戚？完全是子虚乌有，就是她自己转手把孩子给倒卖出去。

安华问，万姐说她这个亲戚能出多少钱？刘燕看走廊里没人就悄悄伸出了一根手指头，安华以为是十万，就悄声回道，十万，看来她这个亲戚确实有钱。刘燕赶紧订正说，是一万，钱是不多。但我想到这家条件不错，孩子跟着他们也受不了罪就答应了。我希望将来这孩子不会怨我，我是真走投无路了。说着眼泪就又下来了。

安华没想到万姐会这么黑！早年间安华也曾想给自己把病治好，去过省城几家治疗不孕的医院，结识过几个病友，有个病友到现在还有联系，去年那位病友把她拉进了一个叫求子的群，里面也有这样的信息，刚出生的男孩最受欢迎，最少出价都在七八万以上，那位万姐居然一万块钱就把刘燕给打发了。

安华觉得不能让万姐白沾这个便宜。再说那个万姐一脸的横肉，一看就不是善良之辈，孩子落到她手里还不知道会怎样。想到这里，安华对刘燕说，你真想把孩子送人？刘燕说，只能走这一步了。安华说，那我来想办法。我至少比那个万姐托底吧，能给孩子找个好人家。刘燕低下头，似乎在思量着什么，过了一会儿，才说，可我已经同意了。安华说，那也不要紧，就说你舍不得了。

晚上七点多，医院大部分的医生护士都下班了，万姐偎过来问刘燕什么时候让那边过来抱孩子。刘燕搂着孩子哭了起来。万姐忙问怎么了？刘燕哭着说，这可是亲骨肉啊！怎么舍得送人？……万姐看着哭得稀里哗啦的刘燕，说要不，我再跟那边说说，反正他们也不缺钱，就是怕给多了容易产生误会，让人以为你在卖孩子。安华知道万姐是不想让就要到嘴的肥肉飞走，就上前说，万姐你就别忙活了，哪个母亲能舍得骨肉分离？刘燕产生这种想法是一时糊涂，现在她想过来了。再说，孩子的父亲已经有了回音，这两天就来接他们母子出院。

经安华这么一说，万姐知道这事已无望，转身气哼哼地走了，临走还用眼睛狠狠地剜了安华两眼。

八

这一阵子，俞寒在紧张地整材料咨询律师，手头最为重要的证据是那个给安华打钱的银行凭证，还有就是留存起来的几条短信，这样一整理他竟然吓了一跳，在潜意识里他似乎从来就认定安华是介绍人，刘燕才是自己的债务人，可是那几条短信，丝毫没有涉及刘燕，都非常明确地指向了安华。这对俞寒是非常有利的，律师也说，加上这些短信整个证据链就完整了，这个官司的胜算很大。但俞寒并没为此感到高兴，相反他心里还愈加不安，难道自己就这样把安华告上法庭？可在法庭上他又该如何面对安华？

很明显，现在安华这条路子是讨回那三十万的唯一途径，让俞寒放弃也有些困难，每个人都在规划自己的生活，这些规划都离不开钱，尤其是俞寒还是个商人。在俞寒看来，人生就是由一个个账本组成的，不是你欠我就是我欠你。只是这些账本的构成要素不同，有些会涉及情感的得失和心灵的拷问，可最多的应该还是金钱和物质。每个人的成长历程似乎都离不开这两种形态的账本，俞寒的感受似乎更深一些，他和李千惠的账本就应该属于第一

233

种形态，李千惠为他所做的一切本质上是在还债，这是自己的亲生父亲用生命给他留下的债权。当然，他本身也是债务人，他欠母亲的，是他把母亲逼上了那条绝路。他也欠王有道的，王有道把他养大，他不但从没未开口喊过爹，还一直在拒绝那个姓氏。从某种意义上说，在王有道面前他更像一个阴毒的欠债人，因为他欠得了无痕迹，没人会追究他这个逃债者。欠母亲的他已经无法弥补，他却对王有道一直心怀内疚，他一直盼着自己的生意好起来，能够东山再起，以便有足够的能力来让王有道颐养天年。

跟安华的这笔债务就没这么简单了，似乎两者兼而有之，俞寒现在要通过法律的形式把它简单化，变成一种纯粹关于金钱的纠纷。要沿着这条路走，目前最为关键的是他要先过自己一关，安华毕竟不是他名正言顺的债务人，抛开过去的感情不说，就单从债务纠纷来说他也有些理亏，更何况安华一直还在为追回债务努力。可他最终还是准备这样走下去，因为他太需要那三十万了，它们已成为他对未来规划的重要环节，成为他重新开始梦想的起点。

就在俞寒下定决心的这个下午，手机里突然跳进来一条信息，是银行提醒短信，里面显示，有人通过银行柜台给他的银行卡里存进去三十万现金，他有些发蒙，一时不知道这从天而降的三十万来自哪里。正疑惑间，一个陌生的号码打进来，他很快接了，意外听到的是安华的声音，是我，安华。刚刚我已经把那三十万还你了。这不是重点，重点是我下面的话你一定要记住，千万不要把我还你钱的事情说出去，千万要记住，任何人问都不要说。说完就匆匆地挂了电话。

俞寒把电话拿在手里，心里愈加疑惑，接着再打回去，响了好长时间才传来一个陌生男人的声音，男人倒很客气先说你好，请问哪位？俞寒说我找安华。男人似乎明白了过来，赶紧说，哦，她走了，刚才是她借我的电话，说自己忘带手机了。俞寒问你们是在银行吗？男人说是。俞寒又问在哪家银行？男人说就是新华街上这个建行。你还有事吗？叫号马上就叫到我了，我要去柜台办业务。再见。

恐怕世间再也没有这样的债务人了，还债就像做贼一样，在支付这么便捷的情况下还采用这种最原始的方式,关键匿名还要借用别人的电话来通报,本来住在城西,还偏偏跑到城东的新华街来找家银行。这债还得真是了无痕迹,还和没还还不一样?再打安华自己的电话却已关机。这事确实有些蹊跷,俞寒想了一阵也理不出头绪来,干脆就不再想了,甭管怎样!钱算是回来了,他可以继续自己下一步的梦想了。

可过了两天又有一个陌生电话找俞寒,俞寒接起来,对方首先自报家门,称自己是林紫县公安局的,有些情况要找俞寒了解一下。

那两个年轻人没穿警服,对俞寒倒是蛮客气,在俞寒租住的房子附近找了个地方,像拉家常一样询问了俞寒很多问题,其中最多是关于安华和刘燕的,他们问俞寒与安华的关系,又问他把钱借给刘燕的情况。俞寒都照实说了,就是没说安华已经把三十万还回来了。

跟警察分手俞寒有了很不好的预感,安华应该是出事了,再打安华的手机还是关机,他的心里有些紧张,到了自己的住处连楼都没上,开上车就去找安华。

安华家没人,在楼下俞寒碰到了一个买菜回来的老人,向他打听安华的去向,老人告诉他安华已把房子卖了,前几天刚搬走。

俞寒越来越感到不对劲,刚才他已跟那两个警察问过安华的情况,警察没说,他知道他们有纪律,再从他们那里探听安华的下落肯定不可能,那还能找谁呢?这时他突然想到了那个满嘴跑火车的赵所长。

赵所长接起电话来就说,王总,你这个案子我可接不了,贩卖婴儿这可是大罪,你那财务总监怎么就那么糊涂呢?再缺钱也不能有这种想法呀,这下好,把自己栽进去了,不判死刑就算是便宜的了……

俞寒的脑子一下就蒙了,他做梦也没想到安华会犯了这样的事儿。赵所长继续在电话里絮叨,俞寒逐渐明白了,安华已经被林紫县公安局羁押了,原因是她把刘燕刚刚生下的孩子卖到了省城,被一位姓万的护工给举报了。

再联想到前几天那个神神秘秘的电话,一切就都昭然若揭了。为了凑那三十万,安华不仅把自己住的房子卖了,还打起了刘燕孩子的主意。这个女人可太荒唐也太糊涂了,她怎么能这样呢? ……俞寒在心里这样埋怨着安华,眼角却渐渐湿润了。

俞寒坐回到自己车里,老半天都没反应过来。过了好一会,他从怀里掏出那张银行卡,里面有刚刚打进去的三十万。他把银行卡拿在手里反复敲打着,逐渐在脑海里形成了一个决定,他要把这钱取出来带着去林紫县公安局,他要告诉警察,是他的逼债才导致了安华的糊涂,他现在愿意把这钱一分不剩地还回去,也愿意跟安华一道接受惩罚。下定决心,俞寒不再犹豫,打火,挂挡,加大油门,那辆老式捷达在他的身下再次轰鸣着拧着头蹿出去。